CHANTS

D'UNE AME PIEUSE.

PRÉFACE.

Le livre que nous publions devait paraître en 1852;
mais les encouragements donnés aux *Chants d'un
enfant de Marie* nous imposaient le devoir d'améliorer et
de compléter notre nouvelle œuvre, afin de répondre
plus dignement à l'attente du public. Aujourd'hui, par
notre travail de révision et de classement, elle a pris des
proportions qui dépassent notablement, quant au texte,
celles que nous avions d'abord admises. Nos longs re-
tards ont nécessairement peiné les personnes qui nous
honoraient de leur bienveillance, et nous leur en témoi-
gnons ici tous nos regrets; mais leur piété nous pardonnera sans peine des lenteurs dues à notre respect
consciencieux pour elle, et à notre désir de lui donner
plus que nous n'avions promis.

Un coup d'œil sur la table générale fera connaître le
plan et l'ensemble de l'ouvrage, qui, dans ses deux

parties, *Fêtes* et *Sujets divers*, embrasse à peu près tous les besoins de l'âme pieuse. En consacrant le plus grand nombre de ces 250 cantiques aux sujets qui intéressent tout le monde, et surtout à ceux que la vraie piété affectionne plus tendrement, nous n'avons pas dû omettre les spécialités utiles à l'enfance, à la jeunesse, aux maisons d'éducation, aux communautés religieuses, etc. Par quelques-unes de ces spécialités, nous croyons avoir comblé de véritables lacunes.

Nous ne reviendrons pas ici sur les motifs qui nous ont fait écrire. Tout ce qui est en nous vient de Dieu, et nous nous plaisons à rendre tout à Dieu. Contribuer à sa gloire et à la splendeur de nos solennités, fournir un aliment à la piété des âmes saintes, faciliter le retour des pécheurs, faire aimer de plus en plus Jésus et Marie, voilà le seul but que nous nous sommes proposé. Si nous ne pouvons nous flatter de l'avoir atteint, nous espérons du moins qu'on nous tiendra compte de notre bonne volonté, et que Dieu daignera bénir et féconder un travail entrepris uniquement pour l'amour de lui.

Comme dans notre premier volume, nous avons cherché avant tout dans celui-ci à exciter le sentiment, sans dédaigner les formes qui pouvaient donner plus d'attrait aux sujets si connus que nous avions à traiter. Si l'on nous reproche notre trop grande simplicité, nous dirons ingénuement pour notre excuse que nous avons écrit plutôt avec le cœur qu'avec l'esprit, et que nous avons mieux aimé arracher un cri de repentir et d'amour qu'un cri d'admiration.

Plus encore cette fois que la première, nous avons tenu à nous entourer des conseils propres à nous garantir des écueils de tout genre contre lesquels notre faiblesse pouvait échouer.

La poésie a été revue par l'ecclésiastique dévoué qui nous avait déjà prêté son concours pour la publication des *Chants d'un enfant de Marie*. S'intéressant à notre œuvre comme à la sienne, il en a pris le fardeau avec nous, et a composé lui-même un assez grand nombre de pièces, qui seront le plus bel ornement de ce recueil.

La musique a été retouchée entièrement, et avec le plus grand soin, par M. l'abbé Gaffiot, curé dans le diocèse de Besançon, savant compositeur, qui non-seulement a amélioré et embelli nos mélodies en les revêtant des charmes de l'art, mais qui, avec un zèle au-dessus de tout éloge, a bien voulu se charger seul de l'harmonie et de l'accompagnement.

Nous avouons en toute vérité et en toute simplicité que le mérite de notre œuvre appartient tout entier à nos collaborateurs. Nous ne réservons pour nous que les défauts et les imperfections que chacun pourra y découvrir, selon le point de vue où il se placera pour la juger.

Il ne nous reste, en offrant ce travail à Dieu et à la Sainte Vierge, et en désavouant d'avance tout ce qui pourrait s'y trouver d'inexact ou même le paraître, qu'à demander aux pieux chrétiens, pour qui nous l'avons entrepris, leur indulgence et le secours de leurs prières. Ce que nous avons eu en vue, nous et nos bienaimés collaborateurs, c'est uniquement la bénédiction de Dieu et l'affectueux souvenir des âmes à qui nos efforts auront pu être utiles. Nous serons amplement dédommagés de nos peines, si elles veulent bien penser quelquefois à nous dans les effusions de leur piété, et, en retour du bien que nous leur aurons fait et de tout celui que nous leur désirons, nous aider à parvenir avec elles au Ciel, ce doux rendez-vous des cœurs qui s'aiment ici-bas sans se connaître.

15 août, jour de l'Assomption de la sainte Vierge.

PREMIÈRE PARTIE.

FÊTES.

I.

FÊTES DE NOTRE SEIGNEUR

ET PROPRE DU TEMPS.

AVENT.

I.

CIEL, LAISSE TOMBER TA ROSÉE.

Air n⁰. 52.

Par le péché du premier père
Chassés du royaume éternel,
Hélas! nous pleurons sur la terre,
Sans oser regarder le ciel.

Nous gémissons dans l'esclavage,
Jouets du tyran des enfers.
Qui nous sauvera de sa rage ?
Quelle main brisera nos fers ?

« Me voici ! dit le Dieu propice,
» Tout n'est pas perdu sans retour ;
» Et les rigueurs de la justice
» Font place aux douceurs de l'amour.

» Une autre Eve, par moi choisie,
» Et toujours vierge, enfantera ;
» Et son Fils, le divin Messie,
» Dieu comme moi, vous sauvera. »

O bonheur ! elle est épuisée
La coupe amère du malheur :
Le ciel fait tomber sa rosée,
La terre enfante son Sauveur.

II.

VENEZ !

Air nº 47.

Venez, venez, divin Messie,
L'univers attend son Sauveur.
Qu'elle est longue, notre agonie !
Qu'il est profond, notre malheur !

Venez, de vos mains toutes pures,
O notre Père, ô Saint des saints,
Guérir ces pauvres créatures,
Qui sont l'ouvrage de vos mains.

Venez, Dieu de notre espérance,
Tarir nos pleurs, briser nos fers;
Venez, Dieu de toute-puissance,
Fermer la porte des enfers.

Venez à notre âme flétrie
Rendre sa première beauté;
Venez nous rendre à la patrie,
Doux Roi de l'immortalité.

III.

VENEZ ACCOMPLIR LES ORACLES.

Air nº 6.

Ainsi chantait jadis une voix de prophète :
« Voici le Désiré, l'Agneau dominateur !
» Préparez-lui la voie; il vient, son heure est prête,
» Et toute chair verra le salut du Seigneur.

REFRAIN.

Venez, venez, Dieu de notre espérance,
Nous dégager des ombres de la mort,
Fermer l'enfer, détruire sa puissance,
Régner sur nous, et nous rouvrir le port.

» Console-toi, mon peuple, et toi, fille chérie,
» Sion! tes oppresseurs vont être confondus.
» Malheur! Dieu s'est levé pour terrasser l'impie,
» Et son pied vient fouler tes ennemis vaincus.

» Son char, c'est l'ouragan qui renverse et qui broie.
» Son arc va résonner; ses traits aigus, partir.
» Le lion a rugi; comme il fond sur sa proie!
» Il la serre, et qui peut aller la lui ravir ?

» Redresse-toi, Sion, toi, si longtemps captive;
» Sors des fers, lève-toi, triste Jérusalem!...
» Les cieux se sont ouverts... ton Rédempteur arrive...
» Une vierge est sa mère... il sort de Bethléem...

» C'est un petit enfant; un poids épouvantable
» Pèse sur son épaule, et c'est la royauté :
» Mais cet enfant a nom le Sage, l'Admirable,
» Le Dieu fort, le grand Roi de l'immortalité!

» Son Père a mis sur lui l'iniquité du monde;
» Et lui, le Saint des saints, s'est courbé sous ce faix...
» D'un torrent de douleurs notre crime l'inonde,
» Il veut être brisé, pour être notre paix...

» Et voilà qu'accourant vers la montagne sainte,
» Toutes les nations entourent leur Sauveur.
» Jérusalem renaît, et dans sa vaste enceinte
» Entrent, comme un torrent, les élus du bonheur.

» Etends tes pavillons, Jérusalem nouvelle!
» Vois-tu tous ces enfants t'arrivant tour à tour,
» Mille peuples divers se pressant sous ton aile,
» Et leurs rois te baisant les pieds avec amour?

» Le Lion de Juda triomphe, et sa victoire
» Donne au monde une paix qui n'aura point de fin.
» Le serpent, enchaîné, voit expirer sa gloire,
» Et ne peut désormais nuire par son venin.

» Sur le sol qu'habitaient des monstres redoutables,
» De paisibles jardins donnent les plus doux fruits;
» Le désert, enrichi de ruisseaux innombrables,
» Se renouvelle, germe et fleurit comme un lis.

» Le sourd entend; l'aveugle a recouvré la vue;
» Le boiteux a repris l'agilité des cerfs;
» Et par ses chants d'amour le monde heureux salue
» Celui qui le rachète et le tire des fers. »

Divin Réparateur, que les sacrés oracles
A la terre éplorée ont tant de fois promis,
Descendez! il est temps d'accomplir vos miracles,
Et de nous affranchir de nos fiers ennemis.

NOEL.

I.

Air n° 75.

PREMIÈRES VÊPRES.

CHŒUR.

Plus d'ombres! voici la lumière!
Mortels, Dieu descend parmi vous!...
Satan s'enfuit... Paix sur la terre!
Et gloire au Dieu qui naît pour nous!

SOLO.

Enfant admirable,
C'est pour me guérir
Que dans une étable
Tu viens tant souffrir;
Tu veux sans mesure
Te donner à moi :
Mon cœur, je le jure,
Sera tout à toi.

Heureuse Marie,
Qui peux caresser
Mon Jésus, ma vie,
Veux-tu m'exaucer?
Prête à ma tendresse
Ton Fils un instant,
Et que son cœur presse
Mon cœur palpitant.

Jésus est mon frère ;
Et sa Mère, à lui,
Deviendra ma mère,
Ma mère aujourd'hui.
O jour d'allégresse,
O jour de bonheur !
Nage dans l'ivresse,
O mon pauvre cœur.

MESSE DE MINUIT.

CHŒUR.

Nuit sombre, suspends ta carrière,
Et fais place au jour le plus doux.
Celui qui créa la lumière
Descend aujourd'hui parmi nous.

SOLO.

Enfin notre attente
Vient de se remplir.
En vain l'enfer tente
De nous engloutir :
L'heureuse naissance
Du Verbe fait chair
Nous rend l'espérance,
Nous ferme l'enfer.

OFFERTOIRE.

CHŒUR.

Je t'aime, doux Sauveur, je t'aime ;
Et qui n'aimerait pas Jésus ?
Oh ! oui, que je sois anathème,
Si je pouvais ne t'aimer plus !

SOLO.

N'est-il pas bien juste
Que j'aime à mon tour
Cet enfant auguste,
Dont je vois l'amour ?
Je t'aime, je t'aime!
Je viens te donner
Mon cœur, tout moi-même :
Viens, viens m'enchaîner.

COMMUNION.

CHŒUR.

Mon âme nage dans l'ivresse :
Jésus vient habiter mon cœur;
Vers moi le Roi des rois s'abaisse,
Vers moi, misérable pécheur !

SOLO.

Eh quoi ! Dieu si tendre,
En moi dans ce jour
Encore descendre !
Quel excès d'amour !
Ah ! ce cœur coupable
Où tu veux entrer,
Est une autre étable
Où tu vas pleurer.

Mais, vois-tu ? je pleure :
Viens, par tes bienfaits,
Changer ta demeure
En un beau palais.
L'homme à ton école
Est bientôt mûri ;
Dis une parole,
Je serai guéri.

Grave dans mon âme
Ta divine loi;
Illumine, enflamme
Ce cœur fait pour toi.
Seul, dans ma misère,
Que ferai-je, hélas?
Avec toi, mon Père,
Que ne puis-je pas?

Je t'aime, ah! puissé-je
T'aimer toujours plus!
Quand donc t'aimerai-je,
Aimable Jésus!
Accrois ma tendresse,
Et puisse en ce jour
L'enfant qui te presse
Expirer d'amour!

II.

O NUIT PLUS BELLE QUE LE JOUR.

Air nº 50 ou ♯B. 77.

Je te salue, ô nuit aimable,
O nuit plus belle que le jour,
Reflet du soleil admirable
Que fait lever le Dieu d'amour.

CHŒUR.

Salut, salut, divin Messie,
Sauveur si longtemps attendu!
Nous retrouvons par toi la vie,
Par toi le ciel nous est rendu.

Le voici : du sein de son Père
Le Verbe descend en ces lieux.
Ah ! maintenant, heureuse terre,
Tu n'envîras plus rien aux cieux.

Le voici ; déjà les saints anges
Se pressent joyeux dans les airs,
Et chantent en chœur ses louanges
Pour l'annoncer à l'univers.

Nous, mortels, chantons sa naissance,
Car c'est à nous qu'il est donné ;
C'est pour finir notre souffrance
Que ce petit Enfant est né.

Allons, pour former sa couronne,
Nous confondre avec les pasteurs.
Cette pauvre crèche est le trône
Où s'enrichissent tous les cœurs.

Le voici, ce cœur misérable
Que tu veux bénir en ce jour ;
Viens le combler, Enfant aimable,
De tous les dons de ton amour.

III.

IL VIENT, MAIS A QUEL PRIX!

Air nº 44 ou 50.

Salut, ô Soleil de justice,
Qui luis enfin sur l'univers ;
Salut, salut, Astre propice,
Qui rends la vie à nos déserts.

CHŒUR.

Salut, salut, Dieu de clémence,
Qui viens racheter Israël!
L'enfer se ferme, et ta naissance
A pour toujours rouvert le ciel.

Depuis longtemps la triste terre
Soupirait après son Sauveur.
Tu viens lui sourire; elle espère,
Elle retrouve le bonheur.

Mais à quel prix l'amour t'amène!
A quel prix tu veux nous guérir!
Pour briser notre lourde chaîne,
C'est toi, toi, qu'il faut asservir!

Il faut que le Très-Haut s'abaisse
Pour que l'homme soit transformé.
O merveille de la tendresse!
Seigneur, oh! tu m'as trop aimé!

Je dois du moins t'aimer moi-même,
O Dieu qui t'immoles pour moi;
Jésus, je veux t'aimer, je t'aime,
Et je m'immolerai pour toi.

IV.

IL M'A AIMÉ ET S'EST LIVRÉ POUR MOI.

Air n° 22.

Celui que la gloire environne,
Le Maître des cieux, l'Eternel,
Le voilà tombé de son trône,
Esclave dans un corps mortel.

CHŒUR.

Un Dieu m'aime ! un Dieu m'aime !
Amour au Dieu Sauveur,
Qui préfère à lui-même
Un néant, un pécheur !

SOLO.

O Sauveur admirable,
Qui te livres pour moi,
O Sauveur tout aimable,
Je veux n'aimer que toi.

Le Dieu riche est dans l'indigence ;
Et l'arbitre de l'univers,
Se dévouant à la souffrance,
Répand des pleurs, des pleurs amers.

O Dieu, qui deviens anathème,
Pourquoi t'anéantir ainsi ?
« Pécheur, c'est parce que je t'aime...
» Toi, toi, veux-tu m'aimer aussi ? »

V.

RECONNAISSEZ VOTRE SAUVEUR.

Air n° 22.

Chrétiens, à sa tendresse extrême,
Reconnaissez votre Sauveur,
Donnez à ce Dieu qui vous aime
Tout votre amour, tout votre cœur.

CHŒUR.

Salut, enfant aimable,
Source du vrai bonheur.
Règne, ô maître adorable,
Règne sur notre cœur.

SOLO.

Oui, tu seras mon maître,
Oui, tu seras mon roi,
Doux enfant, qui viens naître,
Vivre et mourir pour moi.

Moi, je l'aime... une ardente flamme,
Prise au foyer du saint autel,
Dévore et consume mon âme;
L'aimerai-je plus dans le ciel?

VI.

JÉSUS M'ÉLÈVE AU CIEL.

Air n° 4.

Aux ravissants concerts des Anges
Mêlons nos concerts en ce jour.
Au Fils de Dieu gloire, louanges!
Au Roi des rois honneur, amour!
Le ciel s'abaisse sur la terre,
La terre enfante son Sauveur;
Voici Jésus, c'est notre frère,
Notre salut, notre bonheur.

Il est né, cet Enfant aimable;
Il est né, le divin Agneau.
Mais son palais est une étable,
Mais une crèche est son berceau.

Mes yeux, ô prodige, ô mystère!
Ont vu le grand Dieu d'Israël
S'anéantissant sur la terre,
Et c'est pour m'élever au ciel!

Il pleure, et ses amères larmes
Me donneront le ciel un jour!
O Dieu si bon, si plein de charmes,
Résisterai-je à tant d'amour?
Des douleurs tu bois le calice
Pour nous épargner la douleur;
Refuserai-je un sacrifice,
Quand je vois souffrir mon Sauveur?

VII.

JÉSUS EST NÉ!

Air n° 5.

Jésus est né! tressaillons d'allégresse:
De l'esclavage il vient nous délivrer.
Dans les transports d'une amoureuse ivresse,
A son berceau courons pour l'adorer.

SOLO ET DUO.

Terre, tressaille d'espérance:
Ton Sauveur naît en ce grand jour.
Toi, Dieu d'amour et de clémence,
Reçois nos cœurs et notre amour.

CHŒUR.

Amour, amour à Celui qui nous aime!
Aimer Jésus, c'est le parfait bonheur.
Puisque pour nous son amour est extrême,
Brûlons pour lui de la plus vive ardeur.

Jésus est né ! dépouillant tous ses charmes,
Et revêtant la forme des pécheurs,
Le Fils de Dieu baigne d'amères larmes
L'humble réduit témoin de ses douleurs.

Jésus est né ! ses larmes, son sourire,
Ont désarmé le courroux du Seigneur.
Peuple chrétien, dans un pieux délire,
Tombe aux genoux de ton Libérateur.

Jésus est né ! sa main victorieuse
Fait fuir au loin Satan déconcerté;
L'enfer se ferme, et la terre joyeuse
Respire enfin l'air de la liberté.

Jésus est né ! l'homme déchu recouvre
Tous les trésors par ses fautes perdus;
Dieu lui sourit, et son beau ciel se rouvre...
Louange, gloire, amour au bon Jésus !

VIII.

TU VIENS A NOUS.

Air n° 57.

Tu viens à nous, et dans ta pauvre étable,
O Roi des rois, tu voiles ta grandeur.
En te cachant, tu te rends plus aimable,
Et notre foi t'aime avec plus d'ardeur.

Tu viens à nous, et tu te fais victime
En te chargeant de notre iniquité.
Plus tu descends sous l'affreux poids du crime,
Plus nous t'aimons, ô Dieu de charité.

Tu viens à nous, et tu quittes ton trône
Pour que le ciel nous appartienne un jour.
Tendre Sauveur, plus ton amour nous donne,
Ah ! plus aussi nous te donnons d'amour.

Tu viens à nous, et ton cœur ne demande
Pour tant de biens que l'amour de nos cœurs.
Les voici tous, nous t'en faisons l'offrande ;
Et puissent-ils consoler tes douleurs !

IX.

VOUS AIMER, ET SANS RETOUR.

Air nº 3.

O prodige d'amour ! l'enfant qui vient de naître
Est un Dieu revêtu de notre humanité.
Mortels, prosternez-vous, adorez votre Maître
Sous ce manteau de chair voilant sa majesté.

CHŒUR.

Divin Jésus, enfant aimable,
A vous nos cœurs et notre amour !
Oui, nous jurons, Maître adorable,
De vous aimer, et sans retour.

Il est nuit, et partout règne un profond silence.
Les anges tout à coup, suspendus dans les airs,
De l'Homme-Dieu naissant annoncent la présence :
« Gloire à Dieu dans les cieux, et paix à l'univers ! »

Bientôt ils ont porté ces heureuses nouvelles
Aux bergers qui veillaient autour de leur troupeau.
A cette voix d'en-haut les bergers sont fidèles,
Et les voilà courbés devant le saint berceau.

Nous aussi, levons-nous, courons dans l'humble étable,
Et des yeux de la foi contemplons le Sauveur.
Que de douceur, de grâce, en cet enfant aimable !
Un seul de ses regards a subjugué mon cœur.

Je l'ai vu, l'Enfant-Dieu ; j'ai vu ses pauvres langes,
Sa crèche, ses besoins, ses souffrances, ses pleurs;
Et, pleurant à mon tour, j'ai dit : Amour, louanges
A Celui qui pour moi se voue à ces douleurs!

Il m'a tendu les bras pour me dire : Je t'aime.
A ses pleurs se mêlait un sourire d'amour.
Oh! oui, je l'ai juré, je veux l'aimer moi-même,
L'aimer de tout mon cœur jusqu'à mon dernier jour.

X.

AMOUR A L'ENFANT JÉSUS.

Air n° 73.

SOLO.

Quel étonnant mystère!
Le Fils de l'Eternel
Vient habiter la terre
Sous les traits d'un mortel.

CHŒUR.

Oh! si j'étais un ange
Pour l'aimer encor plus !
Amour, gloire, louange,
Amour, gloire à Jésus!

Qui de nous vint au monde
Aussi pauvre que lui?
Dans une étable immonde
Son trône est aujourd'hui.

Faible enfant, il frissonne;
Voyez que de douleurs!
Et sa mère, si bonne,
N'a rien, rien que ses pleurs!

Sa gloire, sa puissance
S'éclipsent en ce jour;
Mais son humble naissance
Dit bien haut son amour.

Pour qui tant de faiblesse,
De souffrances, de pleurs?
Pour l'homme, qui le blesse,
Pour moi, pour les pécheurs!

Cesse, cesse tes larmes;
C'est à moi de gémir,
Enfant si plein de charmes;
C'est à moi de souffrir.

« Non! il faut que je pleure,
» Dit l'Enfant généreux.
» Toi, pleure, à la bonne heure;
» Pleure, et je suis heureux. »

Oui, je pleure, ô bon Maître,
De douleur et d'amour,
Et je viens te promettre
D'être à toi sans retour.

Tu t'es fait anathème,
Tu souffres tant pour moi!
Je veux t'aimer, je t'aime,
Je n'aimerai que toi.

CIRCONCISION.

VIENS GUÉRIR NOTRE CŒUR.

Air n° 6.

Le Fils du Roi des rois, descendu sur la terre,
Se soumet à la loi comme un simple mortel;
Empressé d'obéir aux ordres de son Père,
Pour sauver les pécheurs il se fait criminel.

CHŒUR.

Divin Agneau, salutaire Victime,
Lave nos cœurs dans ton sang précieux;
Arrache-nous au joug affreux du crime;
Ferme l'enfer, et rouvre-nous les cieux.

Il faut le sang d'un Dieu pour laver nos offenses,
Ses douleurs pour guérir nos mortelles douleurs :
Jésus s'offre, et sur lui concentre les vengeances,
Pour éloigner de nous d'éternelles rigueurs.

Que d'amour! mais aussi quel exemple il nous donne!
Il souffre, et le pécheur ne voudrait rien souffrir!
Son sang coule; veux-tu que le Ciel te pardonne,
Pécheur? ah! verse au moins des pleurs pour le fléchir.

O Dieu, qui pour souffrir es venu sur la terre,
Arrache de nos cœurs l'amour des vains plaisirs.
T'aimer, ô doux Jésus, t'aimer, ô divin frère,
C'est assez de bonheur pour combler nos désirs.

Tu nais pauvre, et tu vois que la soif des richesses
Dévore tes enfants : viens guérir notre cœur.
Mon Dieu, tu nous as fait de si hautes promesses!
Faut-il que hors de toi nous cherchions le bonheur?

PREMIER JOUR DE L'AN.

BÉNIS, SEIGNEUR, CETTE NOUVELLE ANNÉE.

Air n° 27.

Le nouvel an, dont nous voyons l'aurore,
Au Dieu jaloux appartient tout entier :
Donnons à Dieu le jour qui vient d'éclore,
Et tous nos jours, tous jusques au dernier.

CHŒUR.

Bénis, Seigneur, cette nouvelle année;
Enrichis-la de mille et mille dons.
C'est pour t'aimer que tu nous l'as donnée;
C'est à t'aimer que nous la consacrons.

L'homme, immortel, n'a pas reçu la vie
Pour s'enfermer tout entier dans le temps.
Heureux celui qui pense à la patrie,
Et qui ne perd aucun de ses instants !

Par les plaisirs nous nous laissons surprendre,
Et que de jours nous dérobons aux cieux !
Et cependant quel compte il faudra rendre,
Rendre bientôt de ce temps précieux !

Le temps présent, le perdrons-nous encore?
Compterons-nous toujours sur l'avenir?
D'un nouvel an nous avons vu l'aurore,
Qui d'entre nous est sûr de le finir ?

Pensons-y bien ! si le Dieu de clémence
Veut nous prêter quelques moments encor,
Servons-nous-en pour faire pénitence,
Et pour grossir au ciel notre trésor.

ÉTRENNES A L'ENFANT JÉSUS.

Air nº 51.

Dans ce beau jour, quel gage de tendresse
Puis-je donner au saint enfant Jésus?
Voilà mon cœur, c'est toute ma richesse:
Je te le donne, ô Maître des vertus.

CHŒUR.

Doux objet de ma flamme,
O ravissant Sauveur,
Je te donne mon âme,
Je te donne mon cœur.

Divin Enfant, accepte mon hommage,
Reçois ce cœur que t'offre mon amour.
Je te le donne aujourd'hui sans partage,
Je te le donne aujourd'hui sans retour.

Toi, dont le cœur est si riche en sagesse,
Dans tes trésors introduis-moi, Jésus!
Comble mon cœur des dons de ta tendresse,
Et verses-y tes divines vertus.

Ne permets point, ô Maître tout aimable,
Que j'ose, ingrat, te le reprendre un jour.
Unis mon cœur à ton cœur adorable
Par les liens d'un éternel amour.

ÉTRENNES DE JÉSUS ET DE MARIE A LEUR ENFANT.

Air n° 5.

JÉSUS.

Viens, doux enfant, que notre amour appelle :
Ma Mère et moi nous voulons te bénir.
Dans ce beau jour, au cœur prompt et fidèle
Nous donnons tout : accours, viens t'enrichir.

L'ENFANT.

Oh ! me voici, Dieu de la vie !
Donnez-moi tout, divin Sauveur ;
Donnez-moi tout, bonne Marie...
Moi, je vous donne tout mon cœur.

Nous ne donnons ni les biens de la terre,
Ni ses plaisirs, ni sa gloire d'un jour...
Voici nos Cœurs, la source salutaire
Du vrai bonheur, du pur et saint amour.

Nos Cœurs, enfant, seront pour ta faiblesse
Un abri sûr, un rempart tout puissant.
Viens t'y cacher : le démon, qui te presse,
Bien loin de toi s'enfuira frémissant.

Nos Cœurs, enfant, te serviront de guides,
Et t'apprendront le vrai chemin du ciel.
Ils soutiendront tes pas lents ou timides,
En t'abreuvant de leur lait, de leur miel.

C'est dans nos Cœurs qu'est le lait de la grâce :
Heureux l'enfant qui le savourera !
Comme il grandit, comme il court ! rien ne lasse
Le voyageur que ce lait nourrira.

C'est dans nos Cœurs qu'on puise avec délices
Le miel si doux de la céleste paix.
Viens le goûter, enfant, et que tu puisses
Au miel du monde échapper à jamais.

Celui qui boit à nos pures fontaines
N'envîra plus la coupe du pécheur.
Viens, mon enfant ! légères sont nos chaînes,
Et nous donnons un éternel bonheur.

FÊTE DES ROIS.

I.

MANIFESTATION DE JÉSUS.

Air n° 24.

Chrétiens, rassemblons-nous, et, sur les pas des Mages,
Allons dans son berceau visiter le Sauveur;
Portons à l'enfant Dieu nos vœux et nos hommages;
Dans son cœur, tout d'amour, déposons notre cœur.

CHŒUR.

Règne, ô divin Jésus, à jamais sur notre âme;
Captive notre cœur sous le joug de ta loi.
Heureux de te servir, de brûler de ta flamme,
Nous n'aurons d'autre Dieu, d'autre maître que toi.

Du fond de l'Orient un nouvel astre appelle
A Bethléem les rois de la gentilité.
Aux Gentils comme aux Juifs le Sauveur se révèle ;
Le monde va sortir de sa captivité.

Désormais en Jésus tous les peuples sont frères :
Tout œil verra briller le flambeau de la foi,
Toute oreille entendra les célestes mystères,
Tout cœur pourra s'ouvrir à la nouvelle loi.

Le monde agonisant retrouve l'espérance ;
Il admire, il s'ébranle, il veut la loi d'amour ;
En maudissant ses dieux, vers la croix il s'élance,
Et leurs temples déserts s'écroulent tour à tour.

Comme l'heureux captif qui voit tomber ses chaînes,
Le genre humain sourit, fier de sa liberté ;
Le sang de Jésus-Christ a coulé dans ses veines,
Il renaît, il s'élève à l'immortalité.

De ce peuple nouveau, chrétiens, soyons la gloire.
Affranchis du péché par la grâce de Dieu,
Aux faux dieux, qui voudraient ressaisir la victoire,
Disons, l'œil vers le ciel, un éternel adieu.

Irions-nous encenser de fragiles idoles,
Nous, les fils de la foi, les frères de Jésus !
Non ! guerre, guerre au monde, à ses plaisirs frivoles !
Amour, gloire, triomphe à vous, Dieu des vertus !

II.

TRIOMPHE, RÈGNE ET COMMANDE, O JÉSUS.

Air n° 9.

O Roi des rois, à toi seul est la terre :
Captive enfin ses peuples et ses rois ;
Qu'ils viennent tous s'unir sous ta bannière,
Connaître, aimer et pratiquer tes lois.

SOLO.

Règne, ô Jésus ! rassemble sous tes ailes
Tous tes enfants, sans qu'il t'échappe un cœur ;
Par tes bienfaits triomphe des rebelles :
Triomphe, règne et commande en vainqueur.

CHŒUR.

Moi, j'ai connu ta douceur, ô mon Maître ;
Moi, j'ai trouvé le bonheur avec toi ;
Et, plein d'amour, je viens te reconnaître
Et te choisir pour mon Maître et mon Roi.

Aux bords lointains, que de cœurs méconnaissent
Le bon Jésus et restent insoumis !
Et, chez les siens, que d'autres le délaissent,
Pour se ranger parmi ses ennemis !

J'entends mon Roi : « Vois-tu comme on m'oublie !
» Toi, mon enfant, veux-tu m'abandonner ?
» — Jamais ! jamais ! toi seul donnes la vie :
» A qui, Seigneur, irais-je me donner ? »

ENFANCE DE JÉSUS.

I.

ENFANTS, ALLEZ A JÉSUS.

Air n° 51.

Enfants, venez recevoir les caresses
Du saint Enfant qui vous aime entre tous ;
Venez, venez recueillir les richesses
Que son amour veut répandre sur vous.

CHŒUR.

Doux ami de l'enfance,
Presse-nous sur ton cœur ;
Garde notre innocence,
Et sois notre Sauveur.

Il est petit ; mais qu'il a de puissance !
C'est un grand Roi, le Très-Haut, l'Eternel ;
Tout est à lui, gloire, magnificence,
Bonheur, trésors de la terre et du ciel.

C'est lui qui tient dans sa main votre vie,
Lui qui de vous écarte les malheurs,
Lui qui bénit vos parents, et confie
Votre avenir à l'amour de leurs cœurs.

C'est lui qui donne aux enfants la sagesse,
La paix de l'âme et les plus doux plaisirs ;
C'est lui qui guide et charme la jeunesse,
Lui qui la sauve en comblant ses désirs.

C'est lui, lui seul, qui donne, dans ce monde,
Le vrai bonheur et la félicité.
Source des biens, pure et toujours féconde,
Lui seul conduit à l'immortalité.

Si vous saviez comme il chérit l'enfance !
Venez ! Jésus en ses bras vous prendra,
Et sur son cœur, sauveur de l'innocence,
Jusques au ciel Jésus vous portera.

II.

VENEZ A MOI, PETITS ENFANTS.

Air n° 40.

Mon cœur vous aime, et c'est vous qu'il préfère,
Petits enfants : venez, venez à moi.
Pour vous sauver, je deviens votre frère ;
Venez puiser tous les biens dans ma loi.

De votre cœur donnez-moi les prémices...
Il m'appartient, j'en suis le créateur;
Il m'appartient, et par quels sacrifices
Je l'ai repris, moi, votre Rédempteur!

Venez, venez en mes mains le remettre;
A l'ennemi ne donnez pas vos jours,
Il vous perdrait... Moi, je suis le bon Maître,
Qui rend heureux et qui sauve toujours.

Venez! je suis la lumière infaillible
Qui guide l'homme aux sentiers du bonheur;
Je suis la force, et je rends invincible
Celui qui veut s'abriter dans mon cœur.

Venez! c'est moi qui soutiens la faiblesse,
Moi qui guéris, moi qui peux soulager.
Prenez mon joug, vous que la peine oppresse :
Mon joug est doux, et mon fardeau léger.

Venez! je sais, en pansant les blessures,
De miel encor rassasier les cœurs :
Les pénitents, comme les âmes pures,
Trouvent en moi d'ineffables douceurs.

Venez! la paix est à qui veut me suivre;
Et quel bonheur, quand, prenant à l'autel
La coupe sainte où la vierge s'enivre,
Vous goûterez les prémices du ciel!

Venez! je donne et la grâce et la vie,
Et tous les biens les plus délicieux...
Venez! c'est moi qui mène à la patrie;
Venez! c'est moi qui tiens la clé des cieux.

III.

CHRÉTIEN, SUIS-TU TON MODÈLE?

Air n° 26.

Qui que tu sois, viens, chrétien : Dieu t'appelle
A méditer l'enfance de Jésus.
En contemplant cet auguste modèle,
Tu pleureras ; car tu ne le suis plus...

CHŒUR.

Je t'oubliais, ô mon bon Maître ;
Mais c'en est fait, je suis à toi.
Mon Dieu, je viens te le promettre ;
Mon Dieu, pardonne, et change-moi.

Dieu, lui si grand et si saint, s'humilie
En se faisant mortel, enfant, pécheur.
Et toi, néant, toi, pécheur, ô folie !
Tu peux nourrir tant d'orgueil dans ton cœur !

De l'enfant Dieu, qui dans sa pauvre étable
Manque de tout, tu vois la pauvreté.
Et tu poursuis, avide, insatiable,
Les biens d'un monde où tout est vanité !

Il souffre, il pleure, et déjà dans le temple
Son sang divin coule pour te guérir.
Toi, fils ingrat, dédaignant son exemple
Et son amour, tu ne cours qu'au plaisir !

Le vois-tu fuir aux rives étrangères
Pour s'arracher à son persécuteur ?
Toi, si tu sais ne pas blesser tes frères,
Sais-tu du moins supporter le malheur ?

A Nazareth, quelle admirable vie !
Tout est pour Dieu, tout est pour la vertu.
Toi, quelle route as-tu d'abord suivie?
Et maintenant quelle route suis-tu ?

En grandissant, il croissait en sagesse
Devant le monde et devant le Seigneur.
Toi, dans le bien avances-tu sans cesse,
Et tous les jours te rendent-ils meilleur?

Ah ! tu le vois, devant cette humble crèche
De l'enfant Dieu, tu dois t'humilier.
Docile enfin à la voix qui te prêche,
Viens devant lui soupirer et prier.

SAINT NOM DE JÉSUS.

Air n° 7.

I.

Jésus ! c'est le nom adorable
Du Dieu qui s'est livré pour nous.
Jésus ! que ce nom est aimable !
Rien n'est si beau, rien n'est si doux.

Jésus ! ce nom divin, qu'un ange
Apporta du ciel au malheur,
Est seul un hymne de louange :
Car Jésus veut dire Sauveur.

Jésus ! c'est le nom redoutable
Auquel tout genou doit fléchir.
Jésus ! c'est le nom délectable
Auquel tout cœur doit tressaillir.

Jésus! c'est la douce parole
Qui relève, qui raffermit.
Jésus! c'est le cri qui console,
Qui rend la paix, qui réjouit.

Jésus! c'est le soupir de l'âme
Que consume le saint amour.
Jésus! ce cri nourrit sa flamme,
Et l'attache à Dieu sans retour.

Jésus! c'est un cri d'assurance
Pour le juste, pour le pécheur.
C'est un cri de reconnaissance,
Un cri de joie et de bonheur.

Jésus! c'est le cri de victoire
Qui terrasse les ennemis.
Jésus! c'est le chant de la gloire,
L'hymne éternel du paradis.

II.

Jésus! combien ce nom si tendre
Apporte de paix à mon cœur !
Tout mon désir est de l'entendre;
Le redire est tout mon bonheur.

Jésus! ce cri de l'espérance
Est tout puissant pour adoucir
L'amertume de ma souffrance,
Tout puissant pour me réjouir.

Jésus! ce nom prévient les larmes,
Et me garantit du malheur ;
Jésus! voilà mes seules armes
Pour terrasser le tentateur.

Jésus! ce nom change en délices
Toutes les fatigues du bien;
Les plus douloureux sacrifices
A mon cœur ne coûtent plus rien.

Jésus! à ce nom plein de gloire,
Déjà je crois, ivre d'amour,
Sur les ailes de la victoire,
Voler au céleste séjour.

Jésus! ce nom divin console
En cet exil mon pauvre cœur.
Jésus! ma dernière parole
Sera ce nom plein de douceur.

Jésus! nom si doux sur la terre,
Dans le ciel combien l'est-il plus!
C'est là, là que bientôt j'espère
Le redire avec les élus.

PRÉSENTATION DE JÉSUS-CHRIST.

I.

JÉSUS PORTÉ AU TEMPLE.

Air nº 21.

O sagesse infinie, ô charité sublime!
Pour apaiser le Ciel, un Dieu s'offre en ce jour.
Du péché des humains innocente victime,
Jésus vient s'immoler, entraîné par l'amour.

CHŒUR.

O doux et saint Agneau, pour sauver le coupable,
Tu daignes aujourd'hui t'étendre sur l'autel,
Et tu dois y mourir!... O Victime adorable,
A quel prix tu nous rends l'héritage du ciel!

Au tribut des pécheurs Jésus peut se soustraire;
Mais il suivra la loi, le grand Législateur;
Le Roi du ciel veut être esclave sur la terre,
Et l'on vient racheter ce divin Rédempteur.

CHŒUR.

Gloire à l'Agneau sans tache, au Très-Haut, qui s'abaisse!
Mais pourquoi t'abaisser, ô Souverain du ciel?
— Pourquoi? Pour te montrer jusqu'où va ma tendresse.
— Mon Dieu, je t'aimerai d'un amour éternel.

Pour cacher aux humains ce que Dieu fit en elle,
Marie, obéissant à la commune loi,
Vient se purifier, et la Vierge fidèle
S'immole avec son Fils, qui s'immole au grand Roi.

CHŒUR.

O Vierge humble et docile, ô Mère chaste et pure,
Fais que mon âme, prompte aux ordres du Seigneur,
Et du péché toujours évitant la souillure,
N'offre aux regards du ciel qu'innocence et candeur.

Par un humble respect, cette divine Mère
Durant les jours prescrits s'éloigna du saint lieu.
Mais que pouvais-tu craindre, auguste sanctuaire,
Lit virginal, où vint se reposer un Dieu?

CHŒUR.

Exauce mes désirs, Marie, ô Vierge sainte,
Trône du Roi des rois, temple du Dieu sauveur:
Fais que l'humilité, que le respect, la crainte,
L'amour surtout, me suive à l'autel du Seigneur.

Un glaive de douleur te perce, ô tendre Mère:
Cet enfant bienaimé, tu dois le voir un jour
Porter ses pas sanglants au sommet du Calvaire,
Et mourir sur la croix, victime de l'amour.

CHŒUR.

O Reine des martyrs, le fer du sacrifice
De ses traits acérés a déchiré ton cœur...
C'est moi, cruel, c'est moi qui cause ton supplice...
Ah ! puissent mes regrets adoucir ta douleur !

Un vieillard, dès longtemps attendant le Messie,
Contemple avec bonheur l'Enfant venu du ciel ;
Il le prend en pleurant, il l'embrasse et s'écrie :
« Je puis mourir, j'ai vu le Sauveur d'Israël. »

CHŒUR.

O Sauveur d'Israël, Enfant tout plein de charmes,
Viens, comme un tendre ami, reposer dans mes bras ;
Je m'écrierai, les yeux baignés d'heureuses larmes :
J'ai vu le bienaimé : viens, viens, ô doux trépas !

II.

C'EST POUR NOUS QU'IL S'IMMOLE,

Air n° 20.

Sion, n'immole plus tes stériles victimes...
Les figures font place à la réalité :
Prêtre et victime, un Dieu, pour expier nos crimes,
Vient s'immoler lui-même à la Divinité.

CHŒUR.

Sainte Victime,
Est-ce à toi de souffrir ?
Nous venons nous offrir,
Sainte Victime
De notre crime,
Avec toi pour mourir.

Sur nous était levé le bras de la justice ;
Coupables, nous devions en subir les rigueurs.
Mais le Verbe fait chair, s'offrant en sacrifice,
Aux horreurs du trépas arrache les pécheurs.

« Le sang des animaux , dit Jésus à son Père ,
» N'est pas digne de vous, et ne peut vous fléchir ;
» Le mien, le sang d'un Dieu, peut seul vous satisfaire,
» Et vous le demandez : je viens pour vous l'offrir. »

Ainsi, dès le berceau saluant la souffrance,
Le divin Rédempteur préludait à la croix.
Amour au Dieu si bon, qui vers la croix s'élance ,
Pour nous en épargner l'épouvantable poids !

Instruit par ton amour, ô Victime adorable,
Je veux au saint autel avec toi m'immoler.
Avec le sang du juste, ah ! le sang du coupable
Pour apaiser le Ciel ne doit-il pas couler ?

III.

VIENS T'OFFRIR AVEC MOI.

Air n° 58.

Mon cher enfant , dans les bras de ma Mère
Je vais m'offrir et m'immoler pour toi ;
Mais je t'attends pour aller à mon Père :
Viens, viens aussi t'immoler avec moi.

CHŒUR.

Oui , mon Jésus , je veux vous suivre ;
Je me donne à Dieu sans retour.
C'est pour Dieu seul que je veux vivre,
Et je mourrais pour son amour.

Ne tremble pas à ce mot : sacrifice !
Il faut savoir l'embrasser, ou périr ;
Et si tu veux te rendre Dieu propice,
N'hésite pas, avec moi viens mourir.

Qu'exige-t-il ? Que tu lui sacrifies
Des passions qui feraient ton malheur,
D'amers plaisirs, de mortelles folies :
Est-ce donc trop demander à ton cœur ?

Dieu te suffit ; et quand la créature
Par ses attraits peut encor captiver,
Dans son Auteur, la beauté sans mesure,
Combien d'attraits ne dois-tu pas trouver ?

Si la vertu peut garder une épine,
Le vice, hélas ! en a plus mille fois...
Et puis, sois sûr que la grâce divine
T'adoucira le fardeau de la croix.

Pour t'épargner, je viens boire un calice
Bien plus amer que le vôtre, ô pécheurs !
J'ai pris pour moi les douleurs, le supplice ;
Je n'ai gardé pour toi que les douceurs.

Oh ! quel bonheur mon Père te prépare
Si sans détour tu veux suivre sa loi !
Donne à ton Dieu d'une main non avare,
Et tous les biens de ton Dieu sont à toi...

Viens donc aussi dans les bras de ma Mère :
Qu'elle offre encor cet enfant au Seigneur.
Dieu sourira, te prendra pour mon frère,
Et nous n'aurons désormais plus qu'un cœur.

Et nous n'aurons non plus qu'un héritage...
Si dans ce jour tu me suis à l'autel,
Et qu'au Seigneur tu restes sans partage,
Un jour aussi tu me suivras au ciel.

TEMPS DU CARÊME.

I.

VOICI L'HEURE DES PLEURS.

Air n° 70.

Pénitence ! pleurons, pleurons, en voici l'heure !
Chrétiens, entendez-vous l'Eglise soupirer ?
C'est sur nous qu'aujourd'hui la bonne mère pleure ;
Enfants de sa douleur, apprenons à pleurer.

Pleurez, pauvres pécheurs ! car il faut vous soustraire
Au bras vengeur d'un Dieu justement irrité.
Si vous ne pleurez pas dans ce temps salutaire,
Vous pleurerez sans fruit pendant l'éternité.

Pleurez, saints pénitents, désabusés du monde !
Car il faut expier de trop longues erreurs.
Où le crime abonda, que la justice abonde :
Une larme, un soupir, épargnent cent douleurs.

Pleurez, justes aussi ! vous n'êtes pas sans tache ;
Dans vos cœurs trop souvent la fange obscurcit l'or.
Dégagez cet or pur du limon qui le cache ;
Et puis de vos vertus grossissez le trésor.

Pleurons tous ! qui de nous n'aura recours aux larmes,
S'il pèse le passé, le présent, l'avenir ?
Pécheurs, contre la foudre avons-nous d'autres armes ?
Pauvres, d'autres moyens pour nous faire bénir ?

Pleurons sur le prochain, en pleurant sur nous-mêmes ;
Tant d'autres, désertant l'étroit sentier des cieux,
Appellent sur leurs fronts les divins anathèmes !
Tant d'autres ont besoin que nous pleurions pour eux !

Pleurons sur tant de maux qui désolent la terre,
Et voyons-y le fruit de notre iniquité.
Dieu frappe, et nous trouvons le châtiment sévère;
Mais qui de nous', hélas! ne l'a pas mérité?

Pleurons! et le Seigneur, oubliant la vengeance,
Se tournera vers nous et nous exaucera.
Nos pleurs, même ici-bas, auront leur récompense;
Et là-haut, dans le ciel, Dieu nous consolera.

II.

SEIGNEUR, ÉPARGNEZ-NOUS!

(Paraphrase du Trait *Domine, non secundùm peccata nostra,* etc.)

Air n° 59.

Seigneur, ne frappez pas selon votre justice
Des malheureux noircis de mille iniquités;
Et ne mesurez pas au poids de leur malice
Le poids des châtiments qu'ils ont trop mérités.

Ah! plutôt regardez l'excès de leur misère:
Voyez-les abattus, brisés par les malheurs;
Et, vous ressouvenant que vous êtes leur Père,
Oubliez leurs péchés, pour essuyer leurs pleurs.

Vous êtes notre Père: ah! que votre tendresse
S'incline au cri plaintif de vos pauvres enfants;
Qu'elle accoure vers eux, les console et s'empresse
De prêter à leurs maux ses soins compatissants.

Vous seul pouvez guérir nos profondes blessures:
Venez, et guérissez nos blessures, Seigneur.
Vous seul pouvez sauver vos faibles créatures:
Venez, ô Dieu d'amour, et soyez leur sauveur.

Pécheurs, nous méritons la haine et l'anathème...
Devant vous, ô mon Dieu, nos titres au pardon,
C'est vous-même, vous seul : sauvez-nous pour vous-même,
Et par votre clémence exaltez votre nom.

TEMPS DE LA PASSION.

I.

SALUT, O CROIX!

Air n° 60.

Salut, ô Croix! sur ce nouveau Calvaire
Lève ton front, ton front si radieux,
Et resplendis pour rassurer la terre,
Pour désarmer la colère des cieux.

CHŒUR.

Salut, salut, symbole d'espérance,
Gage de paix, présage de bonheur!
Porte la joie au cœur de l'innocence
Et le pardon à l'âme du pécheur.

Salut, ô Croix, salut, autel auguste
Où s'immola le Fils de l'Eternel,
Lit douloureux teint du sang que le Juste
Voulut verser pour nous rouvrir le ciel!

Salut, ô Croix, bouclier tutélaire
Qui du démon paralyses l'effort;
Vaisseau divin, boussole salutaire,
Qui nous conduis sûrement vers le port.

Salut, ô Croix, mystérieuse échelle
Dont le sommet touche aux parvis des cieux,
Par où le cœur courageux et fidèle
Monte et s'élance au séjour glorieux.

II.

J'AIME LA CROIX.

Air n° 58.

J'aime la Croix ! j'en ressentis les charmes
Au jour où Dieu , me pressant dans ses bras ,
Me dit au cœur, en essuyant mes larmes :
« C'est par la Croix que tu te sauveras. »

CHŒUR.

Auguste Croix, bois salutaire ,
Gage d'amour, signe de paix ,
Oh ! règne , règne sur la terre ,
Règne sur mon cœur à jamais.

J'aime la Croix ! une Victime sainte
Pour moi voulut autrefois y mourir.
Quand les douleurs m'arrachent une plainte ,
Elle me dit : Le pécheur doit souffrir.

J'aime la Croix ! elle éloigne l'orage ;
Des vents, des flots , elle abat la fureur.
Je ne crains rien sous le paisible ombrage
Qu'étend sur moi l'arbre libérateur.

J'aime la Croix ! c'est ma seule espérance ,
Mon seul trésor en ce séjour mortel ;
C'est mon soutien , ma force , ma puissance ;
C'est mon bonheur, en attendant le ciel.

J'aime la Croix ! c'est la sainte bannière
Que je suivrai pour être un jour vainqueur.
O bonne Croix ! à mon heure dernière
Je veux encor te presser sur mon cœur.

J'aime la Croix ! au jour de la justice ,
Quand des pécheurs elle effraira les yeux ,
Je la verrai , comme un astre propice ,
Briller sur moi , pour m'appeler aux cieux.

III.

O BONNE CROIX!

Air n° 17 ou 27.

O bonne Croix , tu n'es plus pour la terre
Le bois maudit où meurt le criminel !
Jésus a fait de toi , sur le Calvaire ,
L'arbre de vie et le gage du ciel.

REFRAIN.

O bonne Croix , si chère à ma faiblesse ,
Charme si doux de ma captivité ,
Avec bonheur sur mon cœur je te presse ;
Car tu conduis à l'immortalité.

O bonne Croix , à l'amour tu m'animes ,
Toi qui d'un Dieu redis si bien l'amour !
Dieu m'aima tant , qu'il mourut pour mes crimes !
Ne faut-il pas que je l'aime à mon tour ?

O bonne Croix , tu me rends l'espérance
Quand le passé me fait pâlir d'effroi.
« Pleure, il le faut, dis-tu ; mais confiance !
» En expirant, Jésus priait pour toi. »

O bonne Croix , tu soutiens mon courage
Quand le démon vient assiéger mon cœur.
« Enfant, dis-tu , je t'abrite, et sa rage
» Ne te peut rien : je porte ton Sauveur. »

O bonne Croix, tu me dis, dans l'épreuve :
« Si Dieu souffrit, ne dois-tu pas souffrir ?
» De son amour tes douleurs sont la preuve,
» Et c'est la clé du ciel qu'il vient t'offrir. »

O bonne Croix, tu me dis dans les peines :
« Un homme aida Jésus portant sa croix.
» Seras-tu seul, toi, pour porter les tiennes ?
» Un Dieu viendra t'en adoucir le poids. »

O bonne Croix, tous les saints t'ont chérie,
Et c'est par toi qu'ils sont montés au ciel.
Sois mon amour pendant toute ma vie :
Comme eux, j'aspire au royaume éternel.

O bonne Croix, si je te suis fidèle,
Au lit de mort tu feras mon bonheur.
« Pars, diras-tu ; la fin vient ; Dieu t'appelle :
» Fils de la Croix, monte auprès du Sauveur. »

O bonne Croix, brille encor sur ma tombe,
Comme le sceau de l'immortalité ;
Et puis, par toi, que la prière y tombe,
Pour m'affranchir de toute iniquité.

Et quand un jour, rayonnante de gloire,
Tu montreras le grand Juge à mes yeux,
O bonne Croix ! du camp de la victoire
Fais-moi passer dans l'empire des cieux.

IV.

PORTONS LA CROIX.

Air n° 9.

De votre Roi l'étendard se déploie ;
Soldats chrétiens, courez ! c'est le rappel.
Prendre la Croix, la porter avec joie,
C'est suivre un Dieu, c'est marcher vers le ciel.

SOLO.

Salut, ô Croix, précieux héritage
Qu'en expirant m'a légué le Sauveur !
La croix d'un Dieu, quel sublime partage !
Pour un chrétien, la Croix, c'est le bonheur.

CHŒUR.

O bonne Croix, nous te serons fidèles...
De tous les biens tu nous enrichiras ;
Puis, transformée en palmes éternelles,
Des fruits du ciel tu nous rassasiras.

Portons la Croix... Honte et malheur au traître
Qui de Jésus ne suivrait plus les pas !
Le serviteur est-il plus que son Maître ?
Jésus la prit ; ne la prendrons-nous pas ?

SOLO.

Ah ! je le sais, tes sentiers, ô Croix sainte,
Sont teints de sang, sont arrosés de pleurs...
Mais de quels pas j'y reconnais l'empreinte !
Puis-je me plaindre encor de mes douleurs ?

CHŒUR.

O bonne Croix, etc.

Portons la Croix sans craindre les épines
Dont Dieu voudrait la surcharger encor.
Jésus en fait des fleurs toutes divines ;
Avec Jésus tout devient un trésor.

SOLO.

Croix de mon Dieu, que je versai de larmes
Le premier jour où tu pesas sur moi !
Ah ! j'ignorais qu'on trouve tant de charmes
A se courber docilement sous toi.

CHŒUR.

O bonne Croix, etc.

Portons la Croix jusque sur le Calvaire,
Pour conquérir tous les biens du Seigneur,
Pour consommer en nous le grand mystère :
Mourir à tout pour l'amour du Sauveur.

SOLO.

Mourir à tout, et mourir à moi-même,
C'est mon devoir... Mais que ne puis-je aussi
Verser mon sang pour le Sauveur que j'aime !
C'est mon désir, et qu'il en soit ainsi !

CHŒUR.

O bonne Croix, etc.

DIMANCHE DES RAMEAUX.

I.

PASSION DE NOTRE SEIGNEUR.

Air nº 35.

Jusqu'au néant l'Homme-Dieu s'humilie :
Pour nous guérir il se voue aux douleurs ;
Et sur la croix, pour nous rendre la vie,
Il va donner tout son sang aux pécheurs.

L'heure est venue, heure de la vengeance,
Qui doit peser sur l'innocent Agneau ;
Et, prêt à tout, le voici qui s'avance
Pour se charger du terrible fardeau.

Suivez les pas de la sainte Victime,
Et méditez tous ses abaissements :
Dans quelle mer d'opprobre Dieu l'abîme !
Quelle série affreuse de tourments !

Dans le jardin, trois heures d'agonie!
Et puis, Judas, sa horde, son baiser!
Puis l'abandon! puis les fers que l'impie
Sur son bon Maître ose faire peser!

Jérusalem l'accuse avec furie :
Juges, témoins, tout s'arme contre lui;
L'un le soufflette, et l'autre le renie;
Le bienaimé lui-même s'est enfui.

De juge en juge avec rage on le traîne,
Et par la rage il est partout froissé.
Ici l'on frappe, ailleurs on le promène
Sous le manteau que porte l'insensé.

Entendez-vous ces cris qui retentissent?
« Mort à Jésus! Barabbas gracié! »
Entendez-vous ces monstres qui rugissent?
« Mort à Jésus! Qu'il soit crucifié! »

Et voyez-vous cette infâme colonne,
Et ces bourreaux, et leurs fouets teints de sang?
Et voyez-vous cette horrible couronne
Qu'on a plantée au front du Tout-Puissant?

Voyez ces coups, ces crachats, ces outrages,
Ce sceptre affreux, cette pourpre en lambeaux,
Les jeux cruels, les insultants hommages
De ces soldats transformés en bourreaux...

Le voilà bien, l'homme de la souffrance
Et des douleurs!... Mais c'est encor trop peu :
D'autres douleurs briseront l'innocence
Qui s'est soumise aux vengeances de Dieu.

Faible, épuisé, Jésus vers le Calvaire
Marche, courbé sous sa pesante croix.
Il rampe, il tombe, on le frappe, et sa Mère
Est sous ses yeux : que de maux à la fois!

O long trajet! ô cruelle torture!...
Si l'on soulage un instant le Sauveur,
C'est pour pouvoir ensuite sans mesure
Frapper sur lui les coups de la fureur.

Il est enfin au lieu du sacrifice...
Ses vêtements, qu'arrachent les bourreaux,
Du fouet cruel ravivent le supplice,
En décollant ses chairs tout en lambeaux.

La croix l'appelle; il s'y couche sans plainte :
Le marteau frappe et redouble ses coups;
Les pieds, les mains de la Victime sainte
Sont transpercés d'épouvantables clous.

Et quand soudain l'horrible croix se hausse,
C'est sur ces clous que porte tout son poids;
Et quels tourments quand au fond de la fosse,
En vacillant, tombe la lourde croix!

Son sang ruisselle; et, tandis que les anges
Pleurent au ciel, que l'enfer s'est troublé,
Des ris moqueurs et des clameurs étranges
Sont le tribut de son peuple aveuglé.

J'entends gronder cette affreuse tempête...
Qui peut le voir, et retenir ses pleurs?
Il n'a plus même où reposer sa tête,
Le Fils de l'homme, enivré de douleurs!

Où l'appuyer, hélas!... sur sa poitrine?
Un poids plus lourd sur ses mains pèsera...
Sur son épaule? elle y plante une épine...
Contre la croix? l'épine est encor là.

Et dans son cœur quelle douleur poignante!
Au ciel, il voit le Très-Haut irrité;
Devant la croix, sa Mère gémissante;
Plus loin, les Juifs bravant sa royauté...

Venez, venez, ô vous tous dont le crime
A tant de maux condamna le Sauveur;
Approchez-vous de l'auguste Victime :
Est-il douleur semblable à sa douleur?...

Enfin, après trois heures d'agonie,
Et quand l'amour dont il est consumé
Ne voit plus rien qui l'enchaîne à la vie,
Un cri s'entend... et tout est consommé...

Oui, consommé de la part du bon Père;
Mais de la vôtre? ah! pensez-y, pécheurs;
Ne tournez pas son amour en colère;
Il en est temps, brisez, changez vos cœurs.

II.

VOIS, MON ENFANT, COMBIEN TU M'AS COUTÉ.

Air n° 49.

Je vois Jésus, sa croix de sang humide,
Ses mains, ses pieds percés d'énormes clous,
Son cœur ouvert, son visage livide,
Ses yeux éteints... Il est mort... c'est pour nous...

Mais c'est sa voix que mon cœur vient d'entendre :
« Vois, mon enfant, combien tu m'as coûté !
» A mon amour ne veux-tu pas te rendre?
» Cesse une fois d'outrager ma bonté.

» J'ai tant souffert pour fléchir la justice
» D'un Dieu vengeur irrité contre toi !
» Pour ton salut je me voue au supplice,
» Pour toi je meurs: toi, que fais-tu pour moi? »

Oui, je me rends, ô Sauveur adorable;
Oui, pour toujours je renonce au péché.
Et désormais, ô Père tout aimable,
A votre croix je veux être attaché.

Je monterai sur vos pas au Calvaire :
Ne dois-je pas avec vous m'immoler?
Quand de son sang mon Dieu rougit la terre,
Pécheur, mon sang ne doit-il pas couler?

Daignez, Seigneur, bénir mon sacrifice...
Mais frappez-moi du glaive de l'amour.
Mourir d'amour, pour laver ma malice,
Oh! quel bonheur!.. mon Dieu, l'aurai-je un jour?

JEUDI SAINT.

I.

INSTITUTION DE L'EUCHARISTIE.

Air n° 6.

Chrétiens, réunissez vos pieuses phalanges,
Et bénissez le Dieu que cache cet autel :
Il vous a fait asseoir à la table des anges,
Et l'enfant de la terre a droit au pain du ciel.

CHŒUR.

Nous t'adorons, ô sainte Eucharistie,
Don de l'amour, merveille du Sauveur,
Manne du ciel, pain qui donne la vie,
Gage si doux de l'éternel bonheur!

Ayant aimé les siens, exilés sur la terre,
Le Sauveur les aima jusqu'à son dernier jour;
Et, quand tout conspirait contre lui, ce bon Père
Méditait dans son cœur les conseils de l'amour.

Après l'agneau pascal, impuissante figure,
Du véritable Agneau ses enfants vont jouir :
Il parle, un pain nouveau s'offre à la créature,
Et de l'Agneau de Dieu l'homme peut se nourrir.

Oui, c'est l'Agneau de Dieu, c'est Jésus, tout lui-même,
Son corps, son sang, son âme et sa divinité...
O prodige d'amour! ô charité suprême!
Mon Dieu! toi l'aliment de notre humanité!

Pour charmer notre exil, exilé volontaire,
Le fils du Roi des rois habite auprès de nous ;
Pour nous guider au ciel, il reste sur la terre...
Comment ne pas t'aimer, Dieu si bon, Dieu si doux ?

Qui peut périr encor, quand Jésus nous convie
A l'autel du bonheur, au banquet des élus !
Venez manger ce pain, vous qui voulez la vie ;
Buvez à cette coupe, et vous ne mourrez plus.

II.

SOUFFRANCES DE JÉSUS DANS L'EUCHARISTIE.

Air n° 2.

Quand Jésus apprêtait pour nous le pain de vie,
Il s'oubliait lui-même, et ne voyait que nous.
Il savait trop combien ce pain, que l'ange envie,
Serait amer au Dieu qui nous le rend si doux !

CHŒUR.

Il le savait trop bien, cet admirable Père ;
Mais il aime, et l'amour l'emportant dans son cœur,
Il veut être enivré de cette coupe amère,
Pour assurer aux bons la coupe du bonheur.

Il savait bien qu'après l'abaissement extrême
Du Verbe s'éclipsant sous notre chair d'un jour,
Il abaissait encor son humanité même,
Sous le pain et le vin éclipsée à son tour.

Il savait que ses dons et son amour immense
De la plupart des cœurs ne seraient pas compris,
Qu'on les accueillerait avec indifférence,
Et que souvent la haine en deviendrait le prix.

Il savait que le juif, le païen, l'hérétique,
Refuseraient tout haut et de croire et d'aimer ;
Et qu'abdiquant le bien, leur rage frénétique
N'apprendrait son amour que pour le blasphémer.

Il savait que souvent, dans ses propres domaines,
Retentirait encor le blasphème orgueilleux ;
Et que d'ingrats chrétiens, las des pures fontaines,
Fuiraient, pour aller boire aux puits les plus fangeux.

Il savait que plusieurs n'auraient pas le courage
De venir à l'autel de la félicité ;
Que d'autres n'y viendraient qu'avec un cœur volage,
Tiède, froid, sans amour, sans bonne volonté.

Il savait les douleurs qu'à partir de la cène
Lui feraient dévorer mille et mille Judas ;
Il savait leurs complots, leur implacable haine,
Leur pacte sacrilége et tous leurs attentats...

III.

AMENDE HONORABLE.

Air n° 57.

O Dieu d'amour ! ô Dieu toujours victime !
Dont aujourd'hui commencent les douleurs,
Aux pleurs amers que t'arrache le crime,
Je viens mêler mes soupirs et mes pleurs.

Tes saints autels sont un autre Calvaire
Où tous les jours la foule des pécheurs
Cloue à la croix et désole son Père...
A tes regrets je viens mêler mes pleurs.

L'impiété te jette le blasphème
Et te poursuit de toutes ses fureurs;
Mais le chrétien te blesse aussi lui-même...
A tes regrets je viens mêler mes pleurs.

Le front courbé devant tes tabernacles,
Combien d'ingrats te dérobent leurs cœurs,
De ton amour dédaignant les miracles!...
A tes regrets je viens mêler mes pleurs

Ici ton temple est dans la solitude;
Et là tu vois des flots de spectateurs
Rire, railler, perfide multitude!...
A tes regrets je viens mêler mes pleurs.

Ici le lâche a fui la sainte Table,
Et là tu vois d'affreux persécuteurs
La profaner par un crime exécrable...
A tes regrets je viens mêler mes pleurs.

O Dieu caché, que tant de cœurs outragent,
Si je pouvais t'épargner ces horreurs!
Ah! que du moins mes pleurs te dédommagent...
A tes regrets je viens mêler mes pleurs.

C'est pour les bons que tu souffres ces peines :
Plus ton cœur aime, ah! plus aussi nos cœurs
Du saint amour doivent porter les chaînes...
A tes regrets je viens mêler mes pleurs.

Je veux m'unir à ces âmes fidèles,
Qui par l'amour consolent tes douleurs;
Si je pouvais te consoler comme elles !...
A tes regrets je viens mêler mes pleurs.

4

Je veux t'aimer pour ceux qui te haïssent ;
Et, pour t'aimer, que n'ai-je encor les cœurs
Des séraphins qui là-haut te bénissent !...
A tes regrets je viens mêler mes pleurs.

Dans ton amour je veux passer ma vie,
Pleurant sur toi, pleurant sur les pécheurs ;
Et que ne puis-je, ô Victime chérie,
Mourir d'amour au milieu de mes pleurs !

VENDREDI SAINT.

I.

GLOIRES DE LA CROIX.

Imitation de l'hymne *Pange, lingua, gloriosi Prœlium certa-minis*, etc. *Crux fidelis*, etc.

Air n° 69.

REFRAIN (1).

O Croix, bois merveilleux, unique, incomparable,
Quel autre a ta beauté, ton feuillage admirable,
Et ta divine fleur ?
Doux arbre, quel doux fruit se balance à ta cime !
Tout, en toi, jusqu'aux clous plantés par notre crime,
A pour nous sa douceur.

Entonnons aujourd'hui l'hymne de la victoire :
Rachetés pour le ciel, chantons, chantons la gloire
De ce combat sanglant,
Où l'enfer voit mourir sa puissance étouffée ;
Où Jésus, de la croix se faisant un trophée,
Triomphe en s'immolant.

(1) On peut aussi prendre pour refrain l'avant-dernière strophe :
O Croix, où le Très-Haut, etc.

Aux premiers ans du monde, un arbre perdit l'homme,
Qui, rebelle à son Dieu, prit la fatale pomme.
      Mais, vaincu par l'amour,
Dieu voulut le sauver, et régla que la vie
Par le bois, d'où la mort un jour était sortie,
      Nous reviendrait un jour.

Quand donc viennent les temps marqués par la clémence,
Le Fils de l'Eternel du haut des cieux s'élance,
      Et se donne aux pécheurs.
Le Verbe se fait chair dans le sein de Marie;
Il naît dans une étable, et par quelle humble vie
      Il prélude aux douleurs!

Puis, quand il a jeté la divine semence,
Né pour souffrir, il court embrasser la souffrance;
      Et, saluant la Croix,
Il se courbe sous elle, il la porte au Calvaire,
La transforme en autel, et s'offre à Dieu son Père
      Pour mourir sur le bois.

Le voyez-vous couché sur le lit du martyre?
Voyez-vous ces longs clous, ces membres qu'on déchire,
      Et ce sang ruisselant,
Le vinaigre, le fiel, les crachats, les blasphèmes,
Redoublant sa douleur, et tous les anathèmes
      Sur lui s'amoncelant?

Mais l'opprobre d'un Dieu devenait notre gloire;
Mais son épuisement était notre victoire;
      Mais ce sang nous lavait;
Mais ces tourments affreux, mais cette mort cruelle,
Des tourments de l'enfer, de la mort éternelle
      A jamais nous sauvait...

O Croix, où le Très-Haut pour l'homme s'humilie,
Où, pour me racheter, un Dieu se sacrifie,
      O Croix, en ce saint jour,

Assouplis tes rameaux, courbe-toi vers la terre,
Et laisse-moi baigner les blessures d'un père
Des larmes de l'amour.

Toi seule as pu porter sur ta tige bénie
Le divin Rédempteur, qui nous rendit la vie
Par sa sanglante mort ;
Toi seule, au genre humain, submergé par l'orage,
As pu, pilote heureux, épargner le naufrage
Et préparer le port.

II.

JÉSUS A SON PEUPLE.

Imitation du chant de l'Eglise : *Popule meus, quid feci tibi*, etc.

Air nº 6.

Que t'ai-je fait, dis-moi, peuple armé contre un père ?
Mon peuple, par quel crime ai-je blessé ton cœur ?
C'est moi qui t'ai tiré de la terre étrangère...
Et tu n'as que la croix pour payer ton Sauveur !

CHŒUR.

Grâce, Dieu saint, Dieu de toute-puissance,
Dieu de l'amour, de l'amour immortel !
Voyez nos pleurs et notre pénitence ;
Ayez pitié de l'ingrat Israël.

Au désert, je guidais tes pas comme une mère ;
A la manne pour toi je donnais sa douceur ;
Et bientôt je t'ouvrais une si bonne terre...
Et tu n'as que la croix pour payer ton Sauveur !

Pour gagner ton amour, que devais-je encor faire ?
Je t'ai pris, Israël, pour l'enfant de mon cœur ;
Et quels soins te manquaient, vigne toujours si chère !...
Et tu n'as que la croix pour payer ton Sauveur !

Vigne ingrate, ah! combien tu t'es montrée amère!
Tu n'as eu pour ma soif qu'un vinaigre trompeur;
Enfant cruel, tes mains ont mis en croix ton Père,
Et tu perces du fer le flanc de ton Sauveur!

III.

JÉSUS MOURANT AU PÉCHEUR.

Air n° 86.

Enfant de ma douleur, enfant toujours rebelle,
Toi qu'en vain mon amour appela tant de fois,
Dans mon amour encor aujourd'hui je t'appelle:
C'est mon cœur qui t'amène au pied de cette croix.
Lève un moment les yeux, et que ce triste bois
T'apprenne, ô mon enfant, à devenir fidèle.
      Pécheur, pécheur,
Ah! du moins en ce jour console ma douleur.

CHŒUR.

A vos pieds je le jure,
O mon Jésus,
Contre un Père si bon, qui m'aima sans mesure,
Je ne pécherai plus.

Roi du Ciel, j'ai pour toi quitté mon divin trône;
Et mon trône ici-bas, mon trône, le voici!
Regarde, c'est ton Dieu! vois-tu cette couronne?
Vois-tu ces clous affreux qui m'enchaînent ici?
Tu frémis; mais c'est toi qui me frappes ainsi...
Grâce! que t'ai-je fait? ô mon enfant, pardonne...
      Pécheur, pécheur,
Ah! du moins en ce jour console ma douleur.

Oui, cruel, oui c'est toi qui causes mon supplice :
Tu m'as donné la mort en aimant le péché.
Pour que le Saint des saints désarme sa justice,
Il faut que sur la croix son Fils soit attaché,
Que son sang coule... oh ! vois, il coule... es-tu touché,
Et veux-tu cette fois déplorer ta malice ?
Pécheur, pécheur,
Ah ! du moins en ce jour console ma douleur.

Comprends-tu maintenant ton crime et ta démence ?
Outrager le Très-Haut, toi, fragile mortel !
Il a fallu mon sang pour laver ton offense,
Mon sang pour te sauver de l'abime éternel,
Mon sang, le sang d'un Dieu, pour te rouvrir le ciel !
Ah ! comprends, mon enfant, pleure et fais pénitence.
Pécheur, pécheur,
Ah ! du moins en ce jour console ma douleur.

Tu vois combien ton âme a de prix et m'est chère.
Pour la gagner, je meurs ; toi, veux-tu la sauver ?
Tu vois combien je t'aime , et pouvais-je plus faire ?
Toi, veux-tu par l'amour te laisser captiver ?
Toi, quand des flots de sang coulent pour te laver,
Ne donneras-tu pas une larme à ton Père ?
Pécheur, pécheur,
Ah ! du moins en ce jour console ma douleur.

Je suis père aujourd'hui ; mais ce père si tendre
En Dieu juge et vengeur doit revenir un jour.
Haine alors au méchant qui refusa d'entendre !
Il accepta la haine en dédaignant l'amour...
Voudrais-tu, mon enfant, te perdre sans retour ?
L'enfer, non ! mais le ciel, viens aujourd'hui le prendre.
Pécheur, pécheur,
Ah ! du moins en ce jour console ma douleur.

Enfant de ma douleur, je vais mourir... je t'aime,
Je t'aime ; oh ! dans mes bras puissé-je t'attirer !
Je t'aime, et mon amour te préfère à moi-même ;
Je t'aime, et c'est d'amour que je vais expirer...
Expirer ! ô bonheur, si je vois soupirer
Et revenir à moi l'enfant que mon cœur aime !
       Pécheur, pécheur,
Ah ! du moins en ce jour console ma douleur.

PAQUES

ET TEMPS PASCAL.

I.

JE RECONNAIS LE SOUVERAIN DES CIEUX.

Air nº 9.

Salut, salut, ô ravissante aurore !
Qu'il me tardait de te voir, ô beau jour !
Jésus renaît : à ce Dieu que j'adore
Je veux chanter mes plus beaux chants d'amour.

SOLO.

Amour, amour au Sauveur de mon âme !
Règne en mon cœur, règne partout, Jésus !
Te posséder et brûler de ta flamme,
C'est mon trésor : que voudrais-je de plus ?

CHŒUR.

Jésus triomphe, ô bonheur ! ô victoire !
De son tombeau s'échappant radieux,
Il reparaît... A l'éclat de sa gloire,
Je reconnais le Souverain des cieux.

J'avais perdu mon Sauveur et mon Père,
Et mes soupirs étaient bien douloureux ;
J'ai de mes pleurs inondé le Calvaire :
Loin de Jésus j'étais si malheureux !

Mais aujourd'hui quels transports d'allégresse !
J'ai retrouvé mon aimable Sauveur.
Il vient à moi, souriant de tendresse ;
Oui, le voici, c'est le Dieu de mon cœur...

J'entends sa voix : « Jouis de ma victoire...
» J'ai succombé pour toi dans mon amour ;
» Mais aujourd'hui je revis pour ta gloire :
» Comme Jésus, tu revivras un jour. »

II.

AVEC JÉSUS TOUT REVIENT A LA VIE.

Air n° 10.

Le monde a tressailli de joie et d'espérance :
Il a vu le Sauveur, ô prodige nouveau !
Se jouant de la mort et brisant sa puissance,
Sortir resplendissant de la nuit du tombeau.

SOLO.

Avec Jésus tout revient à la vie ;
Avec Jésus tout renaît au bonheur.
Que l'univers, qu'il rachète, s'écrie :
Gloire à Jésus ! gloire, amour au Sauveur !

CHŒUR.

Gloire au Dieu rédempteur, gloire, gloire, louanges !
Il est ressuscité triomphant, glorieux...
Ah ! puissions-nous un jour, réveillés par les anges,
Briser notre tombeau pour monter vers les cieux !

Le Seigneur a régné, le Maître de la vie
Reparaît et nous dit que nous ne mourrons plus ;
Il nous rend tous nos droits à l'heureuse patrie,
Et nos noms sont inscrits au livre des élus.

Satan est enchaîné ; la mort n'a plus d'empire ;
Captive sous Jésus, notre captivité
Au ciel, qu'elle salue, avec transports aspire,
Et marche triomphante à l'immortalité.

L'espoir est descendu jusqu'au fond des abîmes ;
Ils vont tomber, les fers des justes d'Israël ;
De leurs sombres prisons dégageant ces victimes,
A leur œil étonné Jésus montre le ciel.

Venez, ô Juifs ingrats, venez le reconnaître :
Oui, c'est bien votre Roi, c'est bien le Dieu Sauveur.
Ouvrez enfin les yeux, et prenez-le pour Maître,
Si vous ne voulez pas qu'il soit le Dieu vengeur.

Et nous, heureux enfants, qui savons sa clémence,
Nous qu'il a tant aimés, payons-le de retour.
Enivrés des douceurs de la sainte espérance,
Jurons au Dieu vivant un éternel amour.

III.

NOUS SOMMES AFFRANCHIS.

Air n° 11.

Jésus a triomphé ! l'ange du noir abîme
Voit crouler, frémissant, son trône et son autel...
Jésus dompte l'enfer, ô victoire sublime !
Jésus sauve le monde, ô bienfait immortel !

CHŒUR.

Gloire, louange, honneur, grâce, reconnaissance,
Amour au doux Sauveur, qui nous a rachetés!
Oh! comment pourrons-nous payer la dette immense
Qu'impose à notre cœur l'excès de ses bontés?

La colère du Ciel est à jamais éteinte
Dans le sang que l'Agneau fit couler de son cœur.
Amour, amour sans fin à la Victime sainte
Qui meurt pour faire vivre à jamais le pécheur!

Délivrant ses enfants du joug de l'esclavage,
Le Sauveur à sa croix a suspendu nos fers;
Fils des cieux, désormais au céleste héritage
Nous pourrons aspirer sans craindre les enfers.

Affranchis par Jésus, de sa noble victoire
Déjà même ici-bas nous recueillons les fruits:
Tandis que sur nos fronts brille un rayon de gloire,
Notre cœur a déjà la paix du paradis.

N'allons pas retomber dans la fange du vice,
Et renouer les fers qu'a brisés le Sauveur.
Qu'à jamais notre cœur et l'aime et le bénisse;
Qu'à jamais ses bienfaits enchaînent notre cœur.

IV.

VIVONS EN DIEU.

Air nº 59.

Notre Dieu nous appelle, accourons à sa table;
Allons, ivres d'amour, brûlants du divin feu,
Nous nourrir de son sang, de sa chair adorable;
Qu'ainsi Dieu vive en nous, et nous en notre Dieu.

Vivre en Dieu! quel bonheur, quelles saintes délices!
Voudrais-je hors de lui me traîner un seul jour?
Non, non; les noirs cachots, la mort et les supplices,
Rien ne m'éloignera de Jésus, mon amour.

Non, rien ne rouvrira la blessure profonde
Qu'avait faite à mon cœur un perfide ennemi.
Anathème à Satan, guerre éternelle au monde,
Guerre aux dieux étrangers qui m'avaient asservi!

Vivons, comme Jésus, d'une nouvelle vie:
Mort au vieil homme! en croix, en croix l'homme charnel!
Marchons dans cette route, hélas! trop peu suivie,
Qui commence au Calvaire et se termine au ciel.

ROGATIONS.

I.

LITANIES DES SAINTS.

Air n° 71.

Ayez pitié de nous, Dieu de toute puissance;
Ayez pitié de nous, Dieu de toute bonté:
Père, Fils, Saint-Esprit, très sainte Trinité,
Jetez sur des pécheurs un regard de clémence.
Seigneur, vous nous voyez abîmés devant vous:
      Ayez pitié de nous.

Mère de Jésus-Christ, Sainte Vierge Marie,
Vous qui du Dieu d'amour dispensez tous les biens,
Vous l'asile, l'espoir, le salut des chrétiens,
Compatissez aux maux du peuple qui vous prie.
Vos enfants, l'œil en pleurs, tendent les bras vers vous;
      Priez, priez pour nous,

Brillantes légions des Anges, des Archanges,
Chérubins, Séraphins, vous tous qui, nés au ciel,
Avez des cœurs plus purs pour aimer l'Eternel
Et des hymnes plus doux pour chanter ses louanges:
Daignez nous seconder, nous l'attendons de vous;
    Priez, priez pour nous.

Justes des anciens jours, qu'a conduits à la vie
L'attente du Sauveur promis au genre humain;
Et vous, son Précurseur; et vous, son Gardien,
Saint Joseph, chaste époux de la Vierge Marie:
Daignez nous seconder, nous l'attendons de vous;
    Priez, priez pour nous.

Saints de la loi nouvelle, enfants de l'Evangile,
Apôtres et Martyrs, Pontifes et Docteurs,
Lévites, Pénitents; vous tous, saints Confesseurs;
Et vous, Vierges, l'orgueil d'un sexe si fragile:
Daignez nous seconder, nous l'attendons de vous;
    Priez, priez pour nous.

Seigneur, de tant d'Elus écoutez la prière,
Et montrez-vous propice à de pauvres pécheurs;
Seigneur, de votre peuple éloignez vos rigueurs,
Et ne le frappez pas des coups de la colère.
Mais de cette colère et de ses rudes coups,
    Seigneur, délivrez-nous.

Délivrez-nous, Seigneur, du péché qui vous blesse;
Des piéges du démon, de tout égarement;
De l'orgueil, de l'envie et du ressentiment;
Des vices de la chair, de l'affreuse paresse,
De l'impudicité, le plus hideux de tous,
    Seigneur, délivrez-nous.

Délivrez-nous, Seigneur, des foudres, des tempêtes,
Des fléaux désolants qu'a cent fois mérités
Le poids toujours croissant de nos iniquités;
De tout mal suspendu sur nos coupables têtes,
De la mort qui dévoue à l'éternel courroux,
    Seigneur, délivrez-nous.

Délivrez-nous, Seigneur, par l'amour sans mesure
Auquel nous avons dû votre Incarnation,
Vos travaux, vos douleurs et votre Passion ;
Par votre sainte mort, par votre sépulture,
Par tout ce que la Foi nous rappelle de vous,
      Seigneur, délivrez-nous.

Délivrez-nous, Seigneur, au jour de la justice.
Pécheurs, sous votre main nous nous humilions ;
Pécheurs, dans votre cœur nous nous réfugions.
Daignez nous pardonner et nous être propice :
Nous venons déposer nos vœux à vos genoux :
      Seigneur, exaucez-nous.

Nous vous prions, Seigneur, d'exalter votre Eglise,
De confondre l'orgueil de ses persécuteurs,
D'affermir dans la foi son chef et ses pasteurs,
Et d'ôter de son sein ce qui souille ou divise.
Ecoutez vos enfants courbés à vos genoux :
      Seigneur, exaucez-nous.

Nous vous prions, Seigneur, de nous bénir nous-mêmes,
De nous purifier par un vrai repentir,
De nous rendre aux vertus, de nous y maintenir,
Et d'accroître en nos cœurs la soif des biens suprêmes.
Ecoutez vos enfants courbés à vos genoux :
      Seigneur, exaucez-nous.

Nous vous prions, Seigneur, d'adoucir en bon père
L'exil qui nous enchaîne à ce triste séjour,
De nous donner à tous le pain de chaque jour,
De féconder nos champs, de bénir notre terre.
Ecoutez vos enfants courbés à vos genoux :
      Seigneur, exaucez-nous.

Nous vous prions, Seigneur, de consoler nos frères,
D'élargir les captifs, d'adopter l'orphelin,
De visiter le pauvre, et de tendre la main
A tout homme affaissé sous le poids des misères.
Ecoutez vos enfants courbés à vos genoux :
      Seigneur, exaucez-nous.

Nous vous prions, Seigneur, de préserver nos âmes,
Celles de nos parents et de nos bienfaiteurs,
De la mauvaise mort et du sort des pécheurs,
Condamnés sans retour aux éternelles flammes.
Ecoutez vos enfants courbés à vos genoux :
   Seigneur, exaucez-nous.

Nous vous prions, Seigneur, de combler de vos grâces
Ceux de qui nous avons recueilli les bienfaits,
De les conduire tous au séjour de la paix,
Et de leur y céder de glorieuses places.
Ecoutez vos enfants courbés à vos genoux :
   Seigneur, exaucez-nous.

Nous vous prions, Seigneur, d'alléger la misère
Des justes trépassés qui souffrent loin du ciel ;
Hâtez pour vos élus le repos éternel,
Faites luire sur eux l'éternelle lumière.
Ecoutez vos enfants courbés à vos genoux :
   Seigneur, exaucez-nous.

Exaucez-nous, Seigneur, Dieu de miséricorde ;
Exaucez-nous, Jésus, Fils du Dieu tout puissant.
Suppléez à nos vœux, ô Dieu compatissant,
Et que votre bonté nous garde et nous accorde
Tout ce que notre cœur peut attendre de vous ;
   Jésus, écoutez-nous.

Jésus, Agneau de Dieu, qui des péchés du monde
Avez par votre sang réparé le malheur,
Effacez nos péchés, pardonnez-nous, Seigneur ;
Où le mal abonda, que le bien surabonde.
Exaucez des pécheurs pleurant à vos genoux ;
   Ayez pitié de nous.

II.

PRIÈRE

POUR DEMANDER A DIEU LES GRACES TEMPORELLES.

Air n° 59.

Seigneur, nous implorons votre miséricorde.
Enchaînés à la terre et condamnés aux pleurs,
Nous attendons de vous les biens qu'un père accorde
Aux enfants bienaimés dont il voit les douleurs.

Vous êtes notre Père, et vous voyez nos larmes :
Tant de fléaux sur nous se sont amoncelés !
Et nous craignons encor... Dissipez nos alarmes,
Consolez une fois ces pauvres exilés.

Visitez-nous, Seigneur : bénissez notre terre ;
Fécondez nos vallons, fécondez nos coteaux ;
Ouvrez-nous votre main, donnez le nécessaire
Au peuple des cités, au peuple des hameaux.

Ecartez de nos champs la grêle, les orages,
Les fléaux qui partout ont semé la terreur ;
De la foudre et du feu prévenez les ravages,
Et des flots menaçants contenez la fureur.

Eteignez le volcan des troubles populaires ;
Ne laissez plus tonner le bronze des combats ;
Que les peuples unis s'aiment comme des frères,
Et que la douce paix règne et ne cesse pas.

Commandez, et qu'enfin se repose le glaive,
Le glaive dévorant de l'Exterminateur :
Vers vous de toutes parts le cri du deuil s'élève...
Mon Dieu ! quand finiront les jours de la douleur ?

Mon Dieu, ne frappez plus; que votre cœur console
Ceux qu'a si rudement châtiés votre bras;
Qu'en toute piété, selon votre parole,
Nous puissions vous servir tranquilles ici-bas.

Et, puisque nos douleurs viennent surtout du vice,
Puisque c'est le péché qui nous rend malheureux,
Changez-nous, ô Dieu saint, pour que votre justice
N'ait plus à nous punir de ces coups rigoureux.

Détruisez le péché, ce fléau redoutable,
Qui déchaîne sur nous tous les autres fléaux;
Ramenez les pécheurs, et le monde coupable
En se renouvelant verra finir ses maux.

Faites, ô Roi du ciel, que des biens de ce monde
Contre vous, contre nous nous n'abusions jamais;
Que sur les biens d'en-haut tout notre espoir se fonde,
Et qu'avant tout nos cœurs les cherchent désormais.

ASCENSION.

I.

VOLONS, VOLONS! AUX CIEUX!

Air n° 12.

D'où viennent donc ces torrents de lumière?
Quel est cet astre au front si radieux?
C'est le Sauveur qui s'arrache à la terre,
Et, rayonnant, s'élance vers les cieux.

SOLO.

Il va dans son empire...
Je veux suivre ses pas;
Loin de lui je soupire...
Viens, viens, heureux trépas!

CHŒUR.

Suivons, suivons sa trace;
Quittons ces tristes lieux;
Sur l'aile de la grâce
Volons, volons aux cieux.

Le voyez-vous, porté sur un nuage
Et franchissant les vastes champs des airs?
L'ange, ravi, s'incline à son passage
Pour saluer le Roi de l'univers.

Autour de lui, d'innombrables phalanges
Ont commencé le cantique des cieux.
Oh! qu'ils sont beaux, les saints concerts des anges!
Aux chants du ciel mêlons nos chants joyeux.

Il disparaît : au séjour de la gloire
Il est rentré comme un triomphateur,
Pour s'assurer le fruit de sa victoire,
Pour l'assurer aux enfants de son cœur.

Il règne, assis à la droite du Père :
Tous les élus viennent former sa cour;
Le ciel entier se prosterne, révère,
Et de son Roi fête l'heureux retour...

Ah! si la mort venait briser ma chaîne,
Je volerais dans le ciel après lui.
Loin de Jésus, loin du ciel, tout me peine...
Oh! que ne puis-je y voler aujourd'hui!

Mais, ô bonheur! de sa voix douce et tendre
Jésus m'a dit : « Je comblerai tes vœux;
» Courage, ô cœur las et brisé d'attendre :
» Ton nom est là dans le livre des cieux. »

Jésus m'appelle au séjour de lumière :
Adieu, faux biens! ô terre, ô monde, adieu!
Heureux enfant, je retourne à mon père;
Je vais m'asseoir sous le trône de Dieu.

II.

LE CIEL EST MA PATRIE.

Air n° 13.

Je l'ai vu, revêtu d'un manteau de lumière,
S'élever triomphant au séjour immortel.
Et depuis ce moment, dégoûté de la terre,
Je n'ai pensé qu'à lui, je n'ai pensé qu'au ciel.

CHŒUR.

Le ciel est ma patrie :
Le ciel est mon amour...
Jésus, mon Dieu, ma vie,
Porte-moi dans tes bras au céleste séjour.

Oui, le ciel est à moi... comment aimer la terre ?
Comment me prendre encor aux faux biens d'ici-bas ?
Eh quoi ! ne suis-je pas l'enfant de la lumière ?
Ne vois-je pas là-haut Dieu qui me tend les bras ?

Adieu, monde pervers ! tes trompeuses promesses,
En égarant mon cœur, ont lassé mes désirs ;
Dieu m'ouvre ses trésors, Dieu m'offre ses richesses :
Laisse-moi m'envoler au sein des vrais plaisirs.

Oui, mon Jésus l'emporte... Achève ta victoire,
Seigneur ; romps les liens de ma captivité :
Le ciel ! je veux le ciel ! mon partage est la gloire,
Et je vole vers toi, Dieu de l'éternité...

PENTECOTE.

I.

DESCENTE DU SAINT ESPRIT.

Air n° 10 ou 76.

Sous le regard de Dieu rassemblés au Cénacle,
Les disciples, pleurant l'absence du Sauveur,
Priaient avec Marie... O bonheur, ô miracle!...
Soudain descend sur eux l'Esprit consolateur.

SOLO.

Aimable Maître, ô vous dont les largesses
Comblent soudain leurs désirs et leurs vœux,
N'aurons-nous point de part à vos promesses?
Envoyez-nous l'Esprit qui vint sur eux.

CHŒUR.

Venez, Esprit divin, renouveler la terre :
Désolée, impuissante, elle attend vos faveurs.
Faites luire en tout lieu votre sainte lumière;
Du feu de votre amour embrasez tous les cœurs.

Un bruit, comme l'orage et la voix du tonnerre,
Annonce l'Esprit Saint aux disciples tremblants;
Et des langues de feu, des rayons de lumière,
Viennent se reposer sur leurs fronts rayonnants.

Quel heureux changement! Hier, faibles, timides,
Ils avaient renié leur Maître, leur Sauveur;
Aujourd'hui, rassurés, courageux, intrépides,
Ils l'annoncent partout sans détour, sans frayeur.

L'Esprit Saint vit en eux ; c'est lui qui les anime,
Lui qui leur a prêté son langage de feu :
Le peuple juif, pleurant son malheur et son crime,
Reconnaît son Sauveur, tombe aux pieds de son Dieu.

Les voyez-vous voler de conquête en conquête ?
L'enfer, troublé, frémit d'un impuissant courroux ;
Cent fois, le noir dragon ose lever la tête ;
Vaincu cent fois, il tombe expirant sous leurs coups.

Mon Dieu, renouvelez ces prodiges sublimes,
Et que d'autres héros, embrasés de vos feux,
Refoulant à jamais Satan dans ses abîmes,
Eternisent l'accord de la terre et des cieux.

De ces feux merveilleux qu'une heureuse étincelle
Illumine mon âme et réchauffe mon cœur ;
Et que, régénéré, sanctifié par elle,
J'aille au foyer des cieux achever mon bonheur.

II.

LES SEPT DONS DU SAINT ESPRIT.

Air n° 14.

CHŒUR.

Esprit Saint, Dieu d'amour, ô source de lumières,
Foyer des plus doux feux,
Viens, viens combler nos vœux ;
Ecoute nos soupirs, exauce nos prières:
Descends, descends sur nous ,
Viens nous embraser tous
De tes divines flammes ;
Viens régner en nos âmes ;
Viens répandre en nos cœurs
Tes célestes douceurs.

Don de Sagesse.

Sur nous avec largesse
Répands, ô Dieu de paix,
Le don de la sagesse
Aux tout-puissants attraits.

Don d'Intelligence.

Esprit d'intelligence,
Donne-nous, par la foi,
L'heureuse connaissance
Et l'amour de ta loi.

Don de Conseil.

Au cœur qui délibère
Inquiet, incertain,
Apprends ce qu'il doit faire,
O Conseiller divin.

Don de Force.

Quand l'ennemi nous presse,
Viens, viens, ô Dieu des forts,
Aider notre faiblesse,
Couronner nos efforts.

Don de Science.

Apprends-nous l'art sublime
D'assurer tous nos pas,
Et d'éviter l'abîme
Qui cache le trépas.

Don de Piété.

Dans notre âme pieuse
Allume ce doux feu
Qui la rende joyeuse
Et prompte à servir Dieu.

Don de Crainte de Dieu.

D'une amoureuse crainte
Pénètre notre cœur,
Et qu'aimer ta loi sainte
Soit notre seul bonheur.

III.

INVOCATION AU SAINT ESPRIT.

Air n° 47.

Ecoutez nos humbles prières,
Esprit Saint, venez dans nos cœurs :
Eclairez-nous de vos lumières,
Embrasez-nous de vos ardeurs.

Venez répandre dans nos âmes
Vos dons si riches et si doux ;
Qu'heureux de brûler de vos flammes,
Nous n'appartenions plus qu'à vous.

Venez enseigner la sagesse
A l'enfant candide et pieux ;
Venez entraîner la jeunesse
Dans le sentier qui mène aux cieux.

Venez affermir l'innocence ;
Venez réveiller le pécheur,
Le guérir par la pénitence,
Lui rendre à jamais le bonheur.

Venez combattre avec le juste
Assiégé de mille ennemis,
Et le marquer du signe auguste
Qui donne droit au paradis.

Venez consoler sur la route
Le cœur souffrant des voyageurs,
En y distillant quelque goutte
De vos ineffables douceurs.

Venez détacher de la terre
Nos cœurs, faits pour n'aimer que vous ;
Régnez-y seul, aimable Père,
Et restez toujours avec nous.

Venez, et, pendant notre vie,
Vivez en nous, afin qu'un jour,
Dans le repos de la patrie,
Nous vivions en vous, Dieu d'amour.

SAINTE TRINITÉ.

I.

Air nº 6.

Auguste Trinité, beauté toujours aimable,
Qu'avec ravissement l'ange contemple aux cieux,
Quand verrons-nous tomber le voile impénétrable
Qui, dans la nuit du temps, te dérobe à nos yeux ?

CHŒUR.

Trinité Sainte, aux enfants de la terre
Une ombre épaisse a caché tes splendeurs.
Quand pourrons-nous, au sein de la lumière,
Te voir, t'aimer, et perdre en toi nos cœurs ?

Esprit trop orgueilleux, vainement tu raisonnes ;
Sous les ordres du Ciel, mortel, incline-toi.
N'adore qu'un seul Dieu ; mais crois aux trois personnes,
Père, Fils, Saint Esprit : ainsi le veut la foi.

De toute éternité se contemplant lui-même,
Le Père engendre un Fils en tout égal à lui ;
L'Esprit Saint, procédant de leur amour extrême,
Est leur égal en tout, et, comme eux, notre appui.

Le Père, en nous créant, nous fit à son image :
Nous vivons des bienfaits qui tombent de sa main ;
Et l'amour de son cœur nous garde pour partage
Le paradis, sa gloire et son bonheur sans fin.

Le Fils, pour nous tirer de l'éternel abîme,
Revêtit notre chair, accepta nos douleurs ;
Et chaque jour encore, innocente victime,
Il s'offre sur l'autel pour sauver les pécheurs.

L'Esprit Saint verse en nous sa divine lumière,
Il embrase nos cœurs de l'ardeur de ses feux ;
Par son souffle arrachée aux faux biens de la terre,
Notre âme, sans efforts, s'élève vers les cieux.

Quand a parlé la Foi, la raison doit se taire.
Le néant voudrait-il mesurer l'Eternel ?
Adorons notre Dieu sous l'ombre du mystère :
Nous le verrons un jour dans la splendeur du ciel.

II.

Air n° 14.

CHŒUR.

O Sainte Trinité, splendeur inaccessible
    Aux regards du mortel,
    Je dois te voir au ciel !
Oh ! quand donc, secouant ce manteau corruptible,
    Et vêtu de clarté,
    Dans la sainte cité
    Irai-je avec les anges
    Célébrer tes louanges,
    Contempler tes grandeurs,
    Et goûter tes douceurs !

SOLO.

Divinité sublime,
Une en ta Trinité,
Qui peut sonder l'abîme
De ton immensité ?

Je crois, et je m'abaisse
Devant ta majesté ,
Heureux qu'à ma faiblesse
S'incline ta bonté.

Ton cœur me prédestine
Au bonheur éternel ;
Et mon front s'illumine,
Marqué du sceau du ciel.

Tu sèmes sur ma route
Mille et mille douceurs ;
Et si l'exil me coûte,
Ta main sèche mes pleurs.

Je te bénis, je t'aime !
Déjà, par tes bienfaits,
De ta beauté suprême
J'ai saisi quelques traits.

O mon Dieu, que sera-ce
Quand j'aurai le bonheur
De te voir face à face,
Dans toute ta splendeur ?

Gloire éternelle au Père ;
Gloire éternelle au Fils ;
A l'Esprit de lumière
Gloire, honneurs infinis.

FÊTE-DIEU.

I.

VOICI MON ROI, VOICI LE DIEU QUE J'AIME.

Air n° 16.

Le Dieu du ciel, oh! quel amour extrême!
Quitte son trône, et descend parmi nous.
O saints transports, ô bonheur le plus doux!
Voici mon Roi, voici le Dieu que j'aime.
  O doux Jésus, ô Dieu Sauveur,
  Reçois mes vœux, reçois mon cœur.

Le vif éclat dont l'autel se colore
Est un reflet de la gloire des cieux.
Quel beau soleil vient briller à mes yeux?
C'est mon Jésus, c'est le Dieu que j'adore.
  O doux Jésus, ô Dieu Sauveur,
  Reçois mes vœux, reçois mon cœur.

En transportant son trône sur la terre,
Il veut régner sur nous par ses bienfaits.
O doux empire! ô vision de paix!
Qui ne voudrait servir un si bon Père?
  O doux Jésus, ô Dieu Sauveur,
  Reçois mes vœux, reçois mon cœur.

Lui seul, lui seul mérite notre hommage...
Lui seul, lui seul sera tout mon amour...
Oui, j'ai quitté le monde sans retour,
Et je me donne à Jésus sans partage.
  O doux Jésus, ô Dieu Sauveur,
  Reçois mes vœux, reçois mon cœur.

II.

CÉRÉMONIES DE LA SOLENNITÉ.

Air nº 53.

EXPOSITION DU SAINT SACREMENT.

1er CHŒUR.

Jésus paraît : quelle vive lumière
Son trône d'or répand dans le saint lieu !
Les yeux baissés, le front dans la poussière,
Heureux chrétiens, adorez votre Dieu.

2º CHŒUR.

Triomphe, gloire, honneur, reconnaissance
Au Dieu sauveur qui daigne, en ce grand jour,
Nous consoler par sa douce présence !
Vive Jésus ! vive le Dieu d'amour !

1er SOLO.

Qu'il a de charmes,
Le Dieu Sauveur !
Coulez, mes larmes ;
Parle, ô mon cœur.

2e CHŒUR.

Triomphe, gloire, etc.

2º SOLO.

Prosterné, je t'adore,
O mon Maître, ô mon Roi ;
Jésus, ma voix t'implore ;
Jésus, exauce-moi.

2º CHŒUR.

Triomphe, gloire, etc.

Je te salue, ô sainte Eucharistie,
Manne du ciel, pur froment des élus,
Qui tant de fois as ranimé ma vie
Et fait germer en mon cœur les vertus.

Laisse tomber le voile du mystère,
Et montre-toi dans ta gloire à mes yeux ;
Ou bien permets que, fuyant cette terre,
J'aille te voir dans les splendeurs des cieux.

PROCESSION.

1ᵉʳ CHŒUR.

Retentissez, doux chants de la victoire !...
Nageant au sein d'un nuage d'encens,
Jésus s'avance étincelant de gloire ;
Un peuple entier suit ses pas triomphants.

2ᵉ CHŒUR.

Triomphe, gloire, etc.

SOLOS. { Qu'il a de charmes, etc.
{ Prosterné, je t'adore, etc.

Toujours fumant, l'encensoir se balance,
Embaumant l'air des flots de ses vapeurs ;
Et voyez-vous les mains de l'innocence
Faire pleuvoir d'inépuisables fleurs ?

Deux chœurs choisis, d'une voix angélique,
Sublime écho des hymnes des élus,
S'en vont chantant le sublime cantique :
Gloire au Très-Haut, gloire, amour à Jésus !

De saints enfants une troupe joyeuse,
Un jeune essaim de vierges au front pur,
Brillent parmi l'escorte glorieuse,
Comme l'étoile en un beau ciel d'azur.

L'homme courbé sous le fardeau de l'âge,
D'un pas tremblant, que hâte en vain l'amour,
Vient voir son Dieu, saluer son passage,
Jouir encore une fois du beau jour.

L'infortuné que le malheur accable
Vient demander du baume pour son cœur;
Au seul aspect de ce Sauveur aimable
Il sent tomber le poids de sa douleur.

Contre son cœur pressant avec tendresse
L'enfant auquel elle a donné le jour,
L'heureuse mère accourt avec ivresse
Pour le remettre au cœur du Dieu d'amour.

BÉNÉDICTION AU REPOSOIR.

Le Roi des rois est monté sur son trône,
D'où vont pleuvoir les bénédictions.
Son peuple heureux à genoux l'environne,
Le cœur ouvert pour recueillir ses dons.

2° CHŒUR.

Triomphe, gloire, etc.

SOLOS. { Qu'il a de charmes, etc.
{ Prosterné, je t'adore, etc.

Les dons du ciel ont coulé sur nos âmes,
Et de sa main Jésus nous a bénis...
Bénis de Dieu, consumés de ses flammes,
Qu'envîrons-nous aux saints du paradis?

III.

SUIVEZ JÉSUS, QUI TRIOMPHE AUJOURD'HUI.

Air n° 57.

Suivez, chrétiens, l'escorte radieuse
Qui marche après le grand triomphateur.
Près de Jésus combien l'âme pieuse
Trouve de grâce et goûte de bonheur !

Suivez Jésus ! dans ce jour de victoire
Le délaisser, n'est-ce pas le trahir ?
Il vous attend : allez lui rendre gloire,
Et condamnez les méchants à rougir.

Suivez Jésus ! le Ciel entier s'incline,
Comptant les pas des siens avec amour ;
Et que de biens le cœur de Dieu destine
A ceux qu'il voit dévoués en ce jour !

Suivez Jésus ! de ses mains opulentes
A flots pressés ruissellent les bienfaits ;
Il donne à tous des grâces abondantes,
Et ses trésors ne s'épuisent jamais.

Suivez Jésus ! que de fois sur sa route
Il bénira votre fidélité !
Et ce beau jour assurera sans doute
Votre salut et votre éternité.

Suivez Jésus ! qu'à l'ardeur de vos flammes
Il vous inscrive au rang des séraphins ;
Qu'il puisse ainsi répandre sur vos âmes
Tous les trésors de ses divines mains.

IV.

VOICI JÉSUS! C'EST LE DIEU DU JEUNE AGE.

Air n° 9.

Voici Jésus ! enfants, sur son passage,
Semez, semez les roses et les fleurs :
C'est votre Dieu, c'est l'ami du jeune âge....
Mais à la rose il faut joindre vos cœurs.

SOLO.

Anges de Dieu, suspendus sur vos ailes,
Volez sans bruit autour du Dieu Sauveur ;
Mêlez vos vœux à ceux des cœurs fidèles,
Et recueillez les soupirs du pécheur.

CHŒUR.

Mais vous aussi, doux anges de la terre,
Offrez à Dieu vos vœux et votre amour :
C'est vous surtout qu'invite le bon Père ;
Et que de biens il vous garde en ce jour !

Voici Jésus! accourez, petits anges,
Le cœur brûlant comme les chérubins.
Chantez Jésus, publiez ses louanges ;
Et que le Ciel s'incline à vos refrains.

Voici Jésus! venez, vierges fidèles,
Chanter aussi ce Dieu si plein d'appas.
Du saint amour prenez, prenez les ailes :
L'Epoux attend, jetez-vous dans ses bras.

SACRÉ CŒUR DE JÉSUS.

I.

HEUREUX QUI PUISE A CETTE EAU SALUTAIRE.

Air n° 18.

Chantons, chrétiens, chantons l'amour immense
Du Cœur sacré de notre doux Sauveur.
Oh! n'est-il pas l'astre de l'espérance?
Oh! n'est-il pas l'étoile du bonheur?

SOLO.

Ecoute notre humble prière,
O Cœur bienfaisant de Jésus;
Embaume notre vie entière
Du doux parfum de tes vertus.

CHŒUR.

O Cœur plein de tendresse,
O source de douceurs,
Sur nous répands sans cesse
Tes divines faveurs.

C'est le torrent des plus pures délices :
Venez, venez y puiser avec moi.
Du paradis j'y goûte les prémices :
Oui, divin Cœur, tout le ciel est en toi.

C'est le soutien des âmes innocentes :
Dans ses sentiers affermissant leurs pas,
Il les conduit, heureuses, triomphantes,
Au doux repos qui finit les combats.

C'est le rempart qui sauve la faiblesse
De la fureur des démons menaçants :
Leurs hurlements, leur rage, leur adresse,
Leurs traits de feu demeurent impuissants.

C'est du pécheur l'inviolable asile :
Il le soustrait aux foudres du Seigneur,
Et lui ménage un pardon bien facile ;
Il parle, un mot a sauvé le pécheur.

C'est le trésor de l'âme pénitente :
Il l'encourage à l'heure du retour,
Sèche ses pleurs, et, trompant son attente,
L'inonde encor des douceurs de l'amour.

C'est, ici-bas, la force, la lumière,
Le tout, la vie et le ciel du chrétien.
Heureux qui puise à cette eau salutaire !
Son cœur rempli ne désire plus rien.

II.

ENFANTS, VENEZ AU CŒUR DE JÉSUS.

Air n° 22.

Pauvres, notre pauvreté même
Est un titre aux yeux du Sauveur.
Enfants, à son Cœur, qui vous aime,
Venez confier votre cœur.

CHŒUR.

Mon cœur, je te le donne
Pour toujours, ô Jésus :
Que ton Cœur le façonne
A ses pures vertus.

SOLO.

O Sauveur secourable,
O source du vrai bien,
Prends ce cœur misérable,
Et donne-moi le tien.

6

Jésus, modèle d'innocence,
De douceur et d'humilité,
Enrichira votre indigence,
Guérira votre infirmité.

Il fera briller sa lumière;
Et votre cœur, soudain changé,
De l'amour des biens de la terre
Pour toujours sera dégagé.

De sa grâce comblant votre âme,
Il y fera brûler sans fin
Sa vive et salutaire flamme,
La flamme de l'amour divin.

Sa voix, touchante, irrésistible,
A la vertu vous formera;
Sa douceur incompréhensible
A son joug vous enchaînera.

Le Cœur de Jésus sanctifie,
Et donne la félicité;
Ce divin Cœur, c'est notre vie,
Pour le temps, pour l'éternité.

III.

VOUS TROUVEREZ LE REPOS DANS MON CŒUR.

Air n° 2.

Vous tous, que le travail ou la douleur accable,
Venez : vous trouverez le repos dans mon cœur.
Il est de tous les biens la source intarissable,
Et vous y puiserez la paix et le bonheur.

Reçois-nous, divin Cœur, trône de la richesse,
Abîme de bonté, de grâce, de douceur,
Rempart de l'innocence, abri de la faiblesse,
Espoir du pénitent, ressource du pécheur.

L'affamé trouve en moi le pain qui rassasie,
L'indigent des trésors, l'infirme la santé;
J'affranchis le captif, je donne aux morts la vie
Et la persévérance et l'immortalité.

Plus de maux pour un cœur, dès que mon Cœur l'abrite:
Il console, il rassure, il relève, il guérit;
Il préserve, il soutient, il réveille, il excite;
A tous, pour tout sauver, sa charité sourit.

Venez me confier vos secrètes alarmes:
Je vous retirerai des ombres de la mort.
Et si sur d'autres cœurs votre œil verse des larmes,
Espérez: eux aussi, je puis les mettre au port.

IV.

TU M'AS TOUT DONNÉ, JUSQU'A TON CŒUR.

Air nº 40 ou 49.

Je marche au ciel, où mon Jésus m'appelle;
Et si l'exil a toujours ses douleurs,
O mon Jésus, ta bonté paternelle
Sait lui prêter d'ineffables douceurs.

N'est-ce pas toi qui m'as donné ta Mère
Pour me guider, pour m'aimer ici-bas?
Et son cœur m'aime, et quels maux sur la terre
Me pèseraient, quand je suis dans ses bras?

Tu m'as donné, par un amour extrême,
Ta chair, ton sang : qu'il est délicieux,
Le saint banquet où je vis de Dieu même !
Que veux-je encore, et qu'envîrais-je aux cieux ?

Et pour qu'à toi je m'unisse à toute heure,
Tu m'as donné ton Cœur, ô mon Jésus !...
Ton Cœur ! qu'il soit désormais ma demeure,
O Dieu vivant, et je ne mourrai plus.

V.

UN REGARD SUR L'IMAGE DU CŒUR DE JÉSUS.

Air nº 70 ou air du 1er chœur du nº 10.

Sur le Cœur de Jésus brille une ardente flamme,
Symbole de l'amour dont il brûla pour nous.
J'ai compris, ô mon Dieu, j'ai compris ! et mon âme
Brûlera désormais d'un tendre amour pour vous.

Autour du sacré Cœur la couronne d'épines
Etale tristement l'aiguillon des douleurs.
O mon cœur, en voyant les souffrances divines,
Peux-tu vouloir encor te couronner de fleurs ?

Et quand ce Cœur te dit, par sa large blessure,
Que c'est jusqu'à la mort que t'aima le Sauveur,
A ton amour pour lui ne mets plus de mesure ;
Immole, immole tout, et toi-même, ô mon cœur.

Vois-tu ce sang qui coule ? il devient ton breuvage,
Et ton néant s'unit à la Divinité.
Ah ! n'aimeras-tu pas sans retour, sans partage,
Le Dieu dont tu connais si bien la charité ?

VI.

VOIS NOS REGRETS.

Air n° 6.

Pécheur , viens et maudis ta fatale démence !
Tes crimes ont percé le Cœur de ton Sauveur.
Troupe orgueilleuse , eux seuls ont aiguisé la lance
Que la main du soldat enfonça dans ce cœur.

REFRAIN.

O divin Cœur , adorable victime
De nos fureurs et de ton tendre amour ,
Vois nos regrets , pardonne notre crime :
Nos cœurs , vaincus , sont à toi sans retour.

Payant par des bienfaits les coups de notre haine ,
Ce Cœur blessé devient la source du bonheur ;
Et l'homme , dédaignant cette féconde veine ,
De coups plus affligeants frappe son doux Sauveur !

Honte et malheur à nous , si notre cœur coupable
Aime encor le péché , qui déchira Jésus !
Consolons par l'amour ce Père tout aimable :
Aux forfaits des pécheurs opposons nos vertus.

VII.

T'AIMER, QUEL SUPRÊME BONHEUR !

Air n° 17.

Cœur de Jésus, délices de mon âme ,
Cœur de Jésus, paradis de mon cœur,
J'ai ressenti ta bienheureuse flamme...
T'aimer, t'aimer, quel suprême bonheur !

CHŒUR.

Cœur de Jésus, vrai charme de ma vie,
Je t'aimerai d'un amour éternel;
Mon cœur brûlant avec bonheur s'écrie :
T'aimer ici, t'aimer toujours au ciel!

Cœur de Jésus, tu devins mon asile
Et mon berceau quand je reçus le jour.
J'y veux rester : mon cœur, calme et tranquille,
Y dort en paix, gardé par ton amour.

Aux vains plaisirs, aux faux biens de la terre
J'ai dit adieu; je n'ai voulu que toi.
Quel autre objet pourrait me satisfaire?
Sans ton amour point de bonheur pour moi.

Pourrais-je aimer de vaines créatures,
Fragiles fleurs qui ne brillent qu'un jour?
Non, j'ai trouvé des voluptés plus pures :
Cœur de Jésus, à toi tout mon amour!

Source de joie, eau vive, enchanteresse,
Qui seule peux désaltérer les cœurs,
Oh! dans le mien coule, coule sans cesse,
Pour le sauver du poison des pécheurs.

Enrichis-moi, trésor inépuisable,
Des seuls vrais biens, des grâces, des vertus.
Que peut m'offrir ce monde périssable?
T'aimer, t'aimer! je ne veux rien de plus.

T'aimer, t'aimer, c'est le bien véritable;
C'est l'avant-goût du bonheur éternel;
T'aimer, ô Cœur infiniment aimable,
C'est pour mon cœur le gage sûr du ciel.

j

VIII.

SOIS MON SEUL AMOUR, MON SEUL BONHEUR.

Air n° 26.

Je l'ai trouvé, le trésor de mon âme !
Je l'ai trouvé, l'objet de mon amour !
Cœur de Jésus, aliment de ma flamme,
A toi mon cœur, tout mon cœur sans retour !

CHŒUR.

Cœur de Jésus, Cœur tout aimable,
T'aimer, c'est le cri de mon cœur.
Sois pour jamais, bien ineffable,
Mon seul amour, mon seul bonheur.

Qu'ai-je besoin des faux biens de la terre?
Cœur de Jésus, je ne veux rien que toi :
Te posséder, t'honorer et te plaire,
T'aimer, t'aimer, oui, c'est assez pour moi.

Pour être à toi, pour t'aimer sans partage,
J'ai tout quitté, sans regret, sans retour.
Toi seul, toi seul as droit à mon hommage ;
Toi seul, toi seul auras tout mon amour.

O Cœur si bon, abîme de tendresse,
Tu m'aimes tant ! pourrais-je trop t'aimer?
Dans ton amour, dont j'ai goûté l'ivresse,
Puisse mon cœur un jour se consumer !

IX.

LE CŒUR DE MON JÉSUS, VOILA MON SEUL TRÉSOR.

Air n° 59 ou air du 2e chœur du n° 76.

Venez auprès de moi, sur le Cœur du bon Maître,
Vous tous qui soupirez après le vrai bonheur :
Ses caresses bientôt vous auront fait connaître
Que la source des biens ne jaillit qu'en son Cœur.

Mondains, qui me parlez de plaisirs, de richesses,
Gardez, gardez pour vous vos délices, votre or :
Le Cœur de mon Jésus, son amour, ses promesses,
Voilà mon seul bonheur, voilà mon seul trésor.

Que peuvent vous donner et la terre et le monde ?
N'ont-ils pas jusqu'ici trompé tous vos désirs ?
Mais le Cœur de Jésus donne une paix profonde,
Un bonheur sans mélange et d'éternels plaisirs.

Moi, dans ce Cœur divin j'ai fixé ma retraite,
Et la terre et le monde ont reçu mes adieux.
L'étoile du salut scintille sur ma tête :
Je suis avec Jésus, Jésus me porte aux cieux.

X.

CŒUR DE JÉSUS, VENEZ A MON SECOURS.

Air n° 57.

Mon cœur soupire : un lourd fardeau l'accable,
Et qui pourra consoler sa douleur ?
Je viens à vous, ô Sauveur secourable !
Et votre Cœur soulagera mon cœur.

Voyez, mon Dieu, les cruelles morsures
Dont m'a couvert la dent du tentateur :
Qui guérira ces mortelles blessures ?
Cœur de Jésus, vivifiez mon cœur.

Voyez, mon Dieu, les dangers qui me pressent :
Que d'ennemis, de ruse, de fureur !
L'un semble fuir, cent autres reparaissent :
Cœur de Jésus, fortifiez mon cœur.

Voyez, mon Dieu, ma honteuse inconstance :
Sage un moment, bientôt je suis pécheur.
Qui finira mon crime et ma souffrance?
Cœur de Jésus, fixez, fixez mon cœur.

Voyez, mon Dieu, la faim qui me dévore;
Plus je m'épuise à chercher le bonheur,
Plus il s'échappe : où le poursuivre encore?
Cœur de Jésus, rassasiez mon cœur.

Voyez, mon Dieu, les épaisses ténèbres
Dont mon regard ne soutient plus l'horreur.
Qui chassera ces nuages funèbres ?
Cœur de Jésus, illuminez mon cœur.

Voyez, mon Dieu, les fautes innombrables
Dont tous les jours me souille ma tiédeur.
Qui lavera ces taches lamentables?
Cœur de Jésus, purifiez mon cœur.

Voyez, mon Dieu, mon indigence extrême :
Quelles vertus puis-je offrir au Seigneur?
Et cependant je les veux, je les aime.
Cœur de Jésus, enrichissez mon cœur.

Voyez, mon Dieu, ce qui me manque encore
Pour être enfin votre vrai serviteur.
Mettez un terme aux maux que je déplore :
Cœur de Jésus, sanctifiez mon cœur.

Bientôt la mort viendra briser mes chaînes.
Mais l'avenir, servant le Dieu vengeur,
N'aura-t-il pas pour moi d'amères peines?
Cœur de Jésus, sauvez, sauvez mon cœur.

XI.

LE CHRÉTIEN PIEUX DORMANT SUR LE CŒUR DE JÉSUS.

Air nº 19.

O céleste faveur, ô sort digne d'envie,
Gage délicieux du bonheur des élus !
Bercé bien doucement par la main de Marie,
Mon cœur heureux s'endort sur le Cœur de Jésus.

CHOEUR.

Laisse-moi reposer sur ton Cœur adorable,
O Jésus, mon amour, ô Jésus, mon trésor.
Et quand la mort rompra ce repos ineffable,
Sur ton Cœur, dans le ciel, que je repose encor.

Qu'entends-je? « Dors, enfant, dit la voix de ma Mère ;
» Les anges, sur ton front voltigeant radieux,
» Et souriant d'amour, presseront ta paupière,
» Pour enivrer ton cœur des doux rêves des cieux.

» Dors, dans cet abri sûr, sans crainte et sans alarmes :
» Là tes fiers ennemis n'oseront t'assaillir ;
» Tes yeux ne seront plus remplis d'amères larmes;
» Tu vivras sans combats, tu mourras sans souffrir.

» Demeure nuit et jour dans ce doux sanctuaire,
» Loin du bruit importun de ce monde orageux.
» Trop heureux d'ignorer ce qu'on fait sur la terre,
» Tu sauras, mon enfant, ce qu'on fait dans les cieux. »

DÉDICACE DES ÉGLISES.

Air n° 5.

Ici l'amour, changeant le juge en père,
Retient captif le Très-Haut, l'Eternel;
Ici les cieux s'abaissent sur la terre;
La terre ici devient un nouveau ciel.

SOLO.

Que je me plais en ta présence,
O Dieu d'amour, ô Dieu Sauveur !
Mon cœur renaît à l'espérance,
Mon cœur s'enivre du bonheur.

CHŒUR.

Les yeux en pleurs, le front dans la poussière,
Nous t'adorons, ô pasteur d'Israël :
Avec l'encens qui brûle au sanctuaire,
Montent vers toi nos cœurs, ô Dieu du ciel.

Ici l'amour a transporté son trône;
Ici Jésus veille de près sur nous :
Il nous attend, nous appelle, et nous donne
A pleines mains les trésors les plus doux.

Ici Jésus, par les eaux du baptème,
Du criminel fait un enfant royal.
Si le péché réveille l'anathème,
Dieu nous fait grâce au sacré tribunal.

Ici Jésus nous régénère encore
En envoyant l'Esprit consolateur :
Le feu divin nous brûle, nous dévore,
Et les sept dons confirment notre cœur,

Ici Jésus, par la sainte parole,
Instruit, excite, entraîne le chrétien ;
Sa voix menace, encourage, console,
Fixe ou ramène aux doux sentiers du bien.

Ici Jésus, dans le saint sacrifice,
Offre son sang pour le salut de tous :
L'Agneau sans tache apaise la justice,
Et l'amour seul lève les mains sur nous

Ici Jésus nous reçoit à sa table,
Pour nous nourrir de la Divinité ;
Et le mortel, dans ce pain adorable,
Trouve le pain de l'immortalité.

Ici Jésus, révélant tous ses charmes,
Sourit à tous d'un sourire amoureux ;
Et le chrétien, versant d'heureuses larmes,
Voit un rayon de la gloire des cieux.

Ici toujours un repos délectable,
Toujours la paix, toujours mille faveurs ;
On puise à l'aise au fleuve inépuisable,
A l'océan des célestes douceurs.

Oh ! que je t'aime, auguste sanctuaire,
Maison de Dieu, douce porte du ciel !
Puissé-je ici passer ma vie entière !
Dieu des vertus, ton autel !... ton autel !...

II.

FÊTES DE LA SAINTE VIERGE.

————∞∘⚮∘∞————

IMMACULÉE CONCEPTION.

I.

O MON DIEU, MONTREZ-LA!

Air n° 2.

Gloire au Dieu des vertus, paix à la triste terre!
Le Seigneur a changé notre malheureux sort :
Au Rédempteur promis il prépare une mère;
L'univers va sortir des ombres de la mort.

CHŒUR.

Venez, astre brillant, venez, Vierge bénie,
Chef-d'œuvre du Très-Haut, la gloire d'Israël :
A la terre éplorée apportez, ô Marie,
Le gage du salut, l'assurance du ciel.

Quelques moments encore, et la Vierge puissante,
Terrassant, écrasant le dragon des enfers,
Viendra, Reine du monde, heureuse, caressante,
Rendre à la liberté ses fils chargés de fers.

O mon Dieu, montrez-la, cette Mère propice,
Assise, souriante, entre le ciel et nous,
Dérobant le coupable aux traits de la justice,
Rassurant l'univers qui pleure à ses genoux.

Vierge prédestinée à notre délivrance,
Venez, et sauvez-nous des horreurs du trépas.
Vierge prédestinée à notre renaissance,
Venez, et ranimez vos enfants dans vos bras.

Venez nous retirer de la fange du vice,
Arracher de nos yeux le bandeau de l'erreur,
Des coups de l'ennemi fermer la cicatrice,
Et nous régénérer dans le sang du Sauveur.

Heureuse, heureuse alors notre mortelle vie,
Quand nous vous aurons vue, ô belle fleur des cieux !
Respirer les parfums de l'aimable Marie,
L'aimer, être aimé d'elle, ô sort délicieux !

II.

VENEZ, MARIE.

Air n° 25.

Salut, salut, Vierge tout admirable,
Temple d'or pur, si cher au Saint des saints,
Perle des cieux, trésor incomparable,
Qu'en son amour Dieu promet aux humains.

SOLO.

Salut, ô Vierge Immaculée,
Le chef-d'œuvre du Tout-Puissant,
Beau lis qu'à notre humble vallée
Prête le Ciel compatissant !

CHŒUR.

Gardez-nous du vice, ô Marie ;
Soutenez-nous dans nos combats ;
Et puis un jour, Mère de vie,
Au ciel portez-nous dans vos bras.

Vierge sans tache, oh ! que vous êtes belle !
Vous surpassez les neiges en blancheur,
En pureté l'eau claire qui ruisselle,
Le lis naissant et la rose en fraîcheur.

Auprès de vous, étoile matinière,
L'astre du jour a perdu sa clarté ;
L'ange, qui nage au sein de la lumière,
Pâlit au ciel devant votre beauté.

Source scellée, aux moindres immondices
Dieu vous dérobe avec un soin jaloux.
Jardin fermé, vous faites ses délices
Par vos parfums et si purs et si doux.

En souriant, sur son plus bel ouvrage
Avec amour il repose les yeux ;
Et les élus, bénissant leur partage,
Disent en chœur : C'est la Reine des cieux.

Le vieux serpent voit le pied qui se lève
Pour l'écraser ; il s'enfuit aux enfers ;
Et l'homme, heureux, chante la nouvelle Eve
Qui vient à lui pour briser tous ses fers.

Salut, salut, éblouissante Aurore,
Qui d'un jour pur annoncez le retour ;
Germez, germez, ô fleur d'où doit éclore
Le fruit divin qu'appelle notre amour.

Venez, Marie, et donnez à la terre
Son Rédempteur, son Dieu, ses biens, sa paix ;
Venez, venez pour être notre Mère...
Nous, nous serons vos enfants à jamais.

III.

GERMEZ, GERMEZ, O FLEUR BÉNIE!

Air n° 1.

Fleur d'où naîtra le fruit de vie,
Venez réjouir l'univers ;
Germez, germez, ô fleur bénie ;
Venez briller dans nos déserts.

CHŒUR.

La terre vous appelle,
O lis plein de blancheur,
Fleur des jardins du ciel, si suave et si belle !
La terre vous appelle :
Venez pour son bonheur,
Lis sans tache, ô Marie, ô Mère du Sauveur !

Venez, ô Vierge Immaculée,
Merveille du Dieu des vertus,
Rendre à la terre désolée
Les biens si doux qu'elle a perdus.

Venez : le Ciel vous a choisie
Pour terrasser nos ennemis,
Pour être la mère de vie,
Pour nous rouvrir le paradis.

Venez féconder l'héritage
Que vous réserve le Seigneur,
Et verser sur nous d'âge en âge
La grâce, la paix, le bonheur.

Venez pour être notre mère,
Pour nous bercer dans votre amour,
Pour guider nos pas sur la terre,
Pour nous porter au ciel un jour.

IV.

LE CIEL, LA TERRE, ADMIRENT SA BEAUTÉ.

Air n° 53.

1ᵉʳ CHŒUR.

La nuit s'enfuit; une aurore nouvelle,
Brillante et pure, apparaît dans les cieux.
Salut, salut, à la Vierge immortelle
Qui vient sauver le monde malheureux!

2ᵉ CHŒUR.

Salut, salut, ô Vierge Immaculée,
Présent du ciel, doux espoir des humains!
Lis enchanteur, l'honneur de la vallée,
Enivre-nous de tes parfums divins.

1ᵉʳ SOLO.

Viens, fleur bénie
De l'univers,
Et rends la vie
A nos déserts.

2ᵉ SOLO.

Viens, espoir de la terre
Nous rendre le bonheur;
Viens, ô divine Mère,
Nous donner le Sauveur.

7

La lune, au ciel s'élevant radieuse,
Nous réjouit par sa douce clarté.
Quand tu parais, Vierge mystérieuse,
Le ciel, la terre, admirent ta beauté.

L'astre du jour, au milieu de sa course,
Nous éblouit par sa vive splendeur;
L'eau du torrent est bien pure à sa source...
Rien n'est si beau, n'est si pur que ton cœur.

Si le cristal d'une eau calme et limpide
Rend les objets avec fidélité,
Ton âme, ô Vierge innocente et candide,
Rend tous les traits de la Divinité.

Douce est l'odeur du lis et de la rose,
Doux le parfum du baume et de l'encens.
Toi, fleur unique, au sein des cieux éclose,
Dieu t'a prêté ses parfums ravissants.

Lis toujours pur, rose toujours vermeille,
Attire-nous à ta suave odeur;
Et que ton baume, ô Vierge sans pareille,
De tout péché préserve notre cœur.

V.

SALUT, O LIS SANS TACHE, O ROSE SANS ÉPINE!

Air n° 11 ou 21.

Salut, salut, Marie, ô Vierge Immaculée!
Tu ne portas jamais la souillure du mal;
Fille du Saint des saints, de tous ses dons comblée,
Tu foules à tes pieds le serpent infernal.

CHŒUR.

Salut, ô lis sans tache, ô rose sans épine,
Eclose aux rayons purs du Soleil éternel,
O fleur éblouissante, ô fleur toute divine,
Qui brilles sans égale au parterre du ciel !

Et comment t'aurait-il soumise à l'anathème,
Toi, la Mère du Dieu qui brisa Lucifer ?
Le vainqueur du péché se devait à lui-même
De t'affranchir aussi des chaînes de l'enfer.

Oh ! que j'aime à te voir, Vierge tout admirable,
Sortant, le cœur si pur, des mains du Créateur !...
Et si belle, si grande (ô bonheur ineffable !),
Je t'ai pour Mère, moi, méprisable pécheur !

Je méritais la mort ; mais avec toi, Marie,
Je ne crains plus : je vois de tes divines mains
Descendre ces rayons qui rendent à la vie
Le criminel tremblant devant le Saint des saints.

Tu guéris, tu préviens les coups de l'adversaire ;
Et qui t'aime et te suit est sûr d'être vainqueur.
Oh ! va, je t'aimerai, je t'aimerai, ma Mère ;
Et jamais le péché ne souillera mon cœur.

Salut, astre propice, étoile toujours sûre,
Guide du matelot, phare du naufragé.
Sauve, ô Mère de vie, ô Vierge toute pure,
L'enfant qui, pour toujours, à toi s'est engagé.

VI.

TU ME RAVIS PAR TA CANDEUR.

Air n° 40.

Comme un ciel pur et partout sans nuage,
Comme un beau lis, éclatant de blancheur,
Qu'un vallon sûr abrite de l'orage,
Tu me ravis, Vierge, par ta candeur.

Le Saint des saints, qui te voulait pour Mère,
Dut te créer agréable à ses yeux,
Pure, sans tache, enfant de la lumière,
Digne de lui, belle comme les cieux.

Et devais-tu, venant briser la tête
Du vieux serpent, subir d'abord sa loi ?
Il aurait moins rougi de sa défaite
S'il eût régné, même un instant, sur toi.

Non, non, jamais la tache originelle,
Même un instant, n'a pu ternir ton cœur ;
Tu fus toujours et pure, et sainte, et belle,
Incomparable, et divine en splendeur.

Et maintenant que l'Eglise proclame
Encor plus haut tes droits à nos respects,
Tous d'une voix, et l'ivresse dans l'âme,
Nous redisons : Nous sommes tes sujets !

Oui, nous voulons que tu sois notre Reine,
Vierge admirable, et voici tous nos cœurs.
Toi, comble-nous, aimable Souveraine,
Plus que jamais de tes douces faveurs.

Reine si grande, à notre petitesse
Compatissant et souriant toujours,
Tends-nous la main, aide à notre faiblesse,
Toi des chrétiens la force et le secours.

Vierge sans tache, efface nos souillures,
Et du péché garde-nous à jamais.
Vierge si belle, aux vertus les plus pures
Forme nos cœurs, que tu vois imparfaits.

VII.

LE MONDE EST HEUREUX.

Air n° 10.

IMMACULÉE!... ainsi la proclamait la terre;
Et nous, tournant vers Rome un regard amoureux,
Nous attendions un mot... Le successeur de Pierre
Vient de le faire entendre, et le monde est heureux.

SOLO.

Salut, salut, ô Vierge Immaculée!
Ce nom toujours fut bien doux pour nos cœurs;
Mais désormais notre foi consolée
Y puisera d'ineffables douceurs.

CHŒUR.

O Vierge Immaculée, une nouvelle gloire
Sur votre front divin resplendit en ce jour;
Et vos enfants ravis fêtent votre victoire
Par des hymnes nouveaux, par un nouvel amour.

Voici les jours du ciel qui viennent pour la terre :
En arborant si haut l'étendard virginal,
Jésus veut que le monde aime encor plus sa Mère;
Et des plus grands bienfaits n'est-ce pas le signal?

Nous ignorons encore, ô Mère de la vie,
Quels trésors votre main fera couler sur nous ;
Mais nous savons assez que vous aimer, Marie,
C'est vivre ; et vos enfants veulent vous aimer tous.

Vous aimer ! que ce soit le premier héritage
Dont votre heureux triomphe enrichisse les cœurs.
Vous aimer ! que ce soit le sublime partage
De tous les fils d'Adam , fidèles ou pécheurs.

Pourquoi Jésus veut-il vous exalter encore?
C'est pour que vous régniez ici-bas comme au ciel.
Régnez , Mère d'amour, du couchant à l'aurore,
Et que le monde entier devienne votre autel.

Voici vos premiers-nés : de votre douce chaîne
Venez, Reine des cœurs, nous lier les premiers.
Vous servir, c'est régner, et vous avoir pour Reine,
C'est fouler, comme vous, le serpent à ses pieds.

VIII.

POURQUOI CETTE POMPE NOUVELLE ?

Air n° 4.

Pourquoi cette pompe nouvelle ?
Pourquoi ces transports du bonheur ?
C'est qu'une auréole plus belle
Ceint ton front, Mère du Sauveur.
D'un mot la terre est ébranlée ;
La voix de l'Eglise en ce jour,
T'a proclamée *Immaculée*,
Et la terre est ivre d'amour.

Quand Jésus exalte sa Mère,
Quel cœur ne serait pas joyeux?
N'est-ce pas un bien pour la terre,
Comme une fête pour les cieux?
Tout nous le dit : ce saint oracle,
Ce grand jour qu'a fait le Seigneur,
Présage les jours du miracle,
Des jours de grâce et de bonheur.

Au vif éclat de cette gloire
Dont Dieu vient de la couronner,
Douterions-nous de la victoire
Qu'il veut encore lui donner?
Victoire à la Mère de vie!
Son empire, c'est l'univers :
Victoire! lève-toi, Marie,
Règne et courbe tout sous tes fers.

Tu sais, quoique l'homme l'ignore,
Quels biens par toi viendront sur nous;
Mais à ce peuple qui t'implore
Donne le plus pressant de tous.
T'aimer tous les jours davantage,
Voilà ce que veut notre foi;
T'aimer, voilà l'heureux partage
Que ta famille attend de toi.

Tu nous as mis, ô douce Reine!
Au nombre de tes serviteurs;
Mais de ta salutaire chaîne
Serre, serre encor plus nos cœurs.
Te servir, t'aimer, ô Marie,
C'est être saint, c'est être heureux,
C'est trouver la grâce et la vie,
C'est posséder la clé des cieux.

Achève en ces cœurs ton ouvrage.
Tu vois s'y glisser en rampant,
Plein de venin, gonflé de rage,
Ton ennemi, le vieux serpent.
Ecrase sa tête orgueilleuse;
Et qu'à l'abri de ses poisons,
Notre âme s'élance joyeuse
Vers ton ciel, où nous aspirons.

Dégagés de toute souillure,
Embellis-nous de plus en plus.
Greffe en nos âmes, Vierge pure,
La fleur de tes pures vertus.
Qu'au loin nos frères sur la terre
En respirent la douce odeur;
Et qu'au ciel notre bonne Mère
Puisse sourire de bonheur.

Voilà ce que peuvent te dire
Tes serviteurs en ce beau jour;
Mais tu sais tout ce que désire
Et leur faiblesse et leur amour.
Mère de grâce, à leur faiblesse
Prête ton bras, ouvre ton cœur;
Mère d'amour, à leur tendresse
Assure et donne le bonheur.

IX.

TRIOMPHEZ, O MARIE.

Air n° 76.

Triomphez, ô Marie, ô Vierge Immaculée,
Dont rien, même un instant, n'altéra la blancheur !
L'Eglise a dit un mot : la terre est consolée,
Et tous les cœurs chrétiens sont ivres de bonheur.

SOLO.

Je crois, j'admire, et je viens, ô Marie,
Vous engager mon cœur et mon amour.
Etre captif de la Mère de vie,
C'est s'affranchir pour triompher un jour.

CHŒUR.

Triomphez, triomphez, colombe toute belle,
Fille du Saint des saints, pure comme les cieux !
Un nouveau diadème, une gloire nouvelle
Couronne pour toujours votre front radieux.

Triomphez, triomphez ! ce que chantaient les anges,
L'homme peut sûrement le chanter dès ce jour ;
Et nos cœurs, pour redire ici-bas vos louanges,
Des esprits bienheureux emprunteront l'amour.

Triomphez, triomphez ! les jours de la victoire
Sont arrivés pour vous, ô Reine des vertus.
Que tout œil sur la terre admire votre gloire,
Et que vos ennemis tombent à vos genoux.

Triomphez, triomphez ! que votre pied terrasse
Le serpent infernal, et l'étouffe à jamais ;
Que votre main sur nous fasse pleuvoir la grâce,
Et que le monde heureux bénisse vos bienfaits.

X.

JOUR MILLE FOIS HEUREUX.

Air n° 4.

Jour mille fois heureux ! jour d'ineffable ivresse !
L'Eglise a prononcé ; nos vœux sont accomplis.
Mêlons nos chants d'amour et nos cris d'allégresse
Aux concerts des élus et des anges ravis.

CHŒUR.

O vous qu'avec transport l'ange et l'homme salue,
Vierge, entendez le cri de nos cœurs en ce jour :
Gloire à vous, Vierge pure et sans péché conçue ;
Et paix à vos enfants pleins d'espoir et d'amour.

Pour nous, dès ce moment, s'ouvre une ère nouvelle ;
Tout présage la paix, tout parle de bonheur.
Marie, en souriant, de sa main maternelle
Verse à grands flots sur nous les grâces du Seigneur.

O Vierge, notre espoir, ô Vierge notre mère,
Refuge des pécheurs, priez, priez pour nous.
Pour désarmer le Ciel, pour consoler la terre,
Que faut-il, ô Marie ? un sourire de vous.

XI.

(Ce cantique et les trois suivants sont en grande partie extraits de la Bulle pontificale.)

MARIE FIGURÉE AVANT SA VENUE.

Air nº 3.

Salut, ô Vierge sainte, avant les temps choisie
Pour mère du Sauveur, pour mère des humains :
Tu fus, avant de naître, annoncée et bénie
Comme un vase d'honneur digne du Saint des saints.

CHŒUR.

Jadis l'espérance du monde,
Aujourd'hui tu fais son bonheur :
Verse à grands flots, source féconde,
Les eaux du ciel dans notre cœur.

Salut, *Femme*, qui fis trembler dans sa victoire
Le serpent menacé de tes inimitiés ;
Qui, soustraite à ses coups, rayonnante de gloire,
Un jour devais briser sa tête sous tes pieds.

Salut, *Arche,* qui, seule, en ce vaste naufrage
Où tout le genre humain s'engloutit sous les eaux,
Seule, d'un Dieu propice inviolable ouvrage,
Seule fus dérobée à la fureur des flots.

Salut, mystérieuse et ravissante *Échelle,*
Qui, touchant à la terre et montant jusqu'aux cieux,
A ton sommet, perdu dans la gloire éternelle,
Portais Dieu, Dieu sur toi se reposant joyeux.

Salut, *Buisson* sacré, dont le riant feuillage
Ne brûlait point au sein des feux désolateurs,
Et qui, toujours ardent et toujours sans dommage,
Couvrais tes verts rameaux d'incomparables fleurs.

Salut, sublime *Tour*, solide, inexpugnable,
Où mille boucliers rayonnaient suspendus,
Et dont les ennemis, dans leur rage implacable,
Ne pouvaient approcher que pour fuir confondus.

Salut, *Source scellée*, à l'onde claire et pure,
Que ne souillèrent point des poisons corrupteurs ;
Salut, *Jardin fermé,* dont la barrière sûre
Garde de tout ravage et les fruits et les fleurs.

Salut, *Cité de Dieu,* dont la montagne sainte,
La céleste Sion, est l'heureux fondement ;
Temple majestueux dont a rempli l'enceinte
La gloire du Seigneur, le Saint, le Dieu vivant.

Salut, *Palais* sacré, construit par la sagesse,
Délicieux séjour embelli par ses mains ;
Trône élevé de Dieu, miracle de richesse ;
Arche de sainteté, pleine des dons divins.

Salut, *Lis* toujours pur, *Rose* toujours vermeille,
Dont rien n'a pu ternir la céleste fraîcheur ;
Paradis d'innocence, ineffable merveille,
Que l'œil même de Dieu contemple avec bonheur.

Salut, *Vierge si belle,* entre toutes choisie,
Qui, montant du désert, sous tes pas transformé,
De délices, d'attraits et de grâce remplie,
Viens à nous, t'appuyant au bras du Bienaimé.

Salut, *Fille du Roi,* sans tache et toute pure,
Reine aux vêtements d'or semés de diamants,
Ravissante au dehors par ta riche parure,
Mais plus riche de gloire et plus belle au dedans.

Ainsi te saluaient autrefois les prophètes,
Prévenant par l'amour ton séjour parmi nous :
Qu'auraient-ils fait pour toi, s'ils avaient vu tes fêtes,
Recueilli tes faveurs, goûté ton miel si doux?

Plus heureux, nous pouvons t'appeler notre mère,
Notre mère ! et ce nom raconte tes bienfaits :
Sois donc de nous bénie, et sois toujours plus chère
Aux fils que Dieu par toi veut bénir à jamais.

Souris à notre amour, ô Vierge sainte et pure,
Et de ta sainteté rapproche notre cœur ;
Garde-le désormais de la moindre souillure,
Et du serpent maudit par toi qu'il soit vainqueur.

XII.

GRANDEURS DE LA VIERGE IMMACULÉE.

Air n° 19.

Qu'elle est grande, Marie ! oh ! qu'elle est admirable
En richesse, en éclat, en grâce, en sainteté !
Chef-d'œuvre du Très-Haut, merveille incomparable,
Elle est le pur miroir de la Divinité.

CHŒUR.

Nous croyons, nous aimons, et nous venons, Marie,
O Vierge toute belle, exalter tes grandeurs,
Glorifier ton nom, et pour toute la vie
Nous mettre sous ta garde, et te vouer nos cœurs.

Moins pure est l'eau, moins fraîche est la rose naissante,
Moins blanc le lis, moins doux le parfum du printemps ;
La clarté de la lune est moins réjouissante,
Et de l'astre du jour les feux moins éclatants.

En face d'elle on voit toutes les créatures
Pâlir comme une étoile à côté du soleil.
Les milices du ciel, si brillantes, si pures,
Sont loin, loin des splendeurs de l'astre sans pareil.

En vain la voix de l'homme entreprend ses louanges :
Quel mortel peut atteindre à de telles hauteurs?
En vain veut la chanter la voix même des Anges :
Quel être, excepté Dieu, sonda tant de grandeurs?

Et cependant le ciel et la terre la chante...
Mais si nous ne pouvons la louer dignement,
Notre joie est de voir notre voix impuissante :
Du moins on ne peut plus l'aimer trop tendrement.

Salut, ô belle fleur, ô Rose sans épine,
Lis des cieux, que jamais rien d'impur n'a touché ;
Arbre du paradis, greffe toute divine,
Que ne blessa jamais l'affreux ver du péché.

Seule tu ne fus point un enfant de colère,
De ténèbres, de mort, de malédiction ;
Mais un enfant choisi de grâce, de lumière,
De sainteté, de vie et de dilection.

D'un ineffable amour créature ineffable,
Des grâces du Seigneur trésor presque infini,
De tous les biens du ciel abîme inépuisable,
Ton cœur, dans tous les temps, à Dieu seul fut uni.

Tu fus le sol béni, la terre de miracle,
D'où le nouvel Adam devait un jour sortir ;
Et pour approprier au Christ son tabernacle,
De tous ses diamants Dieu voulut t'enrichir.

Mère du Premier-Né de toute créature,
Trône embelli pour lui par la Divinité,
Tu devins, sous la main qui te fit toute pure,
Le modèle accompli de toute sainteté.

Si belle et si parfaite, ô Reine Immaculée,
Jette un regard d'amour sur de pauvres pécheurs.
Que de fange sur eux croupit amoncelée !
Rends-nous dignes de toi, lave et change nos cœurs.

XIII.

TOUTE-PUISSANCE DE MARIE IMMACULÉE.

Air n° 6.

Tu nous vois à tes pieds, céleste Protectrice,
Fille du Tout-Puissant, Mère d'Emmanuel,
De la race d'Adam toi la réparatrice,
Toi l'ancre du salut, toi la porte du ciel.

CHŒUR.

Mère de Dieu, si sainte et si puissante,
Nous implorons humblement ton secours :
Tends-nous la main, Reine compatissante,
Et que ton cœur sur nous veille toujours.

Le prophète de loin souriait à ta gloire ;
L'apôtre te chantait en tressaillant d'amour ;
Le martyr t'appelait pour saisir la victoire,
Et la vierge en ton nom triomphait à son tour.

Tu fus de tous les saints la joie et la couronne.
Et comment t'oublier, à moins d'aimer la mort,
Toi, de notre salut la plus ferme colonne,
Toi, l'étoile des mers, notre abri, notre port ?

Sur l'Eglise de Dieu tu veilles invincible ;
Et lorsque l'hérésie en approche en rampant
Ou s'y dresse en fureur, tu te lèves terrible,
Et ton pied foule encor la tête du serpent.

Mère de tous, à tous tu prêtes assistance ;
A tous ton tendre amour prodigue ses faveurs :
Reine des cœurs, tu sais préserver l'innocence,
Aiguillonner le juste et sauver les pécheurs.

Quel est-il, l'ennemi que ton regard n'atterre ?
Quel bras peut me blesser quand le tien est pour moi ?
Assise au haut des cieux, tu parles, et ton Père,
Ton Epoux et ton Fils combattent avec toi.

Quand les fléaux vengeurs pèsent sur notre tête,
Tu parles, et ta voix désarme le Seigneur :
Il sourit, et soudain à l'affreuse tempête
Succèdent le repos, la paix et le bonheur.

Le Très-Haut t'a fait part de sa toute-puissance
En te cédant le soin de notre infirmité :
Ses trésors sont les tiens, et ton pouvoir immense
N'a d'égal que ton cœur, immense en charité.

Pour moi quel doux partage, ô Vierge toute pure,
D'avoir ta main pour guide, et ton cœur pour abri !
Tu m'aimes, tu peux tout ; et, fût-il sans mesure,
O ma Mère, par toi tout mon mal est guéri.

XIV.

PAR L'IMMACULÉE CONCEPTION DE MARIE,

BÉNISSEZ-NOUS, JÉSUS.

Air nº 66.

Toi, dont la Mère Immaculée
Règne à ta droite au haut des cieux
Et jusqu'en notre humble vallée
Jette un éclat si merveilleux;
Jésus, pour l'amour de Marie,
Ton chef-d'œuvre et notre trésor,
Ecoute un peuple qui te prie
De la glorifier encor.

REFRAIN.

Par les mérites de ta Mère,
Par sa sainte Conception,
O Jésus, daigne sur la terre
Verser la bénédiction.

Que, par elle, plus florissante,
Et captivant toutes les mers,
L'Eglise, partout triomphante,
Règne seule sur l'univers.
Que toujours paisible, tranquille,
Libre, elle répande en tout lieu
La semence de l'Evangile,
Et gagne tous les cœurs à Dieu.

Que l'hérétique et l'infidèle
Reviennent à la vérité;
Que le pécheur, au cœur rebelle,
Cède, et coure à la sainteté.
Que tous les peuples de la terre
N'ayant plus qu'une âme et qu'un cœur,
Il ne reste, ô Dieu notre Père,
Qu'un seul bercail, qu'un seul pasteur.

8

Soulage, ô Jésus, ceux qu'accable
Le fardeau de l'affliction;
Donne le pardon au coupable,
Au malade la guérison,
Au périclitant l'assistance,
Au prisonnier la liberté,
Au juste la persévérance,
Au mourant l'immortalité.

Que le cœur des peuples s'attache
A mieux prouver de jour en jour
A ta Mère pure et sans tache
Sa confiance et son amour.
Que les pasteurs, brûlant de zèle,
Encouragent ces saints transports;
Et que ta grâce, ô Dieu fidèle,
Seconde leurs pieux efforts.

Bénis la cité populeuse
Et l'humble congrégation,
Qui, de ta Mère glorieuse,
Exaltant la Conception,
Sous le titre d'Immaculée
Pour patronne l'invoquera,
Ou qui, par l'amour stimulée,
D'un monument la dotera.

Dilate nos cœurs sans mesure :
Que notre bonheur le plus doux
Soit de servir la Vierge pure
Et de la faire aimer de tous.
Centuple notre confiance,
Et que nous n'implorions jamais
Sa toute puissante assistance
Sans en recueillir les bienfaits.

PURIFICATION.

I.

Air n° 51.

Où portes-tu l'enfant que ton cœur aime ?
Ne sais-tu pas qu'offert à l'Eternel
Il va pour nous devenir anathème ?
Oui, tu le sais, et tu cours à l'autel !

CHŒUR.

Amour à toi, Marie,
Qui donnes ton Jésus
Pour assurer la vie
A d'autres fils déchus !

De l'avenir pénétrant le mystère,
Tu vois déjà le glaive des douleurs ;
Tu vois Jésus gravissant le Calvaire,
Ton doux Jésus mourant pour les pécheurs.

Oh ! que d'amour dans ce grand sacrifice !
Ton cœur se tait devant l'arrêt du Ciel,
Et c'est ta main qui livre à sa justice
L'Agneau, qu'il veut au lieu du criminel.

Pour tant d'amour, ô généreuse Mère,
Ne dois-je pas t'offrir tout mon amour ?
Oui, mon amour, mon cœur, ma vie entière,
Tout est à toi, Marie, et sans retour.

II.

PRÉSENTE-MOI AVEC JÉSUS.

Air n° 18.

Hâtant tes pas, doucement recueillie,
Pressant Jésus sur ton sein maternel,
Tu cours au temple, et je te vois, Marie,
Le cœur ému l'offrir à l'Eternel.

SOLO.

Avec Jésus, ô tendre Mère,
Ah! daigne aussi, dans ce saint jour,
Offrir au cœur du divin Père
Cet autre enfant de ton amour.

CHŒUR.

Présenté par Marie,
Accueille-moi, Seigneur :
Réforme, sanctifie,
Garde et sauve mon cœur.

Prends dans tes bras, ô Marie, ô ma Mère,
Ce pauvre enfant, faible, inconstant, pécheur;
Et dis à Dieu d'être toujours mon Père,
De me guérir, de finir mon malheur.

Réponds pour moi, Vierge compatissante;
Présente-lui mes désirs, mes regrets;
Et que ta voix, sur lui toute puissante,
Rende au prodigue un père et ses bienfaits.

Oh! oui, porté sur ton cœur, ô Marie,
Et me collant sur le Cœur du Sauveur,
Je recevrai le pardon et la vie
Du Dieu si bon qui vous donne au pécheur.

ANNONCIATION.

Air n° 8.

Je viens, Vierge-Mère, avec l'ange
Te saluer et te bénir.
Marie, écoute ma louange;
Exauce mon ardent désir.

CHŒUR.

Donne à mon âme
La sainte flamme
Qui te rendit fidèle à Dieu.
O Vierge pure,
Je t'en conjure,
Embrase-moi d'un si beau feu.

Celui qui t'a prise pour Mère
Parmi les lis fait son séjour;
Et ton sein fut le sanctuaire
Qu'il embellit dans son amour.

Mais toi, tu sus, femme bénie,
Répondre avec fidélité
Aux grâces dont tu fus remplie,
Et grandir dans la sainteté.

L'ange dit : « D'un Dieu sois la Mère. »
Et toi : « Je veux garder mon vœu. »
La virginité t'est plus chère
Que l'honneur d'enfanter un Dieu !

Puis, quand tu reçois l'assurance
Que rien ne doit ternir ton cœur,
Par la plus humble obéissance
Tu réponds au choix du Seigneur.

Que ta vie est belle, ô Marie!
Que de candeur, d'humilité!
Quelle patience accomplie!
Quelle admirable charité !

Vierge si sainte et si puissante,
Sois mon modèle et bénis-moi.
Lis éclatant, perle brillante,
Rends-moi fidèle comme toi.

COMPASSION.

I.

STABAT.

Air nº 35.

On peut aussi chanter ce cantique avec un refrain, sur les airs nᵒˢ 33 ou 34,
et, pour cela, prendre la 1ʳᵉ strophe de la 2ᵉ partie du cantique, ou toute
autre qu'on préférera.

1ʳᵉ PARTIE.

Elle était là, plaintive, gémissante,
Debout au pied de la sanglante croix ;
Elle pleurait, et contemplait tremblante
Son divin Fils, suspendu sur le bois.

Que d'amertume en cette âme bénie !
Quel glaive affreux a transpercé son Cœur!
Qui peut te voir si brisée, ô Marie,
Sans partager ta peine et ta douleur?

Tu l'avais vu, ton Jésus, ton unique,
Abandonné, renié, condamné,
Frappé, meurtri, jouet d'un peuple inique,
Soumis aux fouets, d'épines couronné.

Tu l'avais vu vers le lieu du supplice
Traîner la croix, chancelant, s'affaissant,
Ensanglanter le bois du sacrifice,
Marquer ses pas par des ruisseaux de sang.

Et maintenant, sur le cruel Calvaire,
Tu vois ce Fils, ta vie et ta douceur,
De nos péchés victime volontaire,
Environné d'une mer de douleur.

Tu vois sa chair d'horribles clous percée ;
Ses pieds, ses mains versant des flots de sang ;
Et, quand la croix s'est lentement dressée,
Chaque blessure allant s'élargissant.

Tu vois le fiel qu'il reçoit pour breuvage,
Et les excès du peuple incirconcis,
Qui, redoublant le blasphème et l'outrage,
Redouble encor les tourments de ton Fils.

Tu le vois, lui qui s'immole à son Père,
Se plaindre à lui d'en être abandonné :
Et quand sa voix te parle, ô pauvre Mère,
Un autre enfant pour enfant t'est donné.

Tu vois, après trois heures d'agonie,
Son œil s'éteindre et sa lèvre pâlir ;
Tu vois tomber sa tête appesantie,
Et l'Homme-Dieu, ton doux Jésus, mourir.

Et tu n'as pu soulager sa souffrance,
Presser son cœur et soulager ton cœur !
Ton amertume est une mer immense ;
Est-il douleur semblable à ta douleur ?

2º PARTIE.

Donne-moi part, ô ma Mère, ô Marie,
A tes douleurs, aux douleurs de Jésus.
Je dois pleurer, pleurer toute ma vie :
Je suis pécheur, et vos maux m'étaient dus.

Comme il m'aima, ce Sauveur débonnaire !
Et toi, combien tu m'aimas à ton tour !
Oh ! désormais pour lui, pour toi, ma Mère,
Fais-moi brûler du plus ardent amour.

Pour m'embraser des flammes les plus pures,
Daigne en mon cœur graver profondément
Et pour jamais les cruelles blessures
Dont se chargea le Dieu qui m'aima tant.

Mère d'amour, qu'avec toi je m'élance,
Les yeux en pleurs, vers la croix de Jésus,
Pour partager sa peine et sa souffrance ;
Que je l'embrasse, et ne la quitte plus.

Sur cette croix, par mille sacrifices,
Fais-moi mourir pour Jésus à mon tour ;
De cette croix, mon bonheur, mes délices,
Enivre-moi, Mère du bel amour.

Ainsi noyé dans une sainte ivresse,
Brûlé des feux du plus pur dévouement,
Puisse l'enfant si cher à ta tendresse
T'avoir pour Mère au jour du jugement !

Fais que je sois, pendant toute ma vie,
Aidé, gardé par la croix, par ton Fils ;
Et quand la mort viendra, douce Marie,
Fais que Jésus m'ouvre le paradis.

II.

MARIE AU PÉCHEUR QUI CRUCIFIE JÉSUS.

Air n° 33.

Viens, mon enfant, viens consoler ta Mère...
Tu vois, je pleure au pied de cette croix...
Viens compatir à ma douleur amère,
Et de mes maux viens alléger le poids.

REFRAIN.

Pardon, pardon, ô ma Mère, ô Marie !
C'est moi, cruel, qui cause vos douleurs.
Pour expier mon crime et ma folie,
Puisse mon sang couler avec mes pleurs !

Ne sais-tu pas pourquoi coulent mes larmes ?
Lève les yeux : j'ai perdu mon Jésus !
Sanglant, meurtri, dépouillé de ses charmes,
Méconnaissable, il expire, il n'est plus !

Il a voulu s'offrir en sacrifice
Pour arracher aux tourments le pécheur.
Pécheur, c'est toi qui causes mon supplice :
Ne dois-tu pas partager ma douleur ?

Ce Fils chéri, le trésor de mon âme,
Le Saint des saints, pour toi venu du ciel,
Tu l'as cloué sur ce gibet infâme
Et mis à mort comme un vil criminel.

Ton Dieu, ton Roi, ton Sauveur et ton Père,
C'est toi, cruel, qui l'as crucifié !
Sa Mère pleure : elle est aussi ta Mère ;
Resteras-tu plus longtemps sans pitié ?

Ah ! pleure aussi, pour finir mon martyre ;
N'outrage plus un Dieu qui meurt d'amour.
Viens arracher le fer qui me déchire :
A mon Jésus donne-toi sans retour.

III.

MARIE AU PÉCHEUR QUI DÉCHIRE SA MÈRE.

Air n° 64.

Cruel, pourquoi percer mon cœur ?
Ah ! prends pitié de ma douleur :
    Qu'elle est amère !
En vain je cherche à t'attendrir ;
Toujours, toujours tu fais gémir
    Ta pauvre Mère.

REFRAIN.

Ah ! de vos pleurs, tendre Marie,
    Mère chérie,
    Cessez le cours.
    Je veux vous suivre ;
    Oui, je veux vivre
Dans votre amour toujours, toujours.

Au pied de la sanglante croix
Viens t'agenouiller quelquefois,
    Et considère !
Sous le glaive affreux des douleurs,
C'est là que j'acquis dans les pleurs
    Mon nom de Mère...

Tu fus mon fils, et dès ce jour
Combien ton âme à mon amour
    Devint plus chère !

Pauvre enfant, après le Sauveur,
Dis-moi, qui chercha ton bonheur
  Plus que ta Mère ?...

Oh ! que j'aimais à te bénir !
Comme je savais compatir
  A ta misère !
Qui t'inondait des eaux du ciel ?
Sur toi qui distillait le miel ?
  C'était ta Mère...

Qui t'aimait, devenu pécheur ?
Qui désarmait du Dieu vengeur
  La main sévère ?
Quand l'horrible enfer t'attendait,
Au ciel, dis-moi, qui te rendait ?
  C'était ta Mère...

Veux-tu, pour prix de tant d'amour,
Briser mon cœur, te perdre un jour ?
  Ah ! téméraire !
Par d'irréparables malheurs ,
Veux-tu d'inconsolables pleurs
  Nourrir ta Mère ?...

Non, mon enfant, ne te perds pas ;
Prodigue, reviens dans les bras
  De ton bon Père.
Pense à ton bonheur d'autrefois ;
Reviens, et console une fois
  Ta pauvre Mère...

Reviens : ton Père est tout amour ;
Et moi, j'adoucis du retour
  La peine amère.
Le ciel est encor là, pécheur ;
Je l'ouvre : accours, et de bonheur
  Comble ta Mère...

IV.

MARIE EST MA MÈRE.

Air nº 35 ou 49.

Je suis l'Enfant de ta douleur amère ;
Pour devenir la Mère d'un pécheur,
Tu perds Jésus : ô Marie, ô ma Mère,
Ne dois-je pas t'immoler tout mon cœur ?

Que d'autres voix redisent tes alarmes...
Moi, souriant et pleurant tour à tour,
J'offre à ma Mère et des chants et des larmes,
En lui vouant un immortel amour.

J'entends sa voix : « Enfant de ma tendresse,
» Aime Jésus, qui souffrit tant pour toi. »
— Je l'aimerai, je l'aimerai sans cesse,
Ce Dieu si bon, qui se livra pour moi.

« Moi qui versai tant de pleurs au Calvaire,
» M'aimeras-tu d'un amour plus constant ? »
— Je t'aimerai sans retour, ô ma Mère ;
Je t'aimerai, puisque tu m'aimas tant.

« Aimeras-tu la croix toute ta vie ?
» Enfant du Christ, craindras-tu de souffrir ? »
— Oui, j'aimerai la croix, qui sanctifie ;
Mon cœur l'a dit : Ou souffrir, ou mourir.

« Dans ces désirs que le Ciel t'affermisse...
» Moi, mon enfant, je veillerai sur toi. »
— Soutiens mes pas, de peur que je ne glisse ;
Et que ta main soit toujours avec moi.

« Et maintenant, j'oublirai le Calvaire,
» Et mes tourments, et mes ruisseaux de pleurs. »
— Puissé-je enfin te consoler, ma Mère,
Et t'épargner de nouvelles douleurs !

CŒUR IMMACULÉ DE MARIE.

I

QU'IL EST GRAND !

Air n° 18.

Au Cœur sacré d'une Mère chérie
Allons offrir notre cœur en ce jour.
Pour nous aimer de plus en plus, Marie
Attend de nous ce tribut de l'amour.

SOLO.

Asile heureux de l'innocence,
Refuge assuré du pécheur,
O Cœur, notre douce espérance,
Reçois et bénis notre cœur.

CHŒUR.

Cœur de la bonne Mère,
Verse sur tes enfants
De ton eau salutaire
Les suaves torrents.

Oh ! qu'il est pur ! Les traits hideux du vice
N'en ont jamais altéré la candeur ;
Rien ne ternit ce miroir de justice,
Où resplendit l'image du Seigneur.

Qu'il est aimable! En lui l'homme respire
Le doux parfum de la félicité ;
L'ange le chante, et Dieu même l'admire :
De tous ses dons ne l'a-t-il pas doté?

Qu'il est aimant! C'est le Cœur d'une Mère,
Qui, tout entière au bien de ses enfants,
Prévient leurs vœux, s'incline à leur misère,
Charme leurs maux par ses soins caressants.

Qu'il est clément! Quand le pécheur l'offense,
Pour se venger, il veille à son retour ;
Et si l'ingrat s'obstine en sa démence,
Lui, toujours bon, s'obstine en son amour.

Qu'il est puissant! A son humble prière,
Tombent brisés les traits du tentateur ;
Et le Très-Haut, oubliant la colère,
Retient la foudre et sourit au pécheur.

Je viens à toi, Cœur si doux de Marie,
Trésor divin de grandeur, de bonté :
J'attends de toi la sagesse et la vie,
Source de grâce et d'immortalité.

II.

TOUS LES BIENS VIENNENT AVEC MARIE.

Air n° 40.

Venez prier à l'autel de Marie,
Vous qui voulez le repos et la paix.
Son Cœur vous aime, et dans sa main bénie
Sont des trésors qu'on n'épuise jamais.

Elle est l'appui de la fragile enfance.
Dans ses premiers et périlleux combats,
La bonne Mère est là pour sa défense;
Et son amour la dérobe au trépas.

C'est l'astre heureux qui guide la jeunesse,
C'est le vaisseau qui la conduit au port;
Et c'est l'asile où la triste vieillesse
Vient se guérir des terreurs de la mort.

De tout chrétien son Cœur est l'espérance :
C'est du vaincu le salut, le vengeur,
Du combattant la force et la constance,
Le tout du juste et le tout du pécheur.

Oui, tous les biens viennent avec Marie :
Sur ses enfants de son Cœur maternel
Coule à grands flots et la grâce et la vie ;
Et puis, un jour, sa main nous porte au Ciel.

Oh! malheureux, malheureux qui l'ignore !
Vivant, mourant, sa coupe est la douleur...
En la servant, je puis pleurer encore,
Oui, mais pleurer d'amour et de bonheur.

Sûrs des bienfaits d'une si douce Mère,
Tous désormais suivons ses étendards;
Et nous vaincrons : ce signe salutaire
Du noir Satan amortira les dards.

Déjà j'entends le cri de la victoire...
L'heure est venue où finit le combat;
Marie accourt : la couronne de gloire
A ceint le front du fidèle soldat.

III.

PRIÈRE AU CŒUR DE MARIE.

Air n° 17.

Cœur de Marie, ô toi dont la tendresse,
En m'inondant d'ineffables douceurs,
Du ciel déjà me fait goûter l'ivresse,
Accrois en moi tes suaves ardeurs.

CHŒUR.

Astre divin, foyer de pures flammes,
Toi qui partout répands le divin feu,
Cœur de Marie, allume dans nos âmes
Le feu sacré dont tu brûlas pour Dieu.

Cœur de Marie, auguste sanctuaire,
Trône éclatant de la Divinité,
Lit virginal où me berce ma Mère,
Découvre-moi ta gloire et ta beauté.

Cœur de Marie, ô fleur aimable et pure
Qui resplendis dans le jardin des cieux,
Que j'aime à voir ta divine parure!
Et tes parfums, qu'ils sont délicieux!

Cœur de Marie, astre dont l'influence
A tant de fois régénéré mon cœur,
Fais-y renaître et fleurir l'innocence,
Ce lis sans prix et si cher au Seigneur.

Cœur de Marie, ô tente salutaire
Qui rafraîchit le pauvre pèlerin,
Daigne prêter ton ombre hospitalière
A ton enfant qu'épuise un long chemin.

Cœur de Marie, ô phare tutélaire
Qui rend l'espoir aux pâles matelots,
Eclaire-moi de ta vive lumière,
Et vers le port guide-moi sur les flots.

Cœur de Marie, ô céleste refuge
Toujours ouvert au malheureux pécheur,
Quand paraîtra le redoutable Juge,
Abrite-moi contre son bras vengeur.

Cœur de Marie, arche sainte et propice
Qui porte l'homme au rivage éternel,
Arrache-nous des flots amers du vice,
Et tous un jour rassemble-nous au Ciel.

IV.

L'ENFANT

SE REPOSANT SUR LE CŒUR DE SA MÈRE.

Air nº 19.

Faible enfant, accablé du fardeau de la vie,
Invité tendrement par la voix de Jésus,
Je viens me reposer sur le cœur de Marie,
Respirer les parfums qu'exhalent ses vertus.

CHŒUR.

Berce-moi dans tes bras, ô ma Mère, ô ma Reine,
Et ton heureux enfant dormira sur ton sein.
Resserre chaque jour la bienheureuse chaîne
Qui par des nœuds d'amour unit mon cœur au tien.

Jésus, me caressant de ses mains enfantines,
M'endort auprès de lui sur le sein maternel ;
Les Anges, me couvrant de leurs ailes divines,
Se penchent sur mon cœur pour me parler du ciel.

9

Pourquoi me troublez-vous, ô vains bruits de la terre?
Pécheurs, pourquoi m'offrir vos ingrates faveurs?
Laissez l'enfant dormir sur le sein de sa Mère,
Et d'un repos divin savourer les douceurs.

O vous qui ne rêvez qu'aux plaisirs de la vie,
Vous m'appelez en vain dans vos cercles heureux :
Je me suis retiré dans le cœur de Marie ;
Je ne puis en sortir que pour entrer aux cieux.

Mondains, si vous saviez les douceurs ineffables,
Les trésors infinis cachés dans le saint Cœur !
Quittant vos puits impurs, vos déserts lamentables,
Vous viendriez puiser aux sources du bonheur.

Reposez-vous aussi sur le cœur de Marie,
Vous qui trouvez l'exil si long et si cruel :
Par ce divin repos votre âme rajeunie
Reprendra sans effort sa course vers le ciel.

Moi, sur ce Cœur béni, jusqu'au soir de la vie,
Je veux me reposer, auprès de mon Jésus ;
Là des célestes chœurs j'entendrai l'harmonie,
Là je m'enivrerai du bonheur des élus.

Qu'entends-je? Dieu me dit qu'il faut quitter la terre ;
J'ai vécu, je mourrai sur le sein maternel :
Vivifié, sauvé par le Cœur de sa Mère,
L'heureux cœur de l'enfant montera vers le ciel.

VISITATION.

Air nº 18.

Heureux désert, tes montagnes l'ont vue
Se dérobant aux champs de Nazareth.
Bien plus heureux, vous l'avez retenue,
O Zacharie, et vous, Elisabeth.

CHŒUR.

Visitez-nous, Vierge Marie,
Vous, et le Sauveur avec vous:
Vous nous apporterez la vie.
Bonne Mère, oh ! visitez-nous.

SOLO.

Entrez sous notre tente,
O Vierge, nos amours.
O Vierge bienfaisante,
Demeurez-y toujours.

Celle qui vient consoler la vieillesse,
Porte déjà le Sauveur dans ses flancs.
Mère d'un Dieu qui jusqu'à nous s'abaisse,
Vous l'imitez dans ses abaissements.

Et, dès l'abord, quels prodiges enfante
Votre visite, et celle du Sauveur !
Le Saint-Esprit remplit votre parente ;
Jean dans son sein a bondi de bonheur.

Elisabeth vous bénit et s'étonne ;
Vous, rendant tout à la Divinité,
Vous exaltez le Tout-Puissant qui donne,
Vous vous perdez dans votre humilité.

Oh ! quels trésors les cieux amis versèrent
Pendant trois mois sur ces heureux vieillards !
Que de douceurs dans leurs âmes coulèrent !
Que de vertus charmèrent leurs regards !

Ils entendaient sa voix, sa voix si tendre ;
Ils contemplaient ses traits, si beaux, si doux.
Puissé-je un jour vous voir et vous entendre,
Vierge, et sans fin converser avec vous !

En attendant, venez, ô bonne Mère,
Nous visiter, nous parler, nous guérir.
N'est-ce pas vous qui devez sur la terre
Nous consoler, nous aimer, nous bénir ?

De vos bienfaits enrichis à toute heure
Avec bonheur ici nous vous loûrons ;
Et puis là-haut, dans la sainte demeure,
Un jour aussi nous vous visiterons.

SAINT SCAPULAIRE.

I.

IL EST MA DÉFENSE.

Air n° 3.

Celui qui de tes mains a reçu son armure,
Peut sans crainte, ô Marie ! affronter le combat :
La trempe en est divine, et de toute blessure,
Mère du bon secours, tu gardes ton soldat.

CHŒUR.

Notre-Dame du Scapulaire,
Mon nom et mon cœur sont à toi :
Sous ton bouclier salutaire,
Reine puissante, abrite-moi.

Celui qui porte haut ta royale bannière,
A l'heure du péril combat en sûreté :
L'ennemi fond sur lui ; mais il te voit, ma Mère,
Il te voit, et soudain il fuit épouvanté.

Ou bien, s'il vient encor, dans son aveugle audace,
Jusque sous tes drapeaux assaillir ton enfant,
Tu te lèves terrible, et ta main le terrasse,
Et ton enfant sourit, rassuré, triomphant.

II.

IL EST L'IMAGE DU JOUG DE MA MÈRE.

Air n° 17, ou 27, ou 56.

Las du désert, j'ai transporté ma tente
Dans tes vallons, ô Reine du Carmel !
J'y vis en paix, et tu viens, souriante,
M'y prodiguer et le lait et le miel.

CHŒUR.

En te portant, aimable Scapulaire,
Je redirai cent et cent fois le jour :
« Je suis heureux, j'ai tout avec ma Mère ;
» Doux est son joug, enivrant son amour. »

Toujours remplis, les celliers de Marie
Ne laissent plus la faim au voyageur :
Fils adoptif, le bien le rassasie,
Et tous ses jours sont des jours de bonheur.

Dans ton service, ô Vierge, rien n'accable ;
Plus de tristesse et d'amères douleurs ;
Ou si l'on pleure, ô Mère tout aimable,
C'est l'amour seul qui fait courir les pleurs.

En douces fleurs tu changes les épines ;
Et, dans l'exil et la captivité,
Celui qui boit à tes sources divines,
Au paradis se croirait transporté.

Venez, venez, vous que la soif dévore ;
Enivrez-vous au torrent du plaisir.
Qui l'a goûté veut y puiser encore,
Et le bonheur active son désir.

Si le pécheur porte ailleurs son hommage,
Moi, je sais bien à qui sera mon cœur.
C'est toi, c'est toi qui l'auras sans partage,
Douce Marie, ô source du bonheur !

Accrois ma soif et mon amour, ma Mère ;
Et puis un jour, m'offrant un autre miel,
Retire-moi du Carmel de la terre
Pour me porter au doux Carmel du Ciel.

ASSOMPTION.

I.

MARIE APPELÉE AU CIEL.

(Imitation d'un ancien cantique.)

Air nº 72.

LE PÈRE ÉTERNEL.

Levez-vous, ma Fille chérie,
Sortez de ce désert cruel :
L'hiver a fui; pour vous, Marie,
Brille le printemps éternel.
Voici, voici toutes écloses
Les belles fleurs du paradis :
Venez et moissonnez les lis;
Venez et moissonnez les roses.
Montez, montez, Marie, au trône glorieux
Que le Très-Haut prépare à la Reine des cieux.

LE VERBE INCARNÉ.

Venez, ma Mère... Ah! dans la gloire
N'est-il pas temps de moissonner
La douce palme de victoire?
Venez, je veux vous couronner.
Aux tristes jours des sacrifices,
Longtemps il fallut, l'œil en pleurs,
Boire au torrent de mes douleurs :
Venez au torrent des délices.
Montez, montez, Marie, au trône glorieux
Que le Très-Haut prépare à la Reine des cieux.

LE SAINT-ESPRIT.

Venez, Epouse tout aimable,
Que je paraissais délaisser :
Voici le trône incomparable
Où mon amour veut vous placer.
Tous mes biens sont à vous, Marie;
Et dans le jardin de l'Epoux
Les plus doux fruits seront pour vous,
O Vierge entre toutes bénie.
Montez, montez, Marie, au trône glorieux
Que le Très-Haut prépare à la Reine des cieux.

LES ANGES ET L'ÉGLISE TRIOMPHANTE.

Venez, auguste Souveraine,
Promise à la sainte cité :
C'est à vous d'être notre Reine,
Mère du Dieu de Majesté.
Toute la céleste milice,
Tombant à vos pieds en ce jour,
Avec respect, avec amour
Se dévoue à votre service.
Montez, montez, Marie, au trône glorieux
Que le Très-Haut prépare à la Reine des cieux.

L'ÉGLISE SOUFFRANTE.

Nous qui souffrons en purgatoire,
Permettez-nous de nous unir
Aux saints déjà mis dans la gloire;
Comme eux nous devons vous bénir.
Vous êtes aussi notre Reine,
Et votre départ nous est doux :
Au ciel, au ciel précédez-nous,
Pour nous tirer plus tôt de peine.
Montez, montez, Marie, au trône glorieux
Que le Très-Haut prépare à la Reine des cieux.

L'ÉGLISE MILITANTE.

Oh ! pourquoi de votre présence,
Bonne Mère , nous privez-vous ?
Que ferons-nous en votre absence ?
Ah ! restez, restez avec nous.

LA SAINTE VIERGE.

Mes enfants, je quitte la terre
Pour multiplier mes bienfaits ;
Et dans le ciel plus que jamais
Je serai votre bonne Mère.

L'ÉGLISE MILITANTE.

Montez, montez, Marie, au trône glorieux
Que le Très-Haut prépare à la Reine des cieux.

II.

MARIE REÇUE AU CIEL.

Air nº 12.

Où va Marie? en ce jour de victoire
Elle s'envole au séjour des élus,
Pour recevoir la couronne de gloire
Que le Seigneur réserve à ses vertus.

SOLO.

Tu t'en vas, ô ma Mère !
Je tends les bras vers toi :
De cette triste terre,
Ma Mère, arrache-moi.

CHŒUR.

Brise, brise la chaîne
Qui m'attache en ces lieux ;
O ma Mère, ô ma Reine,
Porte-moi dans les cieux.

La voyez-vous? Oh! qu'elle est ravissante!
Quelle splendeur! quelle vive clarté!
L'astre du jour, dont l'aspect nous enchante,
N'est plus qu'une ombre auprès de sa beauté!

En un clin d'œil, sur les ailes des anges,
Marie atteint les régions des cieux.
Entendez-vous des célestes phalanges
Les doux concerts, les chants mélodieux?

Son divin Fils accourt au devant d'elle;
Avec amour la pressant sur son cœur,
Et l'entourant d'une gloire immortelle,
Il l'introduit au séjour du bonheur.

Jésus la mène en triomphe à son trône,
Met en ses mains un sceptre glorieux,
Et sur son front la plus belle couronne,
La proclamant Souveraine des Cieux.

« Anges, dit-il, saluez votre Reine;
» Comme le mien, son règne est immortel.
» Honneur, amour à votre Souveraine!
— Honneur, amour! » redit cent fois le Ciel.

Chantons aussi, nous, enfants de Marie:
Honneur, amour à la Reine des cieux!
Avec bonheur cette Mère chérie
Accueillera nos hommages pieux.

III.

MARIE GLORIEUSE DANS LE CIEL.

Air n° 20.

Marie a triomphé! par nos chants de victoire,
De notre auguste Reine exaltons la grandeur.
Son Fils, la couronnant au séjour de la gloire,
L'inonde des rayons de sa vive splendeur.

CHŒUR.

Gloire à Marie!
D'accord avec les cieux,
Poussons ce cri joyeux :
Gloire à Marie!
Dans la patrie,
Son trône est radieux.

Levez les yeux, voyez l'auréole divine
Qui couronne son front d'un éclat immortel.
Le peuple des élus devant elle s'incline,
Et dépose à ses pieds les hommages du ciel.

Sur un trône éclatant assise radieuse,
Reflétant du Très-Haut l'ineffable beauté,
Près d'un Fils glorieux, la Mère glorieuse
Illumine et ravit la céleste cité.

Mais a-t-elle oublié ses enfants de la terre?
Non, son amour pour eux égale son pouvoir.
Elle entend les soupirs qu'ils poussent vers leur Mère,
Et sur eux ses bienfaits ne cessent de pleuvoir.

Autour du divin trône où Jésus t'a placée,
Daigne, ô Mère d'amour, réunir tes enfants.
Affranchis de l'exil, dont notre âme est lassée,
Quand t'embrasserons-nous, heureux et triomphants?

IV.

JE VEUX SUIVRE MA MÈRE.

Air nº 12.

Elle est partie! ah! volons après elle;
Que faire encore en ces affreux déserts?
Entendez-vous sa voix qui vous appelle?
« Venez, enfants, les cieux vous sont ouverts. »

SOLO.
Tu t'en vas, ô ma Mère......
(Comme à la page 137.)

CHŒUR.
Brise, brise la chaîne...
(Page 137.)

Je vais, je vais... Oh! laissez-moi la suivre;
Je veux finir un exil trop cruel;
Loin de sa mère un enfant peut-il vivre?
Partons, mon âme, envolons-nous au ciel.

V.

ATTIRE-NOUS A TOI.

Air nº 21.

SOLO.
Elle fuit vers les cieux, notre Mère chérie;
Vers son Fils, triomphante, elle prend son essor.
Anges du Dieu vivant, pour célébrer Marie
Préparez vos concerts, prenez vos harpes d'or.

CHŒUR.

Nous, entonnons aussi les chants de la victoire,
Faisons-en retentir les voûtes du saint lieu ;
Chantons dans nos transports son triomphe, sa gloire,
Le torrent de bonheur dont l'enivre son Dieu.

SOLO.

Reine aimable des cieux, n'es-tu pas notre Mère ?
Ah! tu connus si bien la souffrance et les pleurs!
Prends, oh! prends en pitié tes enfants de la terre,
Qui pleurent loin de toi, dans ce lieu de douleurs.

CHŒUR.

O Vierge notre amour, ô Reine glorieuse,
Pourquoi nous délaisser en ce séjour mortel ?
Reviens vers tes enfants, ô Mère généreuse,
Reviens guider leur vol vers le palais du ciel.

SOLO.

Dans ces affreux déserts, sur ces plages lointaines,
Nous vivons sans appui, nous errons pleins d'effroi ;
Captifs, nous languissons sous le poids de nos chaînes.
Quand pourrons-nous enfin nous envoler vers toi ?

CHŒUR.

Loin de Dieu, loin de toi, que la vie est amère !
Quand finiront ces jours marqués par la douleur ?
Viens chercher tes enfants, ô bienheureuse Mère,
Et fais-nous partager ta gloire et ton bonheur.

SOLO.

Jetés sur une mer trop féconde en naufrages,
Exposés nuit et jour sur ses flots en courroux,
Atteindrons-nous un jour les célestes rivages ?
Toi, notre seul espoir, Marie, ah! viens à nous !

CHŒUR.

Salut du nautonnier, guide notre nacelle
Jusqu'à ce port tranquille où règne le Seigneur.
Place sur notre front la couronne immortelle,
Et remets en nos mains la palme du bonheur.

NATIVITÉ.

I.

ELLE VIENT PARMI NOUS.

Air n° 23.

Elle vient parmi nous, cette Vierge bénie
Qui doit aux temps marqués enfanter le Sauveur,
Rendre au monde perdu le salut et la vie,
Apporter aux humains la grâce et le bonheur.

CHŒUR.

Etoile du matin, lève-toi sur la terre,
Aux ombres de la nuit fais succéder le jour.
Marie, ouvre tes bras : sur le sein de leur Mère
Tes enfants puiseront et la vie et l'amour.

Dieu reprend son sourire, et commande à ses anges
De célébrer l'accord de la terre et des cieux.
Dans les airs étonnés quels concerts de louanges !
L'hymne heureux de la paix retentit en tous lieux.

Lucifer a pâli dans l'horreur du délire,
En entendant les chants des esprits immortels.
« Quel être audacieux vient troubler mon empire ?
» Quelle puissante main vient briser mes autels ? »

Tremble, tremble, Satan, rougis de ta défaite...
Elle entre en nos déserts, cette fille du ciel,
Qui de son pied vainqueur doit t'écraser la tête,
Briser ton sceptre infâme, et sauver Israël.

La voici, la voici, la Mère d'innocence,
Tendre fleur d'où naîtra le fruit divin, Jésus !
Salut, gage certain de notre délivrance !
Nos vœux sont accomplis, les cieux nous sont rendus.

Salut, cent fois salut, Vierge réparatrice,
Toi qui brises nos fers et finis nos douleurs !
Entre le Ciel et nous, oh ! sois médiatrice ;
Porte à Dieu notre amour, obtiens-nous ses faveurs.

II.

BÉNISSEZ-NOUS, FILLE DES CIEUX.

Air n° 25.

Oh ! le voici, le jour de l'espérance !
Dans ce berceau, doux trésor du Seigneur,
Dort l'instrument de notre délivrance,
L'enfant royal d'où naîtra le Sauveur.

SOLO.

Ecoutez-moi ! je vous révère
Et vous aime, ô Fille des cieux :
Vous qui devez être ma Mère,
Vers votre enfant tournez les yeux.

CHŒUR.

Vers vos enfants, Mère chérie,
Etendez la main dès ce jour :
Bénissez-nous, tendre Marie,
Bénissez-nous dans votre amour.

Salut, salut, aurore éblouissante,
Qui d'un jour pur annoncez le réveil ;
Salut, salut, étoile ravissante,
Qui devancez les splendeurs du soleil.

C'est de vos flancs que naîtra le Messie
Aux fils d'Adam tant de fois annoncé ;
Le fruit divin qui leur rendra la vie
Naîtra de vous , belle fleur de Jessé.

Quand le Sauveur guérira leur blessure,
Ils béniront le sein qui l'a nourri ;
Quand ce doux fruit sera leur nourriture,
Ils béniront l'arbre qui l'a mûri.

Nous l'aimerons, cet admirable Père,
Qui comblera notre âme de ses dons ;
Mais vous aussi , vous serez notre Mère,
Et que de biens nous vous demanderons !

Il sera , lui , la source de la grâce ;
Vous, le canal pour nous la départir :
Par vous il veut vivifier la race
Qu'une autre mère, hélas ! a fait mourir.

Venez, venez , pour être notre Mère,
Pour secourir le juste et le pécheur,
Pour consoler nos douleurs sur la terre,
Pour nous conduire au souverain bonheur.

Venez, venez, Vierge à jamais bénie !
Pour vous fêter nous attendions ce jour :
Voilà nos cœurs, prenez-les, ô Marie,
Et gardez-les toujours dans votre amour.

III.

ENFANTS, VOICI VOTRE MÈRE.

Air nᵒ 22.

DUO.

Triomphez, enfants de Marie !
Marie, elle vient en ce jour
Apporter la paix et la vie,
Apporter la grâce et l'amour.

CHŒUR.

Marie, ô tendre Mère,
Viens, viens combler nos vœux;
Montre-toi sur la terre,
Et nous serons heureux.

SOLO.

Viens, ô Vierge bénie,
Mon espoir, mon bonheur;
Viens embellir ma vie,
Viens vivre dans mon cœur.

Enfants, célébrez la naissance
De la Mère du Dieu Sauveur :
C'est votre Mère, et sa puissance
Commence pour votre bonheur.

C'est pour vous que le Ciel fait naître
Ce lis qui doit tout embaumer.
Venez apprendre à la connaître;
Venez apprendre à bien l'aimer.

10

Près du berceau qui l'a reçue
Tombez, tombez à deux genoux;
Qu'à son réveil son cœur salue
Ces cœurs qu'elle aime déjà tous.

Vous verrez sa main caressante
Vous appeler et vous bénir;
Et de sa bouche souriante
Que de miel Dieu fera sortir!

Prenez-la pour Mère et pour Reine,
Consacrez-lui tout votre cœur;
Et vous aurez tressé la chaîne
Qui seule nous lie au bonheur.

SAINT NOM DE MARIE.

Air n° 7.

Marie! oh! le beau nom, Marie!
Comme celui du Dieu Sauveur,
Il est tombé de la patrie
Pour faire ici notre bonheur.

Marie! ô nom que tout révère
Et sur la terre et dans le ciel;
Nom consolant, nom salutaire,
Et plus suave que le miel!

Marie! à ce nom l'espérance
Renaît dans l'âme du pécheur;
Et, sûr de la persévérance,
Le juste redouble d'ardeur.

Marie ! à ce nom plein de charmes
Je ne recours jamais en vain ;
Si je pleure, il tarit mes larmes ;
Si je lutte, il est mon soutien.

Marie ! ah ! j'ai nommé ma Mère,
Et rappelé tous ses bienfaits.
Doux parfum de ma vie entière,
Son nom est mon bien et ma paix.

Marie ! oh ! que ce nom me touche,
Comme il m'enivre de bonheur !
Toujours il sera dans ma bouche ;
Toujours il sera dans mon cœur.

Marie ! à ce nom je soupire,
J'attends que Dieu brise mes fers...
Puissé-je en mourant le redire !
Et les cieux me seront ouverts.

ROSAIRE.

I.

PRIÈRE A NOTRE-DAME DE LA VICTOIRE.

Air n° 6.

Victoire ! l'infidèle en sa rage insolente
Jurait d'anéantir le règne de Jésus ;
On t'invoque, ô Marie, et sous ta main puissante
Ont disparu soudain tes ennemis vaincus.

CHŒUR.

Triomphe encor, Reine de la victoire ;
Vois-tu frémir ces autres ennemis ?
Parais ! dissipe, aux rayons de ta gloire,
Ces loups cruels fondant sur tes brebis.

Sur nous le noir Dragon, de sa prunelle ardente,
Ose lancer encor des regards menaçants.
A sa griffe cruelle, à sa gueule béante,
Tendre Mère, ô Marie, arrache tes enfants.

Disperse pour toujours ces légions horribles
Que le monde et l'enfer arment dans leur courroux.
Ils blasphèment ton nom, et leurs coups sont terribles.
Venge ton nom, ô Vierge ; ô Vierge, sauve-nous.

II.

SÈME, O MON ENFANT.

Air n° 52.

Quand tu m'apportes ta prière,
Et qu'elle coule de ton cœur,
Mon enfant, elle est pour ta Mère
Une rose de bonne odeur.

Je donne à celui qui me donne ;
Et, pour tes fleurs de chaque jour,
Même ici-bas je te couronne
Des fruits si doux de mon amour.

Quand tu médites sur ma vie
Et sur celle de ton Sauveur,
Je pense à la tienne, remplie
Par la joie ou par la douleur.

Je souris à ton allégresse ;
A tes douleurs je compatis ;
Et je te ménage l'ivresse
Et la gloire du paradis.

Sème donc, plein de confiance,
Ces fleurs que bénira ma main ;
De la précieuse semence
Ne laisse pas perdre un seul grain.

Sème pour réjouir ta Mère,
Qui t'aimera de plus en plus,
Et pour étendre sur la terre
Son règne et celui de Jésus.

Sème pour que le Ciel bénisse
L'Eglise, son Chef, ses pasteurs ;
Sème pour qu'au juste propice,
Il convertisse les pécheurs.

Sème pour toutes les misères,
Pour tous les besoins des chrétiens.
Et, s'il faut voir ceux de tes frères,
Enfant, pense encor plus aux tiens.

Si tu savais comme ta Mère
Compte chaque grain, chaque fleur,
Et dans le céleste parterre
Dépose tout avec bonheur !

Ces fleurs que ton amour me donne,
S'embellissant entre mes mains,
De ton éternelle couronne
Seront les diamants divins.

PRÉSENTATION.

I.

MARIE AU TEMPLE.

Air n° 26.

La voyez-vous ? palpitant d'espérance,
Ivre de joie, elle court à l'autel,
Pour abriter en Dieu son innocence,
Pour dévouer son être à l'Eternel.

CHŒUR.

Oh ! tendez-nous la main, Marie ;
Nous voulons courir après vous.
A votre Epoux, au Dieu de vie,
Offrez nos cœurs, immolez-nous.

C'est un enfant, un enfant jeune encore,
Mais que le Ciel avant l'âge éclaira :
Elle a compris ce qu'Israël ignore ;
Vierge, à Dieu seul son cœur appartiendra.

O femme heureuse entre toutes les femmes,
Vous avez vu ce que vaut le Seigneur :
Lui seul, lui seul peut suffire à vos flammes,
Lui seul, lui seul peut remplir votre cœur.

Montez, Marie ; et, dans l'ombre du temple,
Parlez à Dieu, prenez-le pour Epoux.
Il vous attend ; tout le Ciel vous contemple
Et vous admire, incliné devant vous...

Elle a tout dit... Les torrents de la grâce
A flots pressés descendent dans son cœur ;
Et devant Dieu ce faible enfant surpasse
Tous les élus en puissance, en grandeur.

Et maintenant, cachée au sanctuaire ,
Pour vous plonger dans ces fécondes eaux ,
Croissez, croissez, juste espoir de la terre,
Comme un rosier sur le bord des ruisseaux.

Heureux palmier, à ces sources divines,
Vous porterez vos rameaux jusqu'aux cieux.
Dieu greffera sur vos saintes racines
Un rejeton au fruit délicieux.

La terre aussi goûtera votre exemple ,
Quand elle aura vu germer son Sauveur :
Le lis en main , que de vierges au temple
S'abriteront pour n'être qu'au Seigneur !

Vers le Seigneur puissé-je un jour les suivre !...
Puissé-je au moins vivre dans son amour !
Que votre enfant , mon Dieu , cesse de vivre
S'il doit cesser de vous aimer un jour !

II.

JE VEUX ÊTRE A DIEU ET A MARIE.

Air n° 53.

1ᵉʳ CHŒUR.

Je vois Marie agenouillée au temple,
Pour s'immoler tout entière au Seigneur.
Et moi, mon Dieu, dédaignant son exemple,
Pourrais-je encor vous disputer mon cœur ?

2ᵉ CHŒUR.

Oui, c'en est fait ! je viens vous faire hommage
De tout mon cœur, ô Dieu de mon amour :
Je vous le donne aujourd'hui sans partage ;
Je vous le donne aujourd'hui sans retour.

1ᵉʳ SOLO.

Vous, ô Marie ,
Gardez mon cœur ;
Soyez sa vie,
Et son bonheur.

2ᵉ SOLO.

J'aimerai mon bon Père ;
Mais vous, soyez toujours,
Toujours ma bonne Mère,
Et toujours mes amours.

Marie, au jour de sa haute alliance,
N'avait encor mesuré que trois ans.
Moi, c'est si tard, si tard que je commence !
Et quel usage, hélas ! j'ai fait du temps !

Au Saint des saints vous portiez, ô Marie,
Un cœur sans tache et pur comme le ciel.
Moi, j'ai péché tous les jours de ma vie :
Pourrai-je offrir mon cœur à l'Eternel ?

Vous, Vierge sainte, en faisant votre offrande,
Des chérubins vous aviez tout l'amour.
Moi, sais-je aimer ? et ce cœur, qu'il demande,
Dieu l'aura-t-il vraiment et sans retour ?

Jusqu'à la fin vous lui fûtes fidèle ,
Et chaque jour accroissait vos vertus.
Moi, si fragile et si souvent rebelle,
Combien de temps serai-je à mon Jésus ?

Ah ! c'est à vous, à vous que je confie,
Mère d'amour, ma crainte et ma douleur.
Priez pour moi, bénissez-moi, Marie,
Dans la sagesse affermissez mon cœur.

Etre à Dieu seul, c'est mon vœu bien sincère ;
Mais ma faiblesse a besoin de secours.
Secourez-moi, bonne et puissante Mère,
Et dans mon cœur Dieu régnera toujours.

CONSÉCRATION A MARIE.

I.

POUR LA CLOTURE D'UNE RETRAITE.

Air n° 65.

Je viens à cet autel, ô divine Marie,
     De votre amour implorer la faveur ;
Je viens vous consacrer le reste de ma vie,
     Et vous offrir l'hommage de mon cœur.

REFRAIN.

Après le Seigneur,
     Vierge chérie,
Soyez mon bonheur,
Soyez ma douceur.

Qui peut monter au ciel sans votre main amie ?
     N'est-ce pas vous qui devez nous l'ouvrir ?
Oh ! moi, j'y veux aller ; et c'est vous que je prie,
     Porte du ciel, d'exaucer mon désir.

Vous connaissez mon cœur, sa faiblesse infinie,
   Et sa malice, et ses trop longs malheurs ;
Mais aussi verrez-vous, sans en être attendrie,
   Mon repentir, ma tristesse et mes pleurs ?

Moi, je sais la puissance et l'amour de Marie ;
   Et, sur son cœur m'élançant plein d'amour,
Je viens la consoler, et lui vouer ma vie :
   Je suis à vous, tout à vous dès ce jour.

Acceptez mon offrande, et que Dieu ratifie
   Les vœux si purs que je forme aujourd'hui.
J'ai retrouvé ma Mère, et la main de Marie
   Est à présent mon guide et mon appui.

J'ignorais le bonheur dont une âme est remplie
   Quand elle vit pour vous et pour Jésus ;
J'ai bu dans le torrent de douceur et de vie :
   Ivre d'amour, je ne vous quitte plus.

II.

JE SUIS A TOI, J'Y SERAI SANS RETOUR.

Air n° 56.

Combien de fois dans ton temple, ô ma Mère,
Je suis venu te consacrer mon cœur !
Plus je reviens à ce doux sanctuaire,
Plus mes serments m'enivrent de bonheur.

CHŒUR.

Je suis à toi, je suis à toi, Marie !
Heureux captif, enchaîné par l'amour,
Je redirai tous les jours de ma vie :
Je suis à toi, j'y serai sans retour.

Ce pauvre enfant, qui trop souvent te blesse,
Tu l'as comblé d'indicibles bienfaits ;
Et ton amour, ton amour le caresse
Plus tendrement aujourd'hui que jamais.

Heureux cent fois celui qui t'a pour Mère !
Tu le chéris, tu guides tous ses pas ;
Des fleurs du ciel tu sèmes sa carrière ;
Et qu'ils sont doux, ses plus rudes combats !

Ils m'abattraient, moi, la faiblesse même,
Mes ennemis, si forts et si nombreux ;
Mais si tu viens, mais si ma Mère m'aime,
Je ne crains plus : je triompherai d'eux.

Viens donc aider cet enfant si fragile ;
Viens, ô ma Mère, et demeure avec moi.
T'offrir mon cœur, c'est un devoir facile ;
Te le garder, je ne le puis sans toi.

III.

JE SUIS L'ENFANT DE MARIE.

Air n° 65.

Je suis et je serai ton enfant, ô Marie,
    Toujours, toujours : ainsi le veut Jésus,
Qui t'a donnée à moi pour que ta main amie
    Guide mes pas au séjour des élus.

REFRAIN.

    Et toi, tu seras
    Ma mère, ô Marie ;
    Tu me béniras,
    Tu me sauveras,

Je suis et je serai ton enfant, ô Marie,
    Toujours, toujours : ainsi le veut ton cœur,
Qui, secondant les vœux du Père de la vie,
    S'est incliné vers un pauvre pécheur.

Je suis et je serai ton enfant, ô Marie,
    Toujours, toujours : comme ton Fils et toi,
Je le veux, puisque c'est par toi, Vierge bénie,
    Que tous les biens doivent pleuvoir sur moi.

Je suis et je serai ton enfant, ô Marie,
    Toujours, toujours : ton amour, tes bienfaits
Ecrasent, ô malheur ! l'ingrat qui les oublie.
    Les oublîrais-je ? O ma Mère, jamais !

Je suis et je serai ton enfant, ô Marie,
    Toujours, toujours : fidèle serviteur,
Pour te bénir sans cesse, ô ma Mère, ô ma vie,
    J'établirai ton autel dans mon cœur.

Je suis et je serai ton enfant, ô Marie,
    Toujours, toujours : t'aimer, c'est t'imiter,
O Reine des vertus, par tous les saints suivie :
    Je te suivrai, sans jamais m'arrêter.

Je suis et je serai ton enfant, ô Marie,
    Toujours, toujours : et quel bonheur pour moi
De te gagner des cœurs, ô ma Mère chérie,
    Et de les voir tout dévoués à toi !

Je suis et je serai ton enfant, ô Marie,
    Toujours, toujours : être à toi, te servir,
T'aimer, te faire aimer, quelle admirable vie !
    Après cela, qu'il fera bon mourir !

III.

FÊTES DES SAINTS.

———◦◦⦂⦂◦◦———

SAINT FRANÇOIS-XAVIER.

Air n° 9.

Comme un géant, Xavier soudain s'élance ;
Nouvel apôtre, étonnant l'univers,
Il porte au loin la divine semence,
Et rend féconds les plus affreux déserts.

SOLO.

O saint apôtre, ô héros magnanime,
De quel amour tu brûlas pour Jésus !
Embrase-nous de cette ardeur sublime,
Et dans nos cœurs fais fleurir tes vertus.

CHŒUR.

Du haut des cieux féconde encor la terre,
Toi des Gentils le Père et le Sauveur.
Parle à Jésus, propage sa lumière,
Et par la foi propage le bonheur.

En vain Satan, qui tremble pour sa gloire,
Veut arrêter la marche du vainqueur.
Xavier, volant de victoire en victoire,
Plante partout l'étendard du Seigneur.

Les voyez-vous tomber dans la poussière,
Ces dieux impurs brisés sur leur autel ?
Jésus triomphe, et l'Inde tout entière
Est enchaînée à son char immortel.

De l'univers méditant la conquête,
L'apôtre court à des exploits nouveaux.
Mais c'est assez, et sa couronne est prête ;
Son Dieu l'appelle au séjour du repos.

Grand saint, le monde admire tes miracles ;
Fais-nous surtout admirer tes vertus ;
Attire-nous dans les saints tabernacles,
Par ces parfums qui firent tant d'élus.

SIANT NICOLAS.

Air n° 22.

O saint patron, que le jeune âge
Implore et bénit en ce jour,
Reçois nos vœux et notre hommage,
Reçois nos cœurs et notre amour.

CHŒUR.

Dans tes bras, tendre Père,
Prends tes enfants chéris ;
Tous nos jours sur la terre
Seront des jours bénis.

SOLO.

Encourage et caresse,
Toi, notre protecteur,
Ces enfants pleins d'ivresse
Qui t'ont donné leur cœur.

Fais-nous courir, courir sans cesse
Au noble sentier des vertus,
Et grandir toujours en sagesse
Comme le saint enfant Jésus.

Si le monde vient nous sourire,
Garde-nous de ses vains attraits;
Et si le démon nous attire,
Sois là pour briser tous ses traits.

Ne permets pas que notre vie
Soit à d'autres maîtres qu'à Dieu,
Et qu'oubliant notre patrie,
Au beau ciel nous disions adieu.

Sois en tout temps notre modèle,
Notre guide, notre secours;
Innocent et toujours fidèle,
Qu'à toi notre cœur soit toujours.

Quand finira notre carrière
Viens de ta main fermer nos yeux;
Vers le trône du divin Père
Conduis-nous, au séjour des cieux.

SAINT ÉTIENNE.

Air n° 6.

O Prince des martyrs, ô généreux athlète,
Des plus beaux diamants ton front est couronné;
La terre t'applaudit, le ciel entier te fête,
Et l'hymne du triomphe a partout résonné.

CHŒUR.

O saint Martyr! nous chantons ta victoire;
Vois nos combats, soutiens nos faibles cœurs;
Assure-nous la couronne de gloire
Que Jésus-Christ a promise aux vainqueurs.

Plein de grâce et de force, enfantant cent miracles,
Tu reproches aux Juifs leur incrédulité.
L'Esprit Saint par ta bouche exprime ses oracles,
Et ta puissante voix confond l'impiété.

L'impiété se venge et te traîne au martyre...
Toi, joyeux d'expirer pour l'amour du Sauveur,
Tu savoures la mort avec un doux sourire,
Priant pour tes bourreaux toujours chers à ton cœur.

Mais tandis que ton cœur s'humilie et pardonne,
Voilà que tout à coup tu vois le ciel s'ouvrir,
Le ciel, d'où le Sauveur te montre la couronne...
Endors-toi maintenant, ô bienheureux martyr!

Du séjour du repos contemple encor la terre;
Vois-tu que d'ennemis sur nous lancent leurs traits?
Oh! sois notre défense en cette horrible guerre,
Et garde à tes enfants la couronne de paix.

SAINT JEAN L'ÉVANGÉLISTE.

Air n° 19 ou 24.

Tu reçus du Sauveur les plus tendres caresses :
Pardonne si mon âme aspire à ton bonheur !
Les mondains m'ont offert leurs plaisirs, leurs richesses;
Mais rien, hors de Jésus, ne satisfait mon cœur.

CHŒUR.

Anathème aux plaisirs, aux faux biens de la terre !
Mon bonheur, mon trésor, c'est l'amour de Jésus.
Saint apôtre, obtiens-moi de l'aimer, de lui plaire,
Et d'être aimé de lui... je ne veux rien de plus.

Ton cœur, pur comme un lis, ne connut point le vice ;
Son parfum virginal ravissait le Sauveur.
Que le lis en nos cœurs par toi s'épanouisse,
Et puisse charmer Dieu par sa suave odeur.

Le Sauveur, revêtu d'un manteau de lumière,
De sa gloire, au Thabor, illumina tes yeux.
Que ne puis-je le voir comme toi sur la terre !
Que du moins je le voie avec toi dans les cieux !

De l'amour le plus tendre ô gage inestimable !
Le Sauveur t'attirait doucement sur son sein,
Et de son divin cœur ce Maître tout aimable
Faisait couler à flots ses trésors dans le tien.

Pour toi quels doux transports, quelle amoureuse ivresse,
Lorsque tu reposais sur le sein du Sauveur !
Si j'étais, comme toi, l'objet de sa tendresse !
Si je pouvais dormir comme toi sur son cœur !

11

Quel mot délicieux retentit dans mon âme !
« Je t'aime, dit Jésus, d'un amour éternel. »
Il m'aime; je le sens, et son amour m'enflamme :
Etre aimé de Jésus, oh! pour moi c'est le ciel.

L'aimer, c'était ton ciel : l'exil, l'huile bouillante,
Tout faisait ton bonheur, colombe de l'amour ;
Et plus tu vieillissais, plus ton âme brûlante
Dans l'amour de Jésus s'abìmait chaque jour.

L'amour, de ses doux nœuds, jusqu'au soir de la vie,
Au cœur de ton Jésus unit ton tendre cœur.
Par d'insolubles nœuds fais que l'amour me lie
Au Maître des vertus, au Dieu de mon bonheur.

SAINTS INNOCENTS.

Air du chœur du n° 21.

Salut, fleurs des martyrs, les premières écloses,
Enfants qu'au berceau même a moissonnés le fer,
Comme le lis naissant, comme les fraîches roses
Que moissonne un matin le souffle de l'Auster.

Essaim pur et joyeux, vous voilà sous le trône
De l'Agneau de la paix, qui vous sourit d'amour ;
Jouant avec la palme et la belle couronne
Dont son cœur a payé vos épreuves d'un jour.

Tandis que c'est lui seul qu'on cherche pour victime,
Lui seul, lui seul échappe, et c'est vous qui mourez.
Mais en tombant pour lui sous le couteau du crime,
Au suprême bonheur vous êtes transférés.

Vous dont Dieu n'exigea qu'une heure de souffrance,
Priez pour ceux qu'il garde à de plus longs combats.
Ah ! puisse en notre cœur le lis de l'innocence
Fleurir et resplendir jusqu'après le trépas !

SAINT FRANÇOIS DE SALES.

I.

Air n° 5.

Salut, salut à l'ange de la terre !
Salut, salut à cet astre sauveur,
Qui, répandant la divine lumière,
Sema partout la vie et le bonheur !

SOLO.

C'est notre ami, c'est notre père:
Présentons-lui, dans ce saint jour,
Le pur encens de la prière
Et le doux parfum de l'amour.

CHŒUR.

Père chéri, du séjour de la vie,
Où vous régnez sur un trône immortel,
Sur vos enfants, de votre main bénie,
Versez à flots les doux présents du ciel.

La grâce en lui prévint l'intelligence;
Elle embauma son jeune et tendre cœur.
Entre ses mains le lis de l'innocence
Brilla toujours d'un éclat enchanteur.

Plus ferme encore au printemps de la vie,
Il rejeta la coupe des plaisirs,
Et courut boire à la source bénie
Des saintes amours, des innocents désirs.

Se dérobant à l'amour d'une mère,
Foulant aux pieds les biens et les honneurs,
Ivre de joie, il entre au sanctuaire
Et se dévoue au salut des pécheurs.

Le voyez-vous parcourir les campagnes,
Se confier aux torrents insoumis,
Gravir cent fois les plus âpres montagnes,
Et braver seul des milliers d'ennemis?

O doux spectacle, ô céleste merveille!
Longtemps plongé dans la nuit de l'erreur,
Un peuple entier, que cette voix réveille,
Court s'enchaîner au joug du Dieu sauveur.

Rien ne résiste aux efforts de son zèle:
Sa voix subjugue et sauve le pécheur;
Et par ses soins l'âme sainte et fidèle
Croît chaque jour dans l'amour du Seigneur.

Mais à cette âme et si grande et si belle
Le Ciel prépare un trône glorieux:
Dieu, lui montrant la couronne immortelle,
Lui tend la main, et François vole aux cieux.

II.

Air nº 7 ou 52.

François! est-ce un homme, est-ce un ange?
La terre a vu son corps mortel :
Mais sa rare vertu le range
Parmi les beaux enfants du ciel.

Quel ange par son innocence,
Par sa sublime pureté,
Par sa naïve obéissance,
Par sa céleste charité !

Simple et pur comme la colombe,
Timide et doux comme l'agneau,
Il conserva jusqu'à la tombe
La candeur qu'il eut au berceau.

Oh ! comme il avait su comprendre
Cette parole du Sauveur :
« Venez à moi, venez apprendre
» Que je suis doux, humble de cœur. »

Son cœur respirait la tendresse ;
Ses lèvres distillaient le miel ;
Et sa douceur enchanteresse
Savait tout entraîner au ciel.

Voyez ces fils de l'hérésie
Si glorieusement vaincus :
A son zèle ils durent la vie ;
Mais sa douceur fit encor plus.

Comme sa suave parole
Touchait, charmait, liait le cœur!
Aujourd'hui même elle console;
Qui l'écoute devient meilleur.

Aimable saint, mets dans mon âme
La candeur, la simplicité,
L'amour à la brûlante flamme,
La douceur et l'humilité.

SAINT JOSEPH.

I.

Air n° 27.

O chaste époux de la Vierge choisie
Pour enfanter le Sauveur d'Israël,
Vois à tes pieds ta famille chérie;
A tes enfants souris du haut du ciel.

CHŒUR.

Auguste chef de la famille sainte,
Sois notre père et notre protecteur;
Fais que toujours une amoureuse crainte
Par ses doux nœuds nous attache au Seigneur.

Le Fils de Dieu, pour habiter la terre,
Vient s'abriter en tes bras protecteurs;
Il t'obéit; il t'appelle son père;
Tu le nourris du fruit de tes sueurs.

Tes yeux versaient de bienheureuses larmes
Quand tu pouvais le presser sur ton sein,
Quand ton Jésus, cet enfant plein de charmes,
Te souriait d'un sourire divin.

Qui n'envirait les douceurs de ta vie?
Le ciel entier habitait dans ton cœur.
Vivre avec vous, ô Jésus , ô Marie,
Du paradis n'est-ce pas le bonheur?

Ils étaient là quand vint l'heure bénie...
Avec amour Jésus ferma tes yeux;
Tu t'endormis dans les bras de Marie;
Et ton réveil fut le réveil des cieux.

Oh! donne-moi cette douce espérance;
Fais-les venir, et viens à mon trépas :
Rien ne résiste à la triple puissance,
Et le ciel s'ouvre à qui meurt dans vos bras.

II.

Air nº 4.

Epoux de la Vierge Marie,
Père nourricier du Sauveur,
Quelle âme ne serait ravie
De ton ineffable grandeur?
Chaste compagnon de la Mère,
Gardien tout dévoué du Fils,
Tu fus l'heureux dépositaire
Des hauts secrets du paradis.

CHŒUR.

Modèle et gardien de ma vie,
Des biens du ciel viens me nourrir;
Viens, avec Jésus et Marie,
M'aider un jour à bien mourir.

Pour une mission si belle,
Quel cœur ton Dieu t'avait donné !
Qu'il était pur, simple, fidèle !
Que de vertus l'avaient orné !
Oui, ce beau lis de l'innocence,
Que je vois briller en tes mains,
Eclipse, en sa magnificence,
L'auréole de tous les saints.

Qui redira ta patience,
Ta douceur, ton humilité,
Ton admirable obéissance
Et ta céleste charité ?
Dans le silence et la prière
Tu passes chacun de tes jours,
Attendant tout du divin Père,
Aux hommes te cachant toujours.

Mais plus tu caches ta richesse,
Plus Dieu se plaît à t'enrichir,
Plus les trésors de la sagesse
Coulent sur toi pour te grandir.
Formé sur Jésus, sur Marie,
Tu les suis d'un pas plein d'ardeur,
Et l'ange du ciel s'humilie
Devant les splendeurs de ton cœur.

Déjà tu n'es plus de la terre,
Et voici l'heure où doit finir
Ton admirable ministère :
Le Ciel t'appelle, il faut partir.
Tu meurs dans les bras de Marie,
Tu meurs dans les bras de Jésus ;
Ainsi se termine une vie
Qu'embaumèrent tant de vertus.

Répands sur nous, ô tendre père,
Ces parfums de suave odeur ;
Dis au Sauveur, dis à sa Mère
D'orner avec toi notre cœur.
Et puis, au jour de l'agonie,
Tous les trois venez nous bénir,
Nous montrer la douce patrie,
Et dans vos bras nous endormir.

SAINT CLAUDE,

ARCHEVÊQUE DE BESANÇON ET ABBÉ.

Air n° 12.

N'entends-tu pas les hymnes de louanges
Qu'un peuple entier entonne en ton honneur?
Enfant du ciel, concitoyen des anges,
Répands sur nous tous les dons du Seigneur.

SOLO.

Tout ici te révère,
Pontife glorieux ;
Montre-toi notre Père,
Et souris à nos vœux.

CHŒUR.

Notre heureuse contrée
T'a vu naître et mourir ;
Tu l'as tant illustrée !
Ah ! tu dois nous bénir.

Combien de temps tu fécondas nos terres
Par les sueurs du pasteur vigilant,
Et plus encor par les veilles austères
Du solitaire à son Dieu s'immolant !

Envoie encor la céleste rosée
Aux régions dont tu fus le trésor :
Et, par tes mains doucement arrosée,
La solitude aura ses fleurs encor.

Entoure-nous jusqu'au soir de la vie
De ton amour, de tes soins paternels :
Parle souvent à notre âme ravie
Du vrai bonheur et des biens éternels.

Bénis, bénis de ta main caressante
Nos derniers jours, notre dernier sommeil ;
Et porte au ciel notre âme triomphante,
Quand sonnera l'heure du doux réveil.

SAINTS FERRÉOL ET FERJEUX,

APOTRES DE BESANÇON.

Air n° 10 ou 76.

1er CHŒUR.

Chaque terre a ses saints, et nous chantons les nôtres ;
Nous vous chantons surtout, Ferréol et Ferjeux,
Vous nos premiers martyrs, nos docteurs, nos apôtres,
Nos pères dans la foi, les astres de nos cieux.

SOLO.

Que l'encens pur de notre humble prière
De ses parfums entoure leur autel ;
Et que l'amour sur son aile légère
Porte nos cœurs vers leur trône immortel.

2e CHŒUR.

O Pères pleins d'amour, avec un doux sourire
Accueillez dans le ciel et nos vœux et nos chants.
Nous sommes les enfants de votre long martyre ;
O Pères pleins d'amour, bénissez vos enfants.

A la voix du Seigneur, ils quittent leur patrie,
Morts à tout, prêts à tout pour le manifester.
La croix, humble étendard, est dans leur main amie ;
Et c'est chez nos aïeux qu'ils viennent la planter.

Du monde presque entier dominateur suprême,
Satan faisait peser sur eux un joug de fer :
Tout était dieux pour eux, excepté Dieu lui-même,
Et le Ciel attristé voyait régner l'enfer.

L'œil des saints a pleuré..., mais ces fécondes larmes
Ont doublé leur puissance, en doublant leur ardeur.
Dieu contre l'ennemi leur assure des armes :
Leur glaive, c'est sa main ; leur égide, son cœur.

Déjà Satan blessé rugit dans sa colère ;
Les saints, pour mieux le vaincre, accroissent leurs vertus,
Retrempant nuit et jour leur cœur dans la prière,
Et se purifiant dans le sang de Jésus.

Le ciel a couronné les efforts de leur zèle ;
L'erreur fuit, la foi brille, et son flambeau sacré
Fait tomber à leurs pieds tout un peuple fidèle,
Qui reconnaît son Dieu, trop longtemps ignoré.

Tandis que les héros, poursuivant leur conquête,
Amènent par milliers des captifs au Seigneur,
L'enfer, qu'ils ont vaincu, veut venger sa défaite
Et noyer dans leur sang sa honte et sa douleur.

Mais la mort leur ouvrit les portes de la vie ;
Mais le Ciel féconda le sang par eux versé ;
Et la foi, refoulant au loin l'idolâtrie,
Germa seule au désert par eux ensemencé.

Nous, les enfants des saints, imitons leur courage ;
Mille ennemis sont là, combattons sans faiblir.
Les travaux passeront, et quel brillant partage
En deviendra le fruit quand il faudra mourir !

SAINT LOUIS DE GONZAGUE.

Air n° 52.

O toi, modèle du jeune âge,
Louis, jette sur nous les yeux :
Sous ton bienveillant patronage
On est sûr d'arriver aux cieux.

Un jeune cœur est bien fragile,
Et ses ennemis sont cruels ;
Mais il trouve un heureux asile,
Louis, en tes bras fraternels.

Contre nous tout l'enfer conspire ;
Arrache-nous à ses fureurs :
Un doux regard, un seul sourire,
Rendront invincibles nos cœurs.

Sauve-nous des dangers du monde,
Louis, cache-nous dans ton cœur ;
Et donne-nous la paix profonde
Promise aux amis du Seigneur.

Tu fus un ange sur la terre :
Rends-nous purs et saints comme toi ;
Fais-nous courir dans la carrière
Avec ton amour et ta foi.

Quand du flambeau de notre vie
Ton œil verra mourir les feux,
Reçois cette flamme endormie
Pour la réveiller dans les cieux.

SAINT JEAN-BAPTISTE.

Air n° 10 ou 76.

1ᵉʳ CHŒUR.

A toi nos chants d'amour, en cette auguste fête,
Glorieux Précurseur du Sauveur d'Israël,
O toi qui, plus heureux et plus grand qu'un prophète,
Pus prédire et pus voir le Fils de l'Eternel !

SOLO.

Astre divin, dont la douce lumière
Montrait à tous l'étroit sentier des cieux,
Oh ! verse encore tes rayons sur la terre
Pour l'éclairer de tes feux merveilleux.

2ᵉ CHŒUR.

Bienheureux Précurseur, toi qui vis le Messie
Sous les voiles obscurs de son humanité,
Obtiens-nous de le voir, dans la sainte patrie,
Dans toutes les splendeurs de sa divinité.

Enfant miraculeux, dans le sein de ta mère
Tu fus sanctifié par le divin Jésus ;
Ton berceau, ton enfance, étonnèrent la terre ;
Au ciel, l'ange envia tes précoces vertus.

Bientôt, dans les déserts, loin d'un monde infidèle,
Tu viens, seul avec Dieu, prier, jeûner, souffrir,
Livrant à tous tes sens une guerre cruelle,
Et préparant ton cœur à ton noble avenir.

Puis, reprochant aux Juifs leur crime et leur démence,
Leur annonçant à tous le Juge et le Sauveur,
Tu redis : « Hâtez-vous de faire pénitence ;
» Préparez, préparez la route du Seigneur. »

Aux accents inspirés de ta voix prophétique,
Un peuple entier plongé dans la nuit de l'erreur,
Se réveillant enfin d'un sommeil léthargique,
Ouvre les yeux et court au devant du Sauveur.

Sous la main d'un mortel le front d'un Dieu s'incline ;
Dans les eaux du Jourdain tu baptises Jésus.
« C'est mon Fils bienaimé, » dit une voix divine ;
Et comme alors ton cœur fut heureux et confus !

Pour laisser éclater la gloire de ton Maître,
Tu sus voiler la tienne avec humilité :
Tu voulais que le monde apprît à le connaître,
Et tombât aux genoux du Dieu de vérité.

Et quel fut ton bonheur quand tu vis le Messie
Attirer tout à lui, partout dicter la loi !
A l'honneur de Jésus tu consacras ta vie,
Et ta mort acheva de lui prouver ta foi.

Au plus grand des mortels une mort glorieuse!...
Tu meurs en défendant les lois de la pudeur.
O sort béni du Ciel, ô destinée heureuse !
Mourir pour la vertu, mourir pour le Seigneur !

SAINTS PIERRE ET PAUL.

I.

Air nº 10 ou 76.

Il est tout d'or, le jour qui brille sur nos têtes,
Et c'est l'éternité qui lui prête ses feux.
Rome, ivre de bonheur, a préparé ses fêtes.
Salut à Pierre et Paul ! gloire, amour à tous deux !

SOLO.

Princes du ciel, écoutez la prière
Du monde entier prosterné devant vous.
Astres divins, versez votre lumière,
Versez vos feux vivifiants sur nous.

CHŒUR.

Affermissez la foi, plantez partout sa tente;
Détruisez le péché, purifiez les mœurs;
Et que la charité, pour toujours triomphante,
Seule, comme un soleil, échauffe tous les cœurs.

Pierre, tu fus choisi pour gouverner l'Eglise,
Pour paître les agneaux, pour paître les brebis;
Du royaume de Dieu la clé te fut remise;
Les pouvoirs du Très-Haut te furent tous remis.

Toi, transformé soudain par la grâce divine,
Paul, tu t'es relevé vase d'élection;
Et tu cours annoncer la céleste doctrine
Au Juif, à l'infidèle, à toute nation.

Qui dira leurs combats, leur charité, leur zèle?
L'univers, à leur voix, se tourne vers Jésus.
Rome même en son sein cache un peuple fidèle,
Et respire déjà le parfum des vertus.

Séparés pour jeter leur féconde semence,
Au jour de la moisson on les voit réunis :
L'un et l'autre à la mort le même jour s'élance;
Au ciel, le même jour, l'un et l'autre est admis.

Rome puise en leur sang la vie et la victoire;
Leurs tombeaux, devenus le trône de la foi,
Agrandissent son nom, éternisent sa gloire;
Reine immortelle, au monde elle dicte la loi.

II.

SAINT PIERRE.

Air n° 7 ou 47.

Salut, salut, ô divin Pierre !
Ton nom seul parle éloquemment :
Jésus a fait de toi la pierre
Que l'Eglise a pour fondement.

Dans les desseins de sa clémence,
Il t'a pris, toi faible mortel,
Pour te donner toute puissance
Et sur la terre et dans le ciel.

C'est toi qu'il a choisi pour maître
Aux apôtres par lui choisis ;
C'est toi qu'il a chargé de paître
Et ses agneaux et ses brebis.

Il a mis dans ta main bénie
La clé du royaume des cieux ;
C'est ta main qui lie et délie
Dans tous les temps, dans tous les lieux.

A cette passagère vie
Ton pouvoir n'est pas limité ;
Pierre, ta main lie et délie
Pour le temps, pour l'éternité.

Jésus a fait par ses prières
Que ta foi ne faillît jamais :
C'est toi qui confirmes tes frères
Par d'irréfragables arrêts.

Régnant au ciel, tu parles, Pierre,
Par la voix de tes successeurs;
Et chacun d'eux est sur la terre
Pasteur suprême des Pasteurs.

Salut, pierre fondamentale
De l'Eglise de Jésus-Christ !
Contre elle la porte infernale
Ne prévaudra pas, Dieu l'a dit.

O chef vigilant de l'Eglise,
Maintiens-y l'unité, la paix;
Et fais que rien ne paralyse
Son action et ses bienfaits.

Nous t'avons pour Patron : ô Pierre,
Garde bien la foi dans ces lieux ;
Rends-nous saints, et que notre Père
Puisse un jour nous ouvrir les cieux.

SAINT VINCENT DE PAUL.

Air n° 24.

Rassemblés par l'amour aux pieds de notre père,
Exaltons ses vertus en ce jour solennel;
Pour chanter dignement cet ange de la terre,
Il faudrait votre lyre, ô saints anges du ciel.

CHŒUR.

O puissant protecteur, ô père le plus tendre,
Ta famille chérie implore tes faveurs.
Souris aux doux accents que l'amour fait entendre;
Répands à pleines mains tes bienfaits en nos cœurs.

Vincent, dès qu'il connaît celui qui l'a fait naître,
Consacre au Dieu du ciel tout son cœur, sans retour.
Enivré de douceurs sur le cœur du bon Maître,
Il reçoit de Jésus mille gages d'amour.

Détaché des faux biens, emporté par sa flamme,
Il court comme un géant dans la route du bien.
Le trésor de vertus que renferme son âme
Enivre tous les cœurs de son parfum divin.

Bientôt, fuyant le siècle, il entre au sanctuaire,
Pour abriter ses jours à l'ombre de l'autel.
Elevé par l'amour au-dessus de la terre,
Il meurt à tout le reste, et ne voit que le ciel.

Nouvelle Providence, il inonde la terre
D'un torrent de bienfaits débordant de son cœur.
Est-il une douleur, est-il une misère
Qui ne trouve un remède en cet ange sauveur?

Reconnaissez, chrétiens, la charité du prêtre;
Prêtre, il aurait voulu, pour sauver les mortels,
S'immoler tout entier, à l'exemple du Maître.
Comme il pleurait sur vous, ô pauvres criminels!

Vincent est notre père: abrités sous ses ailes,
D'une céleste paix savourons les douceurs,
Et recueillons les dons que ses mains paternelles
Vont puiser dans les cieux pour répandre en nos cœurs.

Le Ciel nous l'a donné pour modèle et pour guide:
De cet ange si pur imitons les vertus.
Soutenus de son bras, courons d'un pas rapide
Au sublime séjour où règnent les élus.

SAINT ROCH.

Air n° 6.

Malheur ! malheur ! la peste, instrument des vengeances,
Sur un peuple atterré sévit avec fureur ;
Partout le deuil, partout les pleurs et les souffrances !...
Saint Roch, serais-tu sourd à nos cris de douleur ?

CHŒUR.

Père, témoin de nos vives alarmes,
Nous t'implorons ! ah ! prends pitié de nous ;
Etends la main pour essuyer nos larmes,
Force la mort à suspendre ses coups.

Fils de la charité, héros inimitable,
Quels miracles ton cœur sut enfanter jadis !
Les malheureux frappés d'une plaie incurable,
Par tes soins, par un mot étaient soudain guéris.

Du fléau destructeur malheureuse victime,
Un peuple entier t'implore, ô puissant protecteur.
Vois ces infortunés aux portes de l'abîme ;
Viens près d'eux, et rends-les à la vie, au bonheur.

D'un Dieu vengeur apaise, apaise la colère ,
Et commande au fléau de s'éloigner de nous :
Sauvés, nous publirons, jusqu'à l'heure dernière,
Que nous avons trouvé la vie à tes genoux.

LES SAINTS ANGES.

I.

Air du chœur du n° 23.

O toi qui confondis l'orgueil et l'insolence
De l'ange révolté contre le Tout-Puissant,
Archange saint Michel, vole à notre défense
Quand le dragon sur nous s'élance menaçant.

Toi qui vins annoncer à la Vierge Marie
Que Jésus naîtrait d'elle, Archange Gabriel,
Fais-nous goûter le fruit du mystère de vie,
Et jouir du Sauveur au royaume du Ciel.

Archange Raphaël, envoyé sur la terre
Pour guérir tous nos maux et nous guider aux cieux,
Applique sur nos cœurs un baume salutaire;
Sauve-les du poison du dragon furieux.

Sublimes Chérubins, ombrageant de vos ailes
Le trône étincelant où règne le Seigneur,
Sous vos ailes prêtez aux cœurs purs et fidèles
Un ombrage propice, un abri protecteur.

Vous qui brûlez pour Dieu des plus ardentes flammes,
Bienheureux Séraphins, de votre sainte ardeur
Embrasez, consumez et nos cœurs et nos âmes...
Une étincelle au moins du feu consolateur!

II.

Air n° 3.

O célestes Esprits, dont les saintes phalanges
Environnent le trône où siége l'Eternel,
Accueillez aujourd'hui nos hymnes de louanges,
Et présentez nos vœux au Souverain du ciel.

CHŒUR.

Du haut des voûtes éternelles
Veillez sur nous, Anges bénis.
Anges, prenez-nous sur vos ailes,
Et portez-nous en paradis.

Seuls, pourrions-nous courir dans la sainte carrière
Qui conduit au bonheur, qui mène jusqu'à vous ?
Notre pied heurterait sans vous contre la pierre :
Prenez-nous dans vos bras, Anges, protégez-nous.

Si les anges tombés du faîte de la gloire
Veulent nous entraîner dans leurs cachots affreux,
Aidez-nous, aidez-nous, Anges de la victoire,
A vaincre leur fureur, à conquérir les cieux.

Heureux princes du ciel, aux enfants de la terre,
Soupirant dans l'exil vers un monde meilleur,
Prêtez, prêtez toujours votre appui salutaire;
Portez-les triomphants au séjour du bonheur.

SAINT ANGE GARDIEN.

Air n° 42 ou 50.

Je te bénis, ô mon bon Ange,
Doux envoyé du Dieu de paix :
Accueille l'hymne de louange
Que je te dois pour tes bienfaits.

CHŒUR.

Reste avec moi, guide fidèle :
Le chemin est si périlleux !
Bon Ange, prête-moi ton aile,
Ton aile pour voler aux cieux.

Prince du ciel, tu te dévoues
A servir un homme, un pécheur ;
Et tu sais trop sur quelles boues
Il faut suivre ce pauvre cœur.

Tu m'excites, tu m'encourages,
Tu me reprends, tu me retiens ;
Dans le danger, tu me dégages ;
Dans mes faux pas, tu me soutiens.

Si je tombe, admirable frère,
Tu viens en pleurs me secourir,
Et tu dis là-haut à ma Mère,
A ma Mère de me guérir.

Si je retombe, tu t'obstines
A sauver l'obstiné pécheur :
Et par toi les grâces divines
Inondent encor plus mon cœur.

Oh ! pardon de ma résistance !
Ne t'en vas pas, Ange de paix :
Mon amour, mon obéissance,
Te consoleront désormais.

Il fait si bon dans la patrie !
Et c'est toi qui dois m'y guider :
Reste avec moi toute ma vie,
Bon Ange, pour me précéder.

Tu sais, sans qu'il faille le dire,
Quels sont mes maux et mes besoins ;
Plus ils sont grands, plus Dieu désire
Que tu me combles de tes soins.

Tends-moi la main pour le voyage ;
Dirige, assure tous mes pas ;
Soutiens ma force et mon courage ;
Défends-moi dans tous mes combats.

Et quand j'aurai, comme Tobie,
Vaincu par toi, mon Raphaël,
Déployant ton aile bénie,
Prends-moi pour me porter au ciel.

LA TOUSSAINT.

I.

Air nº 24.

Chrétiens, entendez-vous les hymnes de victoire
Que chantent les élus au bienheureux séjour ?
Chantons avec les Saints leur bonheur et leur gloire :
Nous irons dans le ciel les partager un jour.

CHŒUR.

Bienheureux habitants de la sainte patrie,
Ecoutez, écoutez et nos chants et nos vœux.
Vous inclinant vers nous du trône de la vie,
Prenez-nous dans vos bras pour nous porter aux cieux.

Pour eux plus de combats, pour eux plus de tristesse,
Mais un repos parfait, mais un bonheur sans fin;
Ils boivent à longs traits au torrent de l'ivresse
Que Dieu, pour eux prodigue, épanche de son sein.

Ils contemplent leur Dieu, sans voiles, face à face,
Marqués du divin sceau de l'immortalité :
La gloire des mondains en un instant s'efface;
Mais la gloire des saints dure une éternité.

Unissant leurs concerts aux saints concerts des anges,
Ils chantent le Très-Haut, dont ils forment la cour.
Qu'ils sont beaux, qu'ils sont doux, leurs hymnes de louanges!
Dieu reçoit, souriant, l'encens de leur amour.

Les Apôtres bénis, ces héros magnanimes
Qui plantèrent partout le drapeau de la foi,
Les voyez-vous, assis sur des trônes sublimes,
Juger les nations à côté du grand Roi?

Voyez-vous les Martyrs, ces vigoureux athlètes,
Qui tombèrent cueillant les lauriers du vainqueur?
La couronne immortelle éclate sur leurs têtes;
Leurs cœurs sont enivrés d'amour et de bonheur.

Voyez-vous les Docteurs, dont la sainte parole
A semé dans les cœurs la doctrine des cieux?
Sur leur front immortel la divine auréole
Epanche en fleuve d'or ses rayons glorieux.

Et quel éclat sur vous, sur vous, Vierges prudentes,
Qui, le lis à la main, suivez partout l'Agneau !
Seules, seules au ciel, de vos voix ravissantes
Vous chantez de l'Epoux le cantique si beau.

Ceux dont les tristes jours coulèrent pleins d'alarmes,
Dont la lèvre épuisa la coupe des douleurs,
Ont cessé leurs soupirs, ont vu tarir leurs larmes ;
Ils goûtent dans le ciel d'enivrantes douceurs.

A l'exemple des Saints, vivant dans l'innocence,
Ressuscitons en nous leurs sublimes vertus :
Nous recevrons de Dieu la même récompense...
Seigneur, préparez-nous au festin des élus !

II.

Air n° 9.

Vous qui régnez au séjour de la gloire,
Inclinez-vous vers nous du haut du ciel ;
Et, souriant à nos cris de victoire,
Portez nos vœux aux pieds de l'Eternel.

SOLO.

Oublîrez-vous des amis et des frères
Pleurant, hélas! au séjour des douleurs?
Ah ! vous voyez le poids de nos misères :
Que votre main vienne essuyer nos pleurs.

CHŒUR.

Saints habitants de l'heureuse patrie,
Arrachez-nous à cet exil cruel ;
Ouvrez pour nous le séjour de la vie;
Hâtez, hâtez notre essor vers le ciel.

Dans votre sein Dieu verse l'allégresse ;
Des flots de paix inondent votre cœur...
Quand boirons-nous au torrent de l'ivresse
Coulant au pied du trône du Seigneur ?

Quel doux repos après votre victoire !
De vos combats Dieu lui-même est le prix...
Quand, revêtus des rayons de sa gloire,
Goûterons-nous la paix du paradis ?

Sur votre front, où la gloire rayonne,
Brille le sceau de la Divinité...
Quand, radieux et ceints de la couronne,
Régnerons-nous dans l'immortalité ?

Qui n'envîrait un si bel héritage ?
Heureux destin ! vous possédez un Dieu !
Vous le voyez sans voiles, sans nuage...
Pourquoi, pourquoi nous laisser en ce lieu ?

Voir Dieu, l'aimer, c'est le bonheur suprême.
Je l'aimerai, c'est aussi mon espoir.
Heureux élus, dites-lui que je l'aime
Et que je meurs du désir de le voir.

LE JOUR DES MORTS.

Air n° 33.

Pitié pour nous, âmes infortunées !...
Nous gémissons captives dans les feux ;
La main de Dieu nous y tient enchaînées,
Et nous pleurons dans des tourments affreux.

Ayez pitié de vos malheureux frères;
Parents, amis, priez, priez pour nous ;
Parents, amis, par vos humbles prières,
D'un Dieu vengeur apaisez le courroux.

Qu'ils sont cruels les coups de la justice!
Qu'il est pesant le poids de ses rigueurs!
Quand finira notre horrible supplice?
Qui tarira la source de nos pleurs?

Hélas! hélas! tous nos vœux sont stériles,
Nos cris plaintifs ne touchent point les cieux ;
Nous répandons des larmes inutiles;
Et tous nos pleurs n'éteindront point ces feux.

Priez, pour nous, vous que nos voix implorent;
Votre prière est un baume si doux !
Elle amortit les feux qui nous dévorent,
Et vos saints pleurs sont tout puissants pour nous.

Hâtez le jour de notre délivrance,
Vous qui pouvez mettre un terme à nos maux;
Arrachez-nous de ce lieu de souffrance
Pour nous conduire au séjour du repos.

SAINT MARTIN.

Air nº 5.

Au Fils du ciel gloire, gloire, louanges!
Chantons bien haut ses sublimes vertus,
Il est l'égal et le frère des anges;
C'est une perle au milieu des élus,

SOLO.

O saint patron, ô tendre père,
Que vers toi monte en ce saint jour
Le doux encens de ma prière,
Et le parfum de mon amour.

CHŒUR.

Jette les yeux sur ce peuple fidèle
A tes genoux priant dans le saint lieu ;
Répands sur lui, de ta main paternelle,
Tous les trésors que tu reçus de Dieu.

Quand de la foi le flambeau salutaire,
Astre béni, vint briller à ses yeux,
Avec bonheur saluant la lumière,
Il s'élança dans le chemin des cieux.

Quittant le siècle, il entre au sanctuaire
Pour se cacher à l'ombre de l'autel ;
Là, dégagé des faux biens de la terre,
Il ne vit plus que pour le Dieu du ciel.

De son troupeau le protecteur, le guide,
Il le défend et veille à ses besoins.
Le jeune clerc et la vierge timide,
Enfants, vieillards, tous ont part à ses soins.

Sa main revêt et nourrit l'indigence ;
Et sur les cœurs blessés par la douleur
Il fait lever l'astre de l'espérance,
Il fait briller l'étoile du bonheur.

Par sa prière il attire sans cesse
Sur ses enfants les plus riches faveurs ;
On voit partout les fruits de la sagesse
Croître et mûrir par ses soins protecteurs.

Si Dieu l'appelle au séjour de la gloire
Pour lui donner un bien juste repos,
Près de goûter les fruits de la victoire,
Il s'offre encor pour des combats nouveaux.

Il déposa le fardeau de la vie,
En souriant d'amour et de bonheur.
Il s'envola dans la sainte patrie,
Pour y régner à côté du Sauveur.

Comme un beau lis dans un riche parterre,
Comme une rose au milieu des jardins,
L'homme de Dieu brilla sur cette terre ;
Comme un bel astre il brille entre les saints.

SAINTE CATHERINE.

Air nº 28.

CHŒUR.

O patronne chérie,
Viens à notre secours ;
Nous entrons dans la vie :
Ah ! garde-nous toujours.

Nous te prenons pour mère,
Prends-nous pour tes enfants ;
De ta main tutélaire
Guide nos pas tremblants.

Conserve l'innocence
Dans nos cœurs purs encor :
C'est à ta vigilance
Qu'est commis ce trésor.

Tu sais de la jeunesse
Les périlleux combats :
Prête à notre faiblesse
Le secours de ton bras.

Donne-nous la victoire :
Enfants reconnaissants,
Nous chanterons ta gloire
Jusqu'à nos derniers ans.

Toujours, mère si bonne,
Tu seras notre espoir ;
Un jour, sainte patronne,
Au ciel nous t'irons voir.

CANTIQUES

POUR LES FÊTES PATRONALES.

POUR UN MARTYR-PONTIFE.

I.

Air n° 74.

Vous que nous a donné pour père
L'amour empressé du Sauveur,
Sur ce peuple, qui vous révère,
Jetez un regard protecteur.
Vous goûtez au sein de la gloire
Les fruits heureux de la victoire.

CHŒUR.

Languissants,
Impuissants,
Nous luttons encor sur la terre :
Dans cette horrible guerre
Soyez notre secours ;
Pour vos enfants, ô tendre père,
Priez, priez toujours.

A la ferveur de votre zèle
Tous les cœurs cédaient autrefois ;
Votre peuple, instruit et fidèle,
Craignait, aimait le Roi des rois.
Saint Pontife, éclairez nos âmes ;
Brûlez-nous des célestes flammes...

Les sacrifices, la souffrance,
Ne coûtaient rien à votre cœur ;
Et votre invincible constance
Vous fit mourir pour le Seigneur.
Ah ! d'un courage inébranlable
Armez-nous, martyr admirable...

Dans la vertu toujours novice,
Notre cœur veut et ne veut pas ;
Aujourd'hui, détestant le vice,
Demain nous l'aimerons, hélas !
Tant d'inconstance ! est-ce là vivre?
Ah ! que votre amour nous délivre...

Au spectacle de votre vie,
Grand Saint, renouvelez nos cœurs ;
Au souvenir de la patrie,
Grand Saint, redoublez nos ardeurs.
Oh ! si le travail épouvante,
Que la couronne est engageante !...

Avec quelle magnificence
Vos travaux sont récompensés !
Que de bonheur, quelle abondance
Pour quelques maux sitôt passés !
Beau ciel, éternelle patrie,
Comment se fait-il qu'on t'oublie ?...

II.

Air nᵒ 49 ou 57.

Vous que le Ciel nous a donné pour père,
Pontife assis au trône des martyrs,
De vos enfants écoutez la prière,
De leur faiblesse accueillez les soupirs.

Heureux vainqueur, votre lutte est finie,
Et vous goûtez le repos du Seigneur.
Mais vos enfants verront-ils la patrie?
Parviendront-ils comme vous au bonheur ?

La mer du monde est féconde en naufrages,
Et tous les jours l'homme y trouve la mort.
Veillez sur nous, détournez les orages,
Brisez l'écueil, et poussez-nous au port.

POUR UN CONFESSEUR.

I.

Air n° 25.

Prête l'oreille à nos humbles prières,
O saint Patron, qui veilles sur ces lieux ;
Si tu comblas les désirs de nos pères,
Ne dois-tu pas sourire à tous nos vœux?

SOLO.

O père si plein de tendresse,
Toi que j'implore avec ardeur,
Reçois les vœux que je t'adresse,
Reçois l'hommage de mon cœur.

CHŒUR.

Enfant du Ciel, frère des anges,
Daigne agréer en ce saint jour
L'heureux tribut de nos louanges,
Le doux encens de notre amour.

Cent et cent fois, de ta main bienfaisante,
Sur nos aïeux tu versas tes faveurs.
Daigne exaucer notre voix suppliante,
Verse à grands flots tes bienfaits sur nos cœurs.

Avec amour, du haut de la patrie,
Guide nos pas encor mal assurés;
Oh ! souviens-toi qu'en entrant dans la vie,
Nos tendres cœurs te furent consacrés.

13

Père chéri, tu vois l'affreux ravage
Que l'ennemi fait parmi tes enfants :
Brise les traits que prépare sa rage,
Et de l'enfer rends nos cœurs triomphants.

Parle à nos cœurs, parle, fais-nous connaître
Qu'on n'est heureux qu'en servant le Seigneur,
Et parmi nous fais vìte reparaître
Ces jours si beaux où régnait la ferveur.

Allume en nous la vive et sainte flamme
Dont tu brûlais pour le Sauveur Jésus ;
Et développe au jardin de notre âme
Le germe heureux de tes hautes vertus.

Noble héros, tu portes la couronne
Dont le grand Roi ceint le front du vainqueur.
Au ciel un jour, environnant ton trône,
Ah ! puissions-nous partager ton bonheur !

II.

Air nº 26.

Oh ! quel beau jour brille sur notre tête,
Jour de salut, de joie et de bonheur !
Chantons, chantons, dans cette heureuse fête,
Et notre père et notre protecteur.

CHŒUR.

O saint Patron, ô tendre père,
Bénis nos chants, reçois nos vœux ;
Et comme un ange tutélaire
Veille sur nous du haut des cieux.

Brûlant de zèle, enivré d'espérance,
Il s'élançait dans les sentiers du bien :
Entre ses mains la fleur de l'innocence
Brilla toujours d'un éclat tout divin.

Formons nos cœurs sur un si beau modèle :
Plus de péché; soyons purs comme lui.
Suivons ses pas, c'est un guide fidèle :
Qui peut faillir avec un tel appui?

Il nous abrite au moment de l'orage
Et fait renaître un calme heureux et doux;
Pendant le jour son aile nous ombrage,
Durant la nuit son œil veille sur nous.

Avec amour, du haut de la patrie,
Sur ses enfants il a fixé les yeux;
Il nous appelle au royaume de vie,
Et nous prépare un trône dans les cieux.

III.

Air n° 62.

Honneur et gloire
Au Saint qui veille sur ces lieux !
Salut, victoire
Au fils des cieux !
Sorti des flots du monde et sauvé du naufrage,
Il est au port réparateur.
O doux partage !
Il siége au festin du Seigneur,
Et son cœur nage
Dans le bonheur.

O tendre père,
Jette un regard d'amour sur moi;
Vers ma misère
Incline-toi.
Je puis encor périr : ah! garde ma couronne;
Au bien fixe-moi sans retour.
Près de ton trône
Fais asseoir ton enfant un jour,
Et qu'il entonne
L'hymne d'amour.

POUR UNE PATRONNE.

I.

Air n° 53.

1er CHŒUR.

Nous l'aimons tous, notre auguste Patronne;
Elle nous aime, et nous dit dans son cœur :
« Enfants, venez : aujourd'hui de mon trône
Doivent couler les torrents du bonheur. »

2e CHŒUR, se répétant après le solo.

Honneur, honneur à notre aimable Mère!
A la bénir consacrons ce beau jour;
A ses genoux courbés au sanctuaire,
Présentons-lui nos cœurs et notre amour.

1er SOLO.

Sainte Patronne,
J'espère en toi;
Mère si bonne,
Protége-moi.

2ᵉ SOLO.

Je t'aime et je t'honore,
Gardienne de ces lieux ;
A l'enfant qui t'implore
Souris du haut des cieux.

Si nos aïeux, dans un élan sublime,
Ont à sa gloire élevé des autels,
Ah, qu'en ce jour un beau feu nous anime ;
Décernons-lui des honneurs solennels.

Pour la bénir rivalisons de zèle :
Bénir sa mère, est-il devoir plus doux ?
Que votre cœur soit tout d'amour pour elle,
Puisque le sien est tout d'amour pour vous.

Oh ! qu'elle est bonne ! elle a sauvé nos pères,
Les a conduits au séjour immortel.
Adressons-lui nos ardentes prières :
Un jour sa main nous ouvrira le ciel.

II.

POUR UNE VIERGE.

Air nº 25.

Nous t'implorons, auguste Protectrice :
Sur tes enfants courbés à tes genoux,
Du haut du ciel, jette un regard propice,
Et fais couler tes bienfaits les plus doux.

SOLO.

O patronne à jamais chérie,
Fidèle amante de Jésus,
Embaume toute notre vie
Du doux parfum de tes vertus.

CHŒUR.

Embrase-nous des saintes flammes
Qui consumaient ton chaste cœur;
Parle à l'Epoux, et dans nos âmes
Viendront tous les dons du Seigneur.

Pour nous ton cœur a l'amour d'une mère;
Ton seul désir est de nous rendre heureux.
Mais le bonheur, qui l'atteint sur la terre?
A tes enfants parle souvent des cieux.

Pour protéger notre heureuse innocence,
Reste toujours, toujours auprès de nous.
Qui peut tromper l'œil de ta vigilance?
Quel ennemi pourrait braver tes coups?

Tu fus toujours et si sainte et si pure!
Oh! rends nos cœurs aussi purs que le tien;
Et des vertus qui furent ta parure
Embellis-nous, Vierge au front tout divin.

Ah! puissions-nous en vivant de ta vie,
Mourir un jour de ton heureuse mort!
Nous l'espérons; car pour nous ton cœur prie,
Et ta prière obtient tout du Dieu fort.

IV.

FÊTES ET CÉRÉMONIES SPÉCIALES.

CONFIRMATION.

I.

ARRIVÉE DU PONTIFE.

Air n° 21.

Le Pontife sacré, guidé par la tendresse,
Apporte à ses enfants la grâce et le bonheur;
Il sème sous ses pas et l'amour et l'ivresse,
Il fait pleuvoir sur tous les bienfaits du Seigneur.

CHŒUR.

O vénéré Pasteur, ô père le plus tendre,
C'est le Ciel qui t'envoie : ah ! viens nous rendre heureux.
Dans les cœurs, à ta voix, l'Esprit Saint va descendre,
Pour répandre ses dons, pour allumer ses feux.

SOLO.

Enfants, recueillez-vous! il entre au sanctuaire;
Courbé devant l'autel, il fait monter vers Dieu
Le parfum de l'amour, l'encens de la prière;
L'odeur de ses vertus embaume le saint lieu.

CHŒUR.

Adressons avec lui notre pieux hommage
Au Dieu puissant et bon, qui règne dans les cieux.
Toi qui sèmes les fleurs sous les pas du jeune âge,
Mon Dieu, laisse ton cœur s'attendrir à nos vœux.

SOLO.

Sa voix a retenti dans la divine enceinte;
Enfants, heureux enfants, présentez au Seigneur
Un cœur brûlant d'amour, une âme pure et sainte :
Vous allez recevoir l'Esprit consolateur.

CHŒUR.

O foyer immortel des plus sublimes flammes,
Source des désirs purs, des plus chastes douceurs,
Esprit Saint, de tes feux viens embraser nos âmes,
Et de tes dons divins daigne enrichir nos cœurs.

II.

CÉRÉMONIE DE LA CONFIRMATION.

Air n° 5.

Esprit divin, ô Dieu de la lumière,
Quitte aujourd'hui ton séjour glorieux,
Et viens, docile à notre humble prière,
Te reposer sur nos fronts radieux.

SOLO.

Viens nous former à la sagesse,
Esprit divin, descends sur nous ;
Et dans nos cœurs avec largesse
Répands, répands tes dons si doux.

CHŒUR.

Embrase-nous de tes divines flammes ;
Enivre-nous de tes chastes douceurs ;
Dresse en ce jour ton trône dans nos âmes ;
Fixe à jamais ton règne dans nos cœurs.

Ravis de joie, enivrés d'espérance,
Nous t'implorons, Dieu sanctificateur ;
Aux cœurs parés d'amour et d'innocence
Ne dois-tu pas t'unir avec bonheur ?

Viens dans ces cœurs, qu'agite un saint délire,
Et graves-y tes lois en traits de feu.
Si le méchant de dédain veut sourire,
Oppose-lui le sourire d'un Dieu.

Viens nous guider vers l'heureuse patrie ;
Et sous nos pas semant tes pures fleurs,
Dans cette route et riante et bénie,
Entraîne-nous par tes saintes douceurs.

Faibles encore et sans expérience,
Que deviendraient sans toi nos tendres cœurs ?
Viens, Dieu des forts, Esprit d'intelligence,
Nous entourer de tes soins protecteurs.

Le noir dragon, redoublant sa colère,
S'acharnera de nouveau contre nous :
Viens le confondre, Esprit de la lumière ;
Et pour jamais daigne amortir ses coups.

Par ses faux biens, ses plaisirs et ses charmes,
Le monde, hélas! peut nous séduire encor!...
Oh! contre lui viens nous donner des armes;
Et garde bien notre riche trésor.

III.

APRÈS LA CONFIRMATION.

Air n° 12.

Quel noble feu vient embraser mon âme!
Mon Dieu, d'où vient cette sublime ardeur?
C'est l'Esprit-Saint qui m'anime et m'enflamme;
C'est son amour qui consume mon cœur.

SOLO.

Quels torrents de lumière
Ont inondé mes yeux?
Suis-je encor sur la terre?
J'ai vu, j'ai vu les cieux.

CHŒUR.

Source des pures flammes
Et des chastes douceurs,
Esprit-Saint, dans nos âmes
Centuple tes ardeurs.

O jour béni, jour d'amour et d'ivresse!
Dieu m'a marqué du sceau de ses élus.
Oh! qu'ils sont beaux, mes titres de noblesse!
Je suis à Dieu! je ne veux rien de plus.

Je suis à Dieu! je l'ai pris pour partage,
Ce Dieu qui m'offre un trône dans les cieux.
Heureux et fier d'un si noble héritage,
Au Ciel toujours je porterai mes vœux.

Je suis à Dieu ! que l'enfer en frémisse,
Qu'il arme un jour les tyrans contre moi :
Je volerais avec joie au supplice :
Mourir plutôt que de trahir ma foi !

Le front armé du signe salutaire
Qui fait pâlir tous les démons d'effroi,
Je puis sans crainte affronter la colère
Des ennemis conjurés contre moi.

Le noir dragon aiguise en vain sa rage ;
Contre mon cœur s'émousseront ses traits.
Soldat du Christ, j'en aurai le courage :
Vaincre ou mourir ! être vaincu, jamais !

Monde trompeur, par tes fausses maximes
Espères-tu m'éloigner de mon Dieu ?
Vil corrupteur, cherche ailleurs des victimes ;
Moi, je t'ai dit un éternel adieu.

Quand tes enfants, trahissant leur promesse,
Déserteraient ton temple et ton autel,
Moi, moi, Seigneur, constant dans ma tendresse,
Je t'aimerai d'un amour éternel.

CÉRÉMONIE

D'UNE PREMIÈRE MESSE.

I.

OFFERTOIRE.

Air n° 10 ou 76.

1er CHŒUR.

Les cieux se sont ouverts; les Anges en silence
Sur l'ange de la terre ont reposé leurs yeux.
Lui, timide, tremblant, mais ivre d'espérance,
D'amour et d'allégresse, il semble être des cieux.

SOLO.

Nous partageons ta joie et ton ivresse ;
Toi, pense à nous dans ce jour de bonheur.
Au Dieu qui veut réjouir ta jeunesse
Parle pour nous : tu peux tout sur son cœur.

2e CHŒUR.

Bénissez-nous, Seigneur, et bénissez votre ange !
Qu'il soit toujours plus saint, lui si saint aujourd'hui ;
Et que, vivant de Dieu pour sauver l'homme, il change
Tous ceux qu'il doit conduire en anges comme lui.

L'ardeur des séraphins a passé dans son âme :
« J'immole mon Sauveur pour la première fois ! »
A ce mot du bonheur, son cœur est tout de flamme ;
Il pleure, et des soupirs entrecoupent sa voix.

Mais lorsque, poursuivant l'auguste sacrifice,
Il tiendra son Jésus descendu dans ses mains,
Et trempera sa lèvre au céleste calice,
Quel doux enivrement et quels transports divins !

Seigneur, disposez-nous à de si grands mystères ;
Réveillez notre foi, ranimez notre amour :
Nous voulons notre part dans ces eaux salutaires
Dont vous inonderez votre prêtre en ce jour.

II.

ÉLÉVATION.

Air n° 25.

Il s'accomplit, l'ineffable mystère :
Le ciel s'entrouvre ; et, pour être immolé,
Jésus descend sur le nouveau Calvaire...
Prosternons-nous ! Le saint prêtre a tremblé...

SOLO.

Tremblants d'amour, tremblants de crainte,
Courbons nos fronts : car la voici,
La voici, la Victime sainte !
C'est l'amour qui l'abaisse ainsi.

CHŒUR.

Amour, amour, honneur, louanges
Au Dieu présent sur cet autel !
Vos cœurs, vos cœurs, célestes anges,
Pour mieux aimer le Roi du ciel !

O prêtre heureux, savoure les prémices
De ce doux ciel, où t'a placé l'amour.
Mais dis à Dieu que des saintes délices
Nous attendons une goutte en ce jour.

III.

COMMUNION.

Air nᵒ 26.

Tu vas goûter les fruits du sacrifice,
Manger la chair, boire le sang d'un Dieu.
Laisse une goutte au fond du saint calice
Pour tout ce peuple à genoux dans ce lieu.

CHŒUR.

O Prêtre, de ta main bénie
Qui l'a préparé sur l'autel,
Apporte à notre âme ravie
Le pain d'amour, le pain du ciel.

Le cœur ému, les yeux mouillés de larmes,
Nous soupirons après ce pain si doux.
Voici Jésus ! ô moment plein de charmes !
Il vient, il vient pour se donner à nous.

Il vient à nous, ô charité suprême !
Allons à lui, le cœur brûlant d'amour.
Consacrons-nous à ce Dieu, qui nous aime,
Que notre cœur soit à lui sans retour.

Nous savons bien, ô Jésus, que ton prêtre
Doit être, lui, le premier dans ton cœur.
Mais il nous aime aussi, notre bon Maître,
Et nous nageons au torrent du bonheur.

ARRIVÉE

D'UN CURÉ DANS SA PAROISSE.

Air n° 5.

Quitte ton deuil, Eglise notre mère ;
Reprends tes chants de joie et de bonheur :
A tes enfants Dieu vient de rendre un père.
Béni soit Dieu ! voici le bon Pasteur.

SOLO.

Viens parmi nous, ô tendre père,
De tes enfants comble les vœux.
Fils du Ciel, ange tutélaire,
Nous t'attendons pour être heureux.

CHŒUR.

Amour à toi, que le Seigneur envoie
Pour nous guider au sentier des vertus !
Ange de paix, notre espoir, notre joie,
Reste avec nous, et ne nous quitte plus.

Oui, c'est un père, oh ! voyez son sourire ;
Comme il est doux, comme il est plein d'amour !
Oui , c'est un père ! et l'amour seul l'attire ;
Nous, donnons-lui tout le nôtre en retour.

Viens nous bénir, toi que la Providence
Nous a donné pour père et pour sauveur ;
Viens rafraîchir par ta douce présence
Le cœur du juste et le cœur du pécheur.

Ton cœur, ta main, portent nos destinées :
Par toi l'enfance aux vertus doit grandir,
L'âge plus mûr féconder ses années,
Et le vieillard t'attend pour bien mourir.

Tu sèmeras quelquefois dans la peine ;
Mais nous prîrons, mais Dieu te bénira.
N'est-ce pas lui, le Dieu fort, qui t'amène ?
Auprès de toi l'amour le retiendra.

Du bon pasteur bien riche est la couronne.
Viens, tresse ici la tienne, ô bon pasteur.
Sauvés par toi, nous serons pour ton trône
Des diamants tout brillants de splendeur.

CÉRÉMONIES

PROPRES AUX COMMUNAUTÉS RELIGIEUSES.

PRISE D'HABIT.

Air nos 17, 27 ou 60.

Dans la retraite, oh ! qu'heureuse est la vie !
Peines, travaux, tout se change en douceurs.
On court, on vole à l'heureuse patrie
Par un chemin tout parsemé de fleurs.

CHŒUR.

Enchaîne-moi, mon Dieu, dans cet asile...
O saint habit ! te quitterais-je un jour ?...
Pour te garder, je veux, enfant docile,
Me revêtir de toutes les vertus.

Ici vers Dieu l'encens de la prière
Monte à toute heure; et les anges des cieux,
Unis de cœur aux anges de la terre,
Mêlent leurs voix à leurs accents pieux.

Dans ce doux sol, la fleur de l'innocence
Brille toujours de toute sa beauté.
Ici tout porte à la persévérance;
Ici tout mène à la félicité.

L'œil y répand de consolantes larmes;
Le cœur n'a plus que d'enivrants soupirs;
De la vertu savourant tous les charmes,
Il s'abandonne à ses chastes désirs.

Dans cet asile on n'entend plus l'orage;
Les vents, les flots, ont perdu leur fureur.
Dans ce port sûr on ne fait point naufrage;
On dort en paix, sans craindre le malheur.

Ici Dieu semble oublier la vengeance;
Et sous sa main, qui caresse toujours,
On vit heureux, le cœur plein d'espérance...
Ailleurs pour moi fut-il d'aussi beaux jours?

Ici Jésus, épuisant sa tendresse,
A pleines mains répand ses doux trésors...
J'ai vu couler le torrent de l'ivresse...
J'ai vu les saints, et j'ai vu leurs transports...

Sainte retraite, aimable solitude,
Grâce au Seigneur, j'ai suivi tes attraits.
Tout mon désir et ma sollicitude,
C'est de pouvoir ne te quitter jamais.

PROFESSION.

I.

Air nº 9.

O sort heureux ! sublime destinée !
Un nœud sacré m'unit à mon Sauveur ;
Et par l'amour doucement enchaînée,
Je suis captive à jamais dans son Cœur.

SOLO.

Noble union, précieuse alliance
Que j'ai formée au pied du saint autel,
Vous m'enivrez de joie et d'espérance !
Etre à Jésus, oh ! pour moi, c'est le ciel.

CHŒUR.

Liens sacrés, doux charmes de ma vie,
Vous m'inondez de grâce et de bonheur.
Divin Jésus, la chaîne qui nous lie
Sera toujours douce et chère à mon cœur.

Je vous chéris, bienheureux esclavage,
Joug plein d'attraits, douce captivité.
En m'enchaînant à Dieu dès le jeune âge,
J'ai reconquis toute ma liberté.

Liens si doux, mon bonheur et ma gloire,
Je l'ai juré, rien ne vous brisera.
A mon Jésus, au Dieu de la victoire,
Toujours, toujours ce saint nœud m'unira.

Mon choix est fait : dans cet heureux asile,
Où j'ai trouvé le bonheur des élus,
Toujours, toujours mon cœur, pur et tranquille,
Reposera sur le cœur de Jésus.

Biens passagers, honneurs, plaisirs du monde,
Je vous ai dit un éternel adieu ;
Ne venez point troubler la paix profonde,
Le doux repos que je goûte avec Dieu.

II.

Air n° 56.

Qu'on est heureux, au matin de la vie,
Quand, pur encor, on se voue à son Dieu !
Le ciel s'incline, et Jésus ratifie
En souriant cet admirable vœu.

CHŒUR.

Tout à Jésus ! c'est le cri de mon âme...
A Jésus seul mon cœur et mon amour !
Tout à Jésus ! ce cri divin m'enflamme...
J'aime Jésus, je l'aime sans retour.

Qu'on est heureux quand, s'arrachant au monde
Pour s'assurer la conquête du ciel,
Fermant l'oreille à l'orage qui gronde,
On se repose à l'ombre de l'autel !

Qu'on est heureux quand, dans un saint délire,
On s'est jeté dans les bras de l'Epoux,
Et qu'on entend le Bienaimé redire :
« Si tu savais combien ce jour m'est doux ! »

Fuyez, fuyez, trompeuses créatures,
Qui trop longtemps avez troublé mon cœur.
Je trouve en Dieu des délices si pures !
Ne venez plus m'arracher mon bonheur.

Tout à Jésus, j'adorerai ma chaîne ;
Je l'aimerai jusqu'à mon dernier jour.
Je jure au monde une éternelle haine,
A mon Jésus un éternel amour.

RÉNOVATION DES VŒUX.

I.

Air nº 17, 43 ou 60.

Un jour, penchée à l'autel de Marie,
Je dis trois mots : je trouvai le bonheur.
Ces trois grands mots, ma sûreté, ma vie,
Viens aujourd'hui les redire, ô mon cœur.

CHŒUR.

Du fond du cœur, mon Dieu, je renouvelle
Ces vœux sacrés, pour moi toujours plus doux...
Si je devais être un jour infidèle,
Mon Dieu, qu'ici j'expire à vos genoux.

O Pauvreté, sois toujours mes délices ;
Je laisse au monde et son luxe et son or.
Bouclier sûr, tu repousses les vices ;
Et puis, Jésus est un si doux trésor !

O Chasteté, fleur suave, angélique,
Sois de mon cœur l'ornement le plus beau :
Le lis en main, chantant le saint cantique,
Je veux au ciel suivre partout l'Agneau.

Deviens ma loi, sublime Obéissance,
Guide infaillible à la félicité :
Toujours, toujours la sainte indifférence !
Jamais, jamais la propre volonté !

Le Roi des rois m'a prise pour épouse :
Renoncerais-je à ce nom glorieux ?
Non, mon Jésus ; et mon âme jalouse
Veut à tout prix le porter jusqu'aux cieux.

Mais seule, hélas ! seule que puis-je faire ?
Soyez ma force, ô bienaimé Sauveur ;
Et vous, Marie, ô ma Reine, ô ma Mère,
Jusqu'à la fin soutenez ma ferveur.

II.

Air nº 49 ou 57.

J'ai bien souffert sur la terre ennemie ;
Mais je suis libre, et mes fers sont rompus :
J'ai fui le monde, et j'ai caché ma vie
Avec mon cœur dans le Cœur de Jésus.

Que de douceurs après mes sacrifices !
Quel avant-goût du bonheur des élus !
Calme, repos, plaisir, joie et délices,
Je trouve tout dans le Cœur de Jésus.

Monde trompeur, tes perfides promesses
Et tes attraits ne me séduiront plus ;
Je foule aux pieds tes fragiles richesses :
Tout mon trésor, c'est le Cœur de Jésus.

Ce Cœur sacré, voilà mon seul partage ;
Il est à moi, je ne veux rien de plus.
Oui, mon bonheur, mon bien, mon héritage,
Mon tout, mon tout, c'est le Cœur de Jésus.

Ce Cœur divin, qui m'aime sans mesure,
Je l'aimerai toujours de plus en plus ;
Je veux, brûlant d'une flamme si pure,
Me consumer dans le Cœur de Jésus.

CONSÉCRATION D'UNE ÉGLISE.

Air n° 53.

1er CHŒUR.

Le Dieu si grand qui lance le tonnerre
Et que les cieux ne sauraient contenir,
Voilant son front couronné de lumière,
Vient par amour ici s'anéantir.

2e CHŒUR.

Prosternez-vous dans la divine enceinte :
Voici venir le Sauveur d'Israël.
Respect, honneur à Sa Majesté sainte !
Louange, gloire au Dieu puissant du Ciel !

1er SOLO.

Bénis, mon âme,
Bénis ton Dieu ;
Sois tout de flamme
Dans le saint lieu.

2e SOLO.

Salut, maison chérie !
Salut, auguste autel !
C'est la terre bénie,
Ou plutôt c'est le ciel !

Le sang divin qui rougit le Calvaire
Pour nous laver coulera sur l'autel,
Renouvelant l'admirable mystère
Qui nous rendit et la vie et le ciel.

Bientôt, bientôt la parole divine
Retentira sous les arceaux bénis;
Et les flots purs d'une sainte doctrine
Ruisselleront sur les cœurs attendris.

Dans ce saint lieu l'eau pure du baptême,
Coulant à flots sur le front de l'enfant,
Effacera le terrible anathême,
Pour y graver le sceau du Dieu vivant.

Ici le cœur innocent et fidèle
Recueillera les bienfaits du Seigneur;
Et le pardon sur l'âme criminelle
Découlera des lèvres du Sauveur.

Pieux chrétiens, dans cet heureux asile
Venez goûter le bonheur des élus;
Venez! ici l'âme, heureuse et tranquille,
Repose en paix sur le Cœur de Jésus.

On y reprend une nouvelle vie;
On s'y nourrit d'un pain surnaturel;
Là, respirant l'air pur de la patrie,
Près de son Dieu n'est-on pas comme au ciel?

BÉNÉDICTION D'UNE CLOCHE.

Air n° 53.

1er CHŒUR.

Des doigts du prêtre a coulé l'huile sainte;
L'airain s'anime au souffle du Seigneur;
Sous les arceaux de la divine enceinte
Sa voix entonne un hymne au Créateur.

2º CHŒUR.

Enivre-nous de ta douce harmonie,
Airain sacré, sublime écho du Ciel;
Fais retentir ta voix sainte et bénie,
Chante avec nous : Gloire au Dieu d'Israël !

1ᵉʳ SOLO.

La cloche tinte
Au divin lieu ;
A sa voix sainte
Bénissons Dieu.

2ᵉ SOLO.

Porte notre prière
Aux pieds de l'Eternel ;
Fais couler sur la terre
Les doux bienfaits du Ciel.

1ᵉʳ CHŒUR.

Airain sacré, ta voix mystérieuse
Parle à la terre un langage divin ;
A tes accents une ivresse pieuse
Tombe du ciel dans l'âme du chrétien.

Joyeusement dans les airs balancée,
A bénir Dieu tu portes notre cœur.
Les jours de fête, encor plus empressée,
Tu nous redis : « C'est le jour du Seigneur. »

Trois fois le jour, de ta voix argentine,
Qui réjouit et la terre et les cieux,
Chante un cantique à la Vierge divine,
Et porte-lui notre hommage et nos vœux.

Quand mugiront les vents et les orages,
Fais résonner tes tintements pieux ;
Et que ta voix, dissipant les nuages,
Rende à la terre un sourire des cieux.

Quand un mortel apparaît sur la terre,
Fais retentir ton joyeux carillon;
Quand sur son front coule l'eau salutaire,
Salue en lui l'enfant d'adoption.

Mais du chrétien quand l'âme fugitive
Part et s'envole en des mondes nouveaux,
Pleure avec nous, et de ta voix plaintive
Sur sa dépouille appelle le repos.

ÉRECTION

D'UNE STATUE DE LA SAINTE VIERGE.

Air n° 66.

Sur tes enfants toujours tu veilles,
Reine de la terre et des cieux;
Et toujours par mille merveilles
Ta tendresse éclate en tous lieux.
Mais, à l'œil terrestre invisible,
Ta beauté ne peut nous charmer;
Et sous une forme sensible
L'homme te peint, pour mieux t'aimer.

REFRAIN.

Nos cœurs t'ont dressé cette image;
Toi, souris, et daigne en retour,
Marie, en faire l'heureux gage
De tes bienfaits, de ton amour.

Du sommet des saintes montagnes
Où reposent ses fondements,
Retentissent dans ces campagnes
Nos chants d'amour et nos serments.
Ah ! dans les cieux ils retentissent
Bien mieux encor qu'en ces vallons;
Et déjà les cieux nous bénissent,
O Vierge en qui nous espérons.

Reine de toute la contrée,
Au loin tu captives les yeux ;
Mais nos cœurs, Vierge vénérée,
Vers toi monteront plus joyeux.
De la colline, de la plaine,
Les laboureurs t'imploreront ;
Et tous ceux que brise la peine
A ton aspect respireront.

Ton image consolatrice
Apprend à l'homme à mieux souffrir.
Sévère et douce institutrice,
Au bien elle sait l'aguerrir.
Sous ton regard, ô Vierge pure,
Quel cœur ne désirerait pas
Fuir le mal, vaincre la nature,
Etre saint, courir sur tes pas ?

Oui, devant ce bronze insensible,
Le bronze des cœurs mollira ;
A sa puissance irrésistible
Le pécheur même cédera.
Il t'a vue, et, comme la cire
Fond sous un soleil plein d'ardeur,
Soudain son fol orgueil expire
Sous ton regard dominateur.

Attire et guéris, ô Marie,
Tous ceux que tu verras souffrants.
Sur nous, ô Mère de la vie,
Verse la grâce par torrents.
Apprends à tous qu'en ton domaine
Ruisselle et le lait et le miel ;
Et que ce mont béni devienne
Pour tes enfants un premier Ciel.

Veille sur nous , et de nos têtes
Ecarte les fléaux vengeurs ,
La contagion , la tempête,
L'incendie et tous les malheurs.
Et puis , fécondant la semence
Dans les vallons , sur les côteaux ,
O Vierge , répands l'abondance
Au sein de nos humbles hameaux.

Nous l'espérons , bonne Marie ,
Pour nous , pour ce peuple empressé,
Qui t'aime et qui te glorifie ,
Des jours nouveaux ont commencé.
Soulageant , prévenant sa peine ,
Le couronnant de tes bienfaits ,
Tu l'enivreras , sous ta chaîne ,
De bonheur, de joie et de paix.

Nous , qui te vouons cette image ,
A nos enfants avec amour
Nous léguerons pour héritage
Le souvenir de ce beau jour.
Et s'ils t'aiment, ô bonne Mère ,
Par les soins de tes serviteurs,
Nous craindrons moins l'heure dernière,
Nous qui t'aurons conquis des cœurs.

Toi , dans cet instant redoutable,
Souviens-toi , souviens-toi de nous ;
Tends-nous une main secourable ,
Sauve-nous du divin courroux.
Tant de fois , pour voir ton image,
Nous gravîmes tes monts chéris !
Fais que notre dernier voyage
Soit pour te voir au paradis.

RÉUNION DE LA SAINTE-ENFANCE.

Air n° 40 ou 49.

Petit Jésus, qui t'es fait notre frère,
Pour nous conduire au paradis un jour,
Toi qui peux tout, écoute la prière
Que nous offrons à ton cœur plein d'amour.

Tu nous as dit de bien aimer nos frères :
Petit Jésus, nous voulons t'obéir ;
Et nous venons, sur le cœur de nos mères,
Dire à ton cœur ce qui nous fait souffrir.

Vois-tu là-bas, aux rives étrangères,
Tous ces enfants dévoués au trépas ?
Petit Jésus, ces enfants sont nos frères,
Les tiens aussi ; ne les délaisse pas.

Visite-les, ces pauvres petits frères :
Ceux qui vivront, vivront pour ton amour ;
Ceux qui mourront, baptisés par nos Pères,
Du moins au ciel nous les verrons un jour.

Voici nos dons : prends-les, ô divin Frère,
Mets-y le tien pour les multiplier.
Voici nos cœurs : prends-les, et daigne en faire
Des cœurs ardents à te glorifier.

Bénis nos dons, nos cœurs, nos pauvres frères,
Petit Jésus ; bénis nos bons parents,
Mais souviens-toi de bien bénir nos mères
Au cœur si tendre, aux soins si caressants.

Garde-les-nous ; et là-bas à nos frères
Qui n'en ont pas de bonnes comme nous,
Donne Marie ; et la Mère des mères
Avec amour les recueillera tous.

DISTRIBUTION DE PRIX.

I.

ENFANTS, VENEZ LES RECEVOIR.

Air n° 47 ou 52.

Enfin il brille sur vos têtes,
Ce jour, l'objet de tant de vœux :
Enfants, vos couronnes sont prêtes ;
Accourez et soyez heureux.

Ces couronnes éblouissantes,
Prix si doux de vos longs travaux,
Venez de vos mains triomphantes
Les recueillir, jeunes héros.

Puis courez aux genoux d'un père
Les déposer avec bonheur,
Et les offrir à votre mère,
Qui vous pressera sur son cœur.

Mais avec une humble prière,
Enfants, offrez-les aujourd'hui
A l'Auteur de toute lumière :
Car vos succès viennent de lui.

Alors ces couronnes si belles
Seront le gage précieux
De ces couronnes immortelles
Que sa main vous prépare aux cieux.

II.

VENEZ LES OFFRIR A DIEU.

Air n° 77.

Jour du bonheur, jour de la gloire!
Le Seigneur a comblé nos vœux;
Et les lauriers de la victoire
Ont couronné nos fronts joyeux.

CHŒUR.

Dieu tout puissant, c'est toi qui donnes
Les lauriers si doux aux vainqueurs.
Reçois nos prix et nos couronnes;
Reçois, reçois aussi nos cœurs.

Ces couronnes étincelantes
Dont la victoire a ceint nos fronts,
Et ces palmes resplendissantes,
C'est à toi que nous les offrons.

A toi, Seigneur, toute la gloire!
Ta main nous a rendus vainqueurs:
A toi l'honneur et la victoire!
A toi notre amour et nos cœurs!

Ces fleurs, aujourd'hui si brillantes,
Bientôt elles vont se flétrir;
Mais nos âmes reconnaissantes
Ne cesseront de te bénir.

Toi, bénis-nous! rends-nous fidèles,
Et donne-nous ton saint amour,
Qui change en palmes immortelles
Ces pâles couronnes d'un jour.

III.

VENEZ LES OFFRIR A MARIE.

Air n° 22.

Enfants, à l'autel de Marie
Apportez ces brillantes fleurs ;
Donnez à la Mère chérie
Et vos couronnes et vos cœurs.

CHŒUR.

Vierge, à toi nos couronnes,
Nos cœurs et notre amour,
Puisque tu nous redonnes
Tout dans le ciel un jour !

SOLO.

Je vous rends vos couronnes
Et vos brillantes fleurs.
Mais vos cœurs sont mes trônes,
Et je garde vos cœurs.

Enfants, c'est à la bonne Mère
Que sont dus vos heureux succès :
Bénissez-la, sachez lui plaire,
Donnez-lui vos cœurs à jamais.

Le laurier cueilli sans Marie
Aveugle et mène à la douleur ;
Marie éclaire le génie,
Et sa main conduit au bonheur.

Aux chants de la reconnaissance
Joignez les serments de l'amour ;
Et, pour grandir dans la science,
A Marie allez sans retour.

DEUXIÈME PARTIE.

SUJETS DIVERS.

I.

EUCHARISTIE.

VISITES

AU SAINT-SACREMENT, MESSES, COMMUNION.

I.

Air n° 22.

Sous les voiles eucharistiques
Un Dieu cache sa majesté :
J'exalte en mes pieux cantiques
Le Dieu d'amour et de bonté.

15

CHŒUR.

Divine Eucharistie,
Mon amour, mon bonheur,
Jésus, ô pain de vie,
Vis toujours en mon cœur.

SOLO.

Comme le cœur s'enflamme
Auprès de toi, Jésus !
Je ressens dans mon âme
Les ardeurs des élus.

A tes pieds, ô Sauveur aimable,
J'aime à venir cent et cent fois
Recueillir ton sourire aimable,
Ecouter ta divine voix.

J'aime à venir baigner de larmes
Les degrés bénis de l'autel.
Jésus, quand j'admire tes charmes,
Je me crois admis dans le ciel.

Dans l'enchantement de l'ivresse
Et dans l'extase du bonheur,
Mon cœur brûlant redit sans cesse :
Amour, amour au Dieu Sauveur !

Mon Dieu, je t'aime sans mesure ;
Mon Dieu, je t'aime sans retour.
Oui, désormais, je te le jure,
Seigneur, à toi tout mon amour.

II.

Air n° 73.

Dans ton doux sanctuaire,
A tes pieds, chaque jour,
J'apporte ma prière,
O Dieu de mon amour.

CHŒUR.

O sainte Eucharistie,
Doux froment des élus,
Pain qui donnes la vie,
Viens, viens à moi, Jésus !

Quelles pures délices
Je puise dans ton cœur !
Je goûte les prémices
Du suprême bonheur.

J'ai vu ton doux sourire,
Puis-je en croire mes yeux ?
Dans mon pieux délire,
Il me semble être aux cieux.

Quelle vive allégresse
Lorsque tu viens à moi !
Mon cœur, en son ivresse,
Se perd, s'abîme en toi.

De ta chair adorable
Quand j'ai pu me nourrir,
D'amour, Sauveur aimable,
Oh ! puissé-je mourir !

Adieu, plaisirs, richesses !
Je n'aime que Jésus :
Son amour, ses caresses !
Je ne veux rien de plus.

III.

Air n° 15.

Vive Jésus ! Dans sa tendresse,
Jésus jusqu'à l'homme s'abaisse ;
Jésus habite parmi nous :
Oh ! qu'il est bon, oh ! qu'il est doux !

CHŒUR.

C'est notre Dieu, c'est notre Père :
Que tout l'adore et le révère.
C'est notre ami, notre Sauveur :
Oh ! donnons-lui tous notre cœur.
C'est notre Dieu, c'est notre Père :
Adressons-lui notre prière.
Divin Jésus, tendre Sauveur,
Règne à jamais dans notre cœur.

Vive Jésus ! Ami fidèle,
Il nous invite, il nous appelle,
Et nous reposons sur son cœur :
O condescendance ! ô bonheur !

Vive Jésus ! Pour nourriture,
Il se donne à sa créature :
Oh ! comment payer tant d'amour !
Tout à Jésus, et sans retour !

Vive Jésus ! Oh ! que notre âme
Soit devant lui toute de flamme.
Chantons, par son amour vaincus :
Vive Jésus ! vive Jésus !

IV.

Air nº 63.

Jésus nous appelle et nous presse :
« Venez, enfants de ma tendresse;
» Venez à moi, je vous attends. »
Oui, Seigneur, voici vos enfants.

« Venez à mes saints tabernacles,
» Où je prodigue les miracles
» Pour assurer votre bonheur. »
Nous voici, nous voici, Seigneur.

« Venez écouter ma parole :
» Ici j'instruis et je console;
» La porte des cieux est ici. »
Nous voici, Seigneur, nous voici.

« Venez, je suis le pain de vie :
» C'est moi, c'est moi qui rassasie
» Tous ceux qui souffrent de la faim.»
Seigneur, donnez-nous votre pain.

» Venez, vous que la soif tourmente:
» De ma source vivifiante
» Vous n'approcherez pas en vain. »
Seigneur, donnez-nous de ce vin.

« Venez, loin d'un monde profane,
» Savourer la céleste manne
» Qui donne l'immortalité. »
Nous voici, Dieu de charité.

« Venez, vous tous qui voulez vivre :
» Venez, que mon sang vous enivre,
» Que ma chair soit votre aliment. »
Oui, Seigneur, nous viendrons souvent.

« Venez à votre tendre Maître;
» Venez : c'est ici qu'on voit naître
» Les vierges, les saints, les élus. »
Donnez-vous à nous, ô Jésus.

COMMUNION.

I.

Air n° 58.

Dieu nous appelle en ce beau jour de fête :
Allons, rangés au festin du bonheur,
Manger le pain que l'amour nous apprête,
Et par l'amour nous unir au Sauveur.

CHŒUR.

O pain du Ciel, ô bien suprême,
O mon Jésus, ô mon Epoux,
Venez ! je crois, j'espère, j'aime;
Venez me consommer en vous.

Viens, ô Jésus, l'aliment de notre âme,
Viens, ô Jésus, l'amour de notre cœur !
Te posséder et brûler de ta flamme,
C'est l'avant-goût de l'éternel bonheur.

II.

Air n° 26.

Je te salue, auguste tabernacle,
Où Dieu pour moi réside nuit et jour;
Ivre de joie, en ce nouveau Cénacle,
Mon cœur soupire après le pain d'amour.

CHŒUR.

O Dieu caché dans cette hostie,
Mon seul amour, mon seul bonheur,
Manne du ciel, vrai pain de vie,
Viens, doux Jésus, viens dans mon cœur.

Ah! loin de toi, divine Eucharistie,
Mon cœur s'abat, défaillant de langueur;
C'est en toi seul qu'il peut trouver la vie :
Viens lui donner la vie et le bonheur.

Au saint banquet j'accours avec délices:
J'ai toujours faim de ce pain immortel.
Mais quand j'ai bu dans l'enivrant calice,
Je suis ravi, je me crois dans le ciel.

Divine hostie, aliment salutaire,
Je trouve en toi le suprême bonheur.
Que veux-je au ciel, que veux-je sur la terre,
Si ce n'est toi, toi, le Dieu de mon cœur?

Viens, ô Jésus, ma joie et mes délices!
Te posséder, voilà mon seul désir...
Du paradis je goûte les prémices :
Voici Jésus, ô paix! ô doux plaisir!...

Voici Jésus, l'objet de ma tendresse;
Voici Jésus, mon Epoux, mon Sauveur;
Il est à moi! quel charme, quelle ivresse!
Il est à moi! quel trésor, quel bonheur!

Règne à jamais en maître dans mon âme;
Vis seul en moi, que je ne vive plus;
Mais que mon cœur, consumé de ta flamme,
Meure d'amour sur le tien, ô Jésus.

III.

Air n° 19.

Jésus veut me nourrir de sa chair adorable,
Jésus veut m'abreuver de son sang précieux.
O prodige d'amour, ô mystère ineffable!
Voici l'Agneau divin, voici le Pain des cieux!

CHŒUR.

Je me sens consumé d'une divine flamme;
Le voici, le torrent des voluptés des cieux!
Oh! comment contenir les transports de mon âme?
Répondez, anges saints : êtes-vous plus heureux?

Une goutte, puisée au fond du saint calice,
A de joie et d'amour inondé tout mon cœur.
Boire le sang d'un Dieu, quel enivrant délice!
Manger le pain du ciel, quel suprême bonheur!

Que puis-je désirer au ciel et sur la terre?
Je possède mon Dieu : que voudrais-je de plus?
Ah! laissez-moi goûter durant ma vie entière
Cette indicible paix qui n'est qu'en mon Jésus.

Vous vous donnez à moi, Jésus, bonté suprême !
Que peut mon pauvre cœur vous donner en retour?...
Vous seul, vous seul, mon Dieu, pour vous payer vous-même,
Avez assez de biens, avez assez d'amour.

O Jésus, mon trésor, ma douceur et ma vie,
Jésus, mon tout, restez dans mon cœur à jamais.
Maître si bon, si doux, dans mon âme ravie
Régnez par votre amour, régnez par vos bienfaits.

IV.

Air nº 28.

CHŒUR.

O salutaire hostie !
Ma force et mon secours,
O Jésus, pain de vie,
Demeure en moi toujours.

Quelle vive allégresse
Quand tu descends en moi !
Quelle céleste ivresse
Quand je me sens en toi !

C'est alors que mon âme
Apprend tes doux secrets,
Et qu'elle te proclame
Son maître pour jamais.

Je cours à la patrie,
Disant au reste adieu ;
Et je cache ma vie
En toi seul, ô mon Dieu.

Toi, me montrant la route,
Tu soutiens tous mes pas;
Et rien, rien ne me coûte :
Car ton bras est mon bras.

Quand mon cœur te possède,
Il ne me manque rien,
O Jésus, mon remède,
O Jésus, tout mon bien.

Reste, ô Dieu de tendresse,
Mon appui, mon bonheur,
Mon trésor, ma richesse,
Reste, reste en mon cœur.

Reste, ô Sauveur aimable,
Ou reviens chaque jour...
Vivre à ta sainte table!
Ou bien mourir d'amour!

V.

Air n° 20.

Jésus, Agneau de Dieu, victime salutaire,
De ta chair, de ton sang que j'aime à me nourrir!
Dans cet asile saint, loin des bruits de la terre,
A toi, mon Dieu, mon tout, que j'aime à revenir!

CHŒUR.

Divine hostie,
O pain consolateur,
O manne du bonheur,
Divine hostie,
Viens, rassasie,
Et console mon cœur.

O pain délicieux, ô céleste breuvage,
Quel pouvoir surhumain mon âme puise en vous !
Je languis si je passe un des jours du voyage
Sans me nourrir de toi, mon Jésus, mon époux !

Rends-moi, rends-moi plus saint, ô Sauveur plein de charmes ;
Captive par l'amour, enchaîne sous ta loi
Cet enfant qui soupire et te dit avec larmes :
« Chaque jour, ô mon Dieu, viens, viens t'unir à moi ! »

A ce rare bonheur si je ne puis prétendre,
Du moins, du moins, Seigneur, augmente mon amour.
Au monde désormais cessant de redescendre,
Que mon cœur en toi seul s'absorbe chaque jour.

ÉLÉVATION, BÉNÉDICTION.

I.

Air n° 76.

O céleste merveille ! ô prodige ineffable !
Le Fils du Roi des rois est présent en ce lieu.
Soulevant par la foi ce voile impénétrable,
Chrétiens, prosternons-nous pour adorer un Dieu.

SOLO.

Je te salue, ô pain eucharistique,
Manne du ciel, aliment des élus !
O Dieu caché sous ce voile mystique,
Je te bénis mille fois, mon Jésus.

CHŒUR.

De ce trône d'amour, d'où la grâce ruisselle,
Laisse tomber sur nous tes célestes bienfaits :
Sur le cœur du pécheur, sur l'âme du fidèle
Fais pleuvoir le pardon, fais descendre la paix.

O moment précieux ! Jésus, prêtre et victime,
Va s'immoler encor pour apaiser le Ciel :
Son sang, le sang d'un Dieu, pour effacer le crime
Et sauver les pécheurs, coule à flots sur l'autel.

Heureux qui sent tomber sur son âme embrasée
Quelques gouttes du sang qui ruisselle en ces lieux !
Comme un sol que féconde une douce rosée,
Il portera des fruits que béniront les cieux.

Oh ! qu'il est doux pour moi, le divin sacrifice !
Quoi ! je me suis nourri du froment des élus,
Et ma lèvre pieuse a bu le saint calice !
Jésus est tout en moi, je suis tout en Jésus.

II.

Air n° 25.

Heureux témoins du sacrifice auguste,
Recueillons-en les fruits pleins de douceur ;
Et plongeons-nous dans le sang que le Juste
Répand ici pour laver le pécheur.

SOLO.

Tressaillez d'amour et de crainte :
Dieu va paraître ; le voici !
Amour à la victime sainte,
Que son amour appelle ici !

CHŒUR.

Amour, honneur, gloire et louanges
Au Dieu présent sur cet autel !
Unissons-nous aux chœurs des anges
Pour adorer le Roi du ciel.

Amour, amour à l'aimable Victime
Qui , descendant de son trône aujourd'hui ,
S'immole encor pour effacer le crime !...
Immolons-nous et mourons avec lui.

III.

Air nº 23 ou 24.

Victime du salut, vous qui donnez la vie,
Vous qui donnez le ciel, bénissez vos enfants !
D'ennemis acharnés notre âme est assaillie ;
Combattez avec nous , rendez-nous triomphants.

Gloire à vous, bon Pasteur, dont la chair adorable
Est le doux aliment de notre infirmité !
Au Père, au Saint-Esprit gloire toute semblable,
Maintenant, à jamais, pendant l'éternité !

IV.

Air nº 68.

Courbez vos fronts , peuple fidèle,
Tombez aux pieds du Roi des cieux ;
Du haut de sa gloire immortelle
L'amour l'a conduit en ces lieux.
Chrétiens , par un juste retour,
Apportez-lui tout votre amour.

O doux Jésus, ô tendre Père,
Dieu vivant immolé pour nous,
Recevez l'hommage sincère
D'un cœur qui veut n'être qu'à vous.
Daignez, dans ce moment heureux,
Nous embraser de tous vos feux.

Vous qui donnez la paix au monde,
Donnez la paix à vos enfants.
Autour d'eux la tempête gronde :
Affermissez leurs cœurs tremblants ;
Paraissez, tout puissant Jésus,
Et les enfers seront vaincus.

C'est vous, ô salutaire hostie,
C'est vous qui nous ouvrez les cieux.
O ciel, ô ma douce patrie,
Quand réjouiras-tu mes yeux ?
Hâtez le jour de mon bonheur,
Brisez mes fers, Dieu de mon cœur.

V.

Air n° 57.

Peuple chrétien, voici, voici ton Père
Qui vient bénir ses enfants en ce jour.
Offre à ton Dieu l'encens de la prière ;
Verse à ses pieds les parfums de l'amour...

Comme nos cœurs brûlaient en sa présence !
Du paradis nous goûtions le bonheur.
Chargés des dons de sa magnificence,
N'oublions plus d'aimer ce doux Sauveur.

VI.

Air n° 3.

Réunissez vos voix , ô peuples de la terre ,
Et louez le Seigneur tous ensemble en ce jour.
Réunissez vos cœurs , et que la terre entière
Fasse monter vers lui les hymnes de l'amour.

CHŒUR.

Adorons , caché dans l'hostie
Le Dieu d'amour , le Dieu de paix.
Que notre cœur brûlant s'écrie :
Gloire à Jésus, gloire à jamais !

Il est bon , le Seigneur, et sa miséricorde
Par de nouveaux bienfaits vient d'éclater sur nous.
Il est toujours fidèle , et ce qu'il nous accorde
Est des biens éternels le gage le plus doux.

VII.

Air n° 62.

Sauveur aimable ,
Que nous adorons sur l'autel ,
Maître adorable ,
O Dieu du ciel ,
Sur ce peuple à genoux et courbé vers la terre
Répands tes bénédictions.
Viens , régénère
Tous ces cœurs, nous t'en supplions ;
Viens, ô bon Père ,
Nous t'attendons.

Dans sa tendresse
Le Dieu Sauveur nous a bénis :
O douce ivresse
Du Paradis !
Seigneur, accrois en nous tes grâces immortelles ;
Seigneur, ah ! triomphe en ce jour
Des cœurs rebelles.
Pour nous, nous t'offrons sans retour,
Enfants fidèles ,
Tout notre amour.

VIII.

Air nº 5.

Nous t'implorons, courbés au sanctuaire ;
Nous attendons tes dons et tes faveurs.
Divin Jésus , doux Sauveur, tendre Père ,
Fais ruisseler la grâce dans nos cœurs.

SOLO.

Je te révère et je t'adore ,
Le front incliné devant toi ;
Je te bénis et je t'implore :
Toi, mon Jésus , oh ! bénis-moi.

CHŒUR.

Benis, bénis tout ce peuple fidèle,
Priant , pleurant d'amour et de bonheur ;
Répands sur lui de ta main paternelle
Tous les trésors que renferme ton cœur.

Divin Sauveur, nous avons vu tes charmes
Et recueilli tes bienfaits précieux ;
Nos yeux ravis sont encor pleins de larmes...
Quand irons-nous te contempler aux cieux ?

II.

APPEL A LA JEUNESSE.

—o·o꞉o꞉o꞉o·o—

BONHEUR DE LA VERTU.

I.

VENEZ A DIEU, CHÈRE JEUNESSE.

Air n° 47.

Venez à Dieu, chère jeunesse ;
Venez lui consacrer vos cœurs.
Votre âge excite sa tendresse,
Votre âge appelle ses faveurs.

O petits anges de la terre,
Vous dont l'âme est si pure encor,
Venez au sein du divin Père
Cacher votre riche trésor.

Venez reposer sous son aile,
Vous y passerez d'heureux jours.
Comme l'ami le plus fidèle,
Il vous protégera toujours.

Venez consacrer votre vie
Aux saintes œuvres de la foi,
Vous élancer vers la patrie
Par l'heureux sentier de la loi.

Venez à Dieu! La fleur si belle
Qui brille dans vos jeunes cœurs,
A sa beauté toujours nouvelle
Joindra des fruits pleins de douceur.

II.

ENFANTS, VENEZ A VOTRE PÈRE.

Air nº 44 ou 50.

Enfants, venez à votre Père,
Venez, jetez-vous dans mes bras.
A mon amour, à ma prière,
Enfants, ah ! ne résistez pas.

REFRAIN.

Seigneur, Seigneur, tu nous appelles :
Nous venons, à ta douce voix,
Chercher un abri sous tes ailes
Et vivre sous tes saintes lois.

Je suis le Dieu de la jeunesse,
Et de vos cœurs je suis jaloux :
Venez, quand mon amour vous presse ;
Car l'avenir n'est point à vous.

Que votre âme innocente et pure
Ne brûle que du feu divin.
Que sert d'aimer la créature
Qu'il faut quitter un jour... demain ?

Eh quoi! vous aimeriez le monde!..
Le monde! il mène à la douleur.
Moi, je donne une paix profonde,
Je donne un éternel bonheur.

Enfants, j'appelle, je caresse,
Et j'aime pour pouvoir sauver.
Heureux qui comprend ma tendresse
Et qui se laisse captiver!

Voulez-vous le riche héritage
Que vous réserve mon amour?
Enfants, aimez-moi sans partage,
Enfants, aimez-moi sans retour.

Si vous m'aimez, pendant la vie
Vous reposerez sur mon cœur ;
Et puis, dans l'heureuse patrie,
Vous partagerez mon bonheur.

III.

HEUREUSE LA JEUNESSE QUI SE DONNE AU SEIGNEUR.

Air n° 38.

Heureuse est la jeunesse
Qui se donne au Seigneur,
Qui vit dans la sagesse
Et brûle de ferveur !
Pour elle que de charmes
A prier au saint lieu,
A répandre des larmes
Sous le regard de Dieu !

Elle marche avec zèle
Dans la route des cieux,
Et voit tomber sur elle
Mille dons précieux.
Le Seigneur l'encourage,
L'inonde de bonheur ;
Et le bruit de l'orage
Ne trouble point son cœur.

L'arbrisseau du rivage,
Que fécondent les eaux,
Se charge de feuillage,
De fruits toujours nouveaux.
La jeunesse fidèle
Trouve en Dieu chaque jour
Une grâce nouvelle,
Un plus ardent amour.

IV.

FUYEZ LE MONDE, O FRAGILE JEUNESSE!

Air n° 43.

J'entrais à peine au chemin de la vie :
Courant au gré de ses bouillants désirs,
Mon faible cœur, ô malheur, ô folie !
Se laissa prendre à l'appât des plaisirs.

REFRAIN.

Fuyez le monde, ô fragile jeunesse :
Son souffle impur souillerait votre cœur.
N'écoutez point sa voix enchanteresse,
Ne goûtez pas son perfide bonheur.

Je méconnus la loi de mon doux Maître,
Je m'éloignai d'un Père plein d'amour :
Pourquoi? pour suivre un séducteur, un traître,
Qui n'aspirait qu'à m'étouffer un jour.

O souvenir toujours plein d'amertume !
Loin de Jésus, quels tourments j'endurais !
Mais son amour aujourd'hui me consume :
J'ai retrouvé le bonheur et la paix.

Monde pervers, malheur à qui se fonde
Sur tes faux biens, sur ton éclat trompeur !
Le vrai bonheur, la paix la plus profonde,
Sont réservés aux amis du Seigneur.

Que de douceurs je trouve à son service !
Quel doux repos je goûte sur son sein !...
Et je perdrais, en retournant au vice,
Ce calme pur, ce bonheur tout divin !

Non, je suivrai les lois de la sagesse :
Pécher encor, plutôt cent fois mourir !
Quand Dieu me traite avec tant de tendresse,
Je dois l'aimer jusqu'au dernier soupir.

V.

ADIEU, MONDE PERFIDE !

Air n° 51.

Je me disais : « Des jours de ma jeunesse
» Il faut savoir profiter et jouir :
» Jouissons donc, puisque Dieu veut qu'on naisse
» Pour le bonheur !... demain tout va finir. »

J'ai cru trouver la vie
Dans les bras du plaisir ;
L'ombre que j'ai saisie,
Hélas ! m'a fait mourir.

La voix de Dieu soudain se fit entendre :
« Pourquoi, mon fils, m'outrages-tu toujours?
» Pourquoi, mon fils, tardes-tu de te rendre?
» M'oublîrais-tu jusqu'à tes derniers jours! »
    Oh ! quelle est sa tendresse!
    Je le sens aujourd'hui :
    Il me crie, il me presse
    De revenir à lui.

Je le fuyais ; puis à la créature
J'allais offrir un encens criminel ;
Et j'abusais des dons de la nature
Pour outrager le Roi puissant du ciel.
    Dieu, qui voyait mes crimes,
    Suspendait son courroux,
    Et sur d'autres victimes
    Tombaient ses rudes coups.

Enfant perfide, oui, j'ai trahi mon Père;
Oui, j'ai cent fois outragé son amour.
Mais, par l'amour m'efforçant de lui plaire,
Je me consacre à mon Dieu sans retour.
    Adieu, monde perfide!
    Je me donne à Jésus.
    O mon Dieu, sois mon guide
    Au chemin des vertus.

Je reconnais mon aveugle folie ;
Je pleure ici mes longs égarements.
Grâce, Seigneur, grâce, je t'en supplie !
Je t'aimerai jusqu'à mes derniers ans.

J'ai péché, mais j'espère :
Tu fus toujours si bon !
Quand on implore un père
On est sûr du pardon.

VI.

JE REVIENS A JÉSUS.

Air n° 51.

Il fut un temps où j'aimais la sagesse ;
J'étais heureux en servant le Seigneur ;
Je jouissais des dons de sa tendresse,
Je reposais doucement sur son cœur.
    Oh que douce est la vie
    A qui sert bien son Dieu !
    Son Dieu le rassasie ;
    Au reste il dit adieu.

Je ne craignais ni Satan ni sa rage :
Le Dieu Sauveur accompagnait mes pas.
Avec amour, dès que grondait l'orage,
Pour m'abriter Jésus m'ouvrait ses bras.
    Dans cet heureux asile
    Quel ravissant repos !
    Mon cœur pur et tranquille
    Oubliait tous ses maux.

Près des autels je vivais solitaire ;
Tous mes moments étaient délicieux.
Me dégageant des faux biens de la terre,
Je m'élançais à grands pas vers les cieux.
    Enivré d'espérance,
    Auprès de mon Jésus
    Je goûtais par avance
    Le bonheur des élus.

Beaux jours, beaux jours, oh ! revenez encore,
Oui, revenez pour consoler mon cœur.
Je vous attends, je dis à chaque aurore :
Le jour qui naît, est-ce un jour de bonheur ?...
> Le Ciel, à ma prière,
> Me rend tous ses bienfaits.
> Dans tes bras, ô mon Père,
> J'ai retrouvé la paix.

« Enfant, dis-tu, je te rends l'innocence ;
» Garde-la bien, tes jours seront heureux.
» Ai-je jamais trompé ton espérance ?
» M'aimer, mon fils, c'est l'avant-goût des cieux. »
> O mon Dieu, je le jure,
> Je vivrai sous ta loi.
> Mon âme toujours pure
> Sera toujours à toi.

VII.

NOUS SERONS A DIEU.

Air n° 29.

Au printemps de notre âge
Donnons-nous au Seigneur.
Celui qui le sert nage
Au sein du vrai bonheur ;
Dans la sainte milice
Tout est joie et délice,
Tout est paix et douceur.

REFRAIN.

Chantez, sainte jeunesse :
Oui, nous serons à Dieu !
Que ce cri d'allégresse
Et d'amoureuse ivresse
Retentisse en tout lieu :
Oui, nous serons à Dieu !

Quand il nous donna l'être
Il nous créa pour lui.
Qu'il soit notre seul maître
Et notre seul appui.
A lui toute notre âme,
Et nos cœurs et leur flamme!
A lui tout aujourd'hui!

A l'ombre de son aile
Doucement abrité,
L'enfant vraiment fidèle
Repose en sûreté.
Le bien remplit sa vie;
Le bien le rassasie
Pendant l'éternité.

VIII.

JE T'AI DONNÉ MON CŒUR.

Air nº 38.

O Dieu plein de clémence,
O Roi plein de douceur,
Dès ma première enfance,
Je t'ai donné mon cœur.
Etre à toi, tendre Père,
Oh quel heureux destin!
Puisse ma vie entière
S'écouler sur ton sein!

Dès que je pus connaître
Les charmes de l'amour,
Je jurai, divin Maître,
De t'aimer sans retour.

Enivré de ta flamme,
Consumé de tes feux,
Je goûte dans mon âme
Tout le bonheur des cieux.

Je t'ai pris pour partage,
J'ai tout quitté pour toi ;
Jusqu'à mon dernier âge,
Je vivrai sous ta loi.
J'ai choisi pour demeure
Ton temple, ton autel ;
J'y bénis à toute heure
Ton nom, ô Dieu du ciel.

La nuit quand je sommeille,
Tu veilles près de moi ;
Dès que je me réveille,
Mon cœur vole vers toi.
Je t'offre ma prière ;
Tu combles tous mes vœux.
Plus je fais pour te plaire,
Plus tu me rends heureux.

Quand, rugissant de rage,
Satan vient m'assaillir :
« Enfant, dis-tu, courage !
» Je vais te secourir. »
Sûr de ton assistance,
Je brave sa fureur ;
La grâce et l'innocence
Triomphent dans mon cœur.

Pendant toute ma vie
Tu me protégeras ;
Un jour dans la patrie
Tu me transporteras :

Placé près de ton trône
Dans cet heureux séjour,
Je devrai ma couronne,
Seigneur, à ton amour.

IX.

JE SERAI TON ENFANT.

Air n° 50.

Seigneur, accepte mon hommage :
Je te consacre tous mes jours.
Pour être heureux, pour être sage,
Je veux t'aimer, t'aimer toujours.

CHŒUR.

Seigneur, tu veux être mon Père ;
Oh ! moi, je serai ton enfant.
Toujours je vivrai pour te plaire ;
Mon Dieu, j'en fais l'heureux serment.

Jamais, jamais tu ne m'oublies :
Moi, malheureux, je t'oublirais !
Oh ! non, si j'avais mille vies,
Pour toi je les sacrifîrais.

Seigneur, à tes pieds je le jure,
Je veux toujours t'appartenir.
Si je devais être parjure,
Mon Dieu, fais-moi plutôt mourir !

Couvert d'un rayon de ta gloire,
Riche des œuvres de la foi,
Sur les ailes de la victoire,
Qu'un jour je m'envole vers toi,

X.

BONHEUR DE L'AME INNOCENTE.

Air nº 47.

Qu'heureuse est une âme innocente,
Que ses jours sont délicieux !
Qu'elle est belle et resplendissante,
Cette riche perle des cieux !

Blanche colombe, une souillure
La fait enfuir pleine d'horreur.
Fleur toujours fraîche, toujours pure,
Rien n'égale sa douce odeur.

C'est un lis du divin parterre,
Ici-bas transplanté des cieux ;
C'est un ange habitant la terre,
Un ange étonnant tous les yeux.

Tout le ciel s'incline et l'admire ;
Le monde, admirant à son tour,
Voit céder à son doux empire
Plus d'un cœur vaincu sans retour.

Dieu la voit avec complaisance ;
Avec bonheur il lui sourit,
Et dans un amoureux silence,
Entre toutes il la bénit.

Son œil jaloux veille sur elle ;
Sa main dirige tous ses pas ;
Et quand elle souffre ou chancelle,
Bon père, il la porte en ses bras.

Sur elle avec sollicitude
Il verse tous les dons du ciel :
Dans une sainte plénitude
Elle marche au trône éternel.

Et pendant qu'elle suit ces voies,
Quelles délices dans son cœur !
Dieu seul pourrait dire ses joies
Et l'ivresse de son bonheur.

Elle goûte une paix parfaite,
Brûlant déjà du divin feu ;
Tous ses jours sont des jours de fête :
Car tous ses jours sont à son Dieu.

Un jour son amour la consume :
O mort ! ô sommeil le plus doux !
Point de douleur, point d'amertume :
Elle remonte vers l'Epoux.

XI.

BONHEUR DE L'AME FERVENTE.

Air n° 52.

Bienheureuse l'âme fidèle,
Qui, prenant le joug du Seigneur,
Court où sa douce voix l'appelle,
Dans tout l'élan de la ferveur !

Pleine de la sainte espérance
Qui rayonne au front des élus,
Comme un géant elle s'élance
Dans la carrière des vertus.

En vain le monde la caresse
Et lui sourit pour l'asservir :
Toute sa joie et sa richesse
Sont en vous, Dieu de l'avenir.

Au ciel arrêtant sa pensée,
Elle passe tranquillement
A travers la foule insensée
Qu'enivrent des biens d'un moment.

En vain l'enfer se multiplie
Pour la vaincre ou la ralentir :
A son Dieu toujours plus unie,
Pourrait-elle se démentir ?

Son Dieu l'encourage, la guide,
En la soutenant de son bras,
Et rend sa course plus rapide
Au sein de ces rudes combats.

Qui pourrait compter ses justices ?
C'est l'arbre planté près des eaux :
En tout temps des fruits de délices
Couvrent ses fertiles rameaux.

Vos doux parfums, âme fidèle,
Attirent à vous plus d'un cœur ;
Et que de fois le plus rebelle
Deviendra votre imitateur !

Ainsi ses mérites grandissent ;
Ainsi Dieu bénit son amour ;
Il l'aime, et ses mains l'enrichissent
De nouveaux bienfaits chaque jour.

Elle, aux sentiers de la sagesse,
Elle a trouvé le vrai bonheur ;
Elle puise une sainte ivresse
Au cœur de son tendre Sauveur.

Que sera-ce à l'heure dernière,
Quand Dieu, la berçant pour la mort,
Viendra l'inonder de lumière
Et lui faire entrevoir le port?

Que sera-ce dans la patrie,
Quand elle se réveillera
Au sein de la gloire infinie?...
Chrétiens, chrétiens, imitez-la.

XII.

BONHEUR DE LA VIERGE PURE.

Air n° 52.

Oh! qu'heureuse est la vierge pure
Qui brûle du divin amour,
Qui foule au pied la créature
Et se donne à Dieu sans retour!

Elle est belle comme les anges,
Elle est pure comme les cieux.
L'Epoux savoure ses louanges
Et sourit à ses chants pieux.

Son cœur innocent ne respire
Que l'air des cieux tout embaumé;
Morte au monde, elle ne soupire
Qu'après Jésus, son bienaimé.

La voyez-vous priant au temple
Ou recevant le pain des cieux?
Le chérubin, qui la contemple,
Est-il plus saint, ou plus heureux?

Plus elle fait de sacrifices
Pour être agréable au Seigneur,
Plus le Seigneur de ses délices
Inonde à chaque instant son cœur.

Peut-être elle répand des larmes...
Ce sont les larmes du bonheur :
De l'Epoux elle a vu les charmes,
Du Ciel elle a vu la splendeur.

Elle traverse ainsi la vie,
Riche en bonheur, riche en vertus ;
Et la mort, caressante amie,
L'endort doucement en Jésus.

La voix du Bienaimé l'appelle :
« Colombe pure, lève-toi!
» Lève-toi, colombe fidèle !
» De ces déserts monte vers moi. »

Et, s'élançant du divin trône,
A l'Epouse tendant la main,
L'ornant de la blanche couronne,
Il l'introduit à son festin.

Glorieuse, resplendissante,
Suivant l'Agneau saint en tous lieux,
Avec les vierges elle chante
Le plus beau cantique des cieux.

III.

MISSIONS, RETRAITES, ETC.

———•◇•———

APPEL AU PÉCHEUR.

MOTIFS DE CONVERSION:

I.

DIEU VOUS APPELLE.

Air n° 47.

Venez, chrétiens : Dieu vous appelle ;
Cédez au cri de son amour ;
Venez, transportés d'un saint zèle,
Vous donner à lui sans retour.

Venez : sa divine parole
Retentit pour vous aujourd'hui ;
Elle guérit, elle console ;
Venez : tout est paix avec lui.

Venez méditer la loi sainte
D'un Dieu trop longtemps ignoré ;
Venez d'une foi presque éteinte
Rallumer le flambeau sacré.

Celui qui vous parle est un Père,
Un Père qui veut vous bénir.
Son œil a vu votre misère,
Et son cœur n'attend qu'un soupir.

Aux avances de sa tendresse
Que vos cœurs ne résistent pas :
Pécheurs, sa charité vous presse;
Pécheurs, jetez-vous dans ses bras.

Il en est temps, brisez vos chaînes;
Et venez, aux pieds du Sauveur,
Tarir la source de vos peines,
Et boire aux sources du bonheur.

Venez, venez, pleins d'espérance,
Pleurer devant son saint autel :
Vos pleurs vous rendront l'innocence,
Vos pleurs vous rouvriront le ciel.

II.

PÉCHEURS, OH! NE VOUS PERDEZ PAS.

Air nº 34.

Heureux celui qui, détestant son crime,
Offre au Très-Haut le tribut de ses pleurs !
Fléchi, joyeux, Dieu l'arrache à l'abîme,
Lui rend le ciel, l'inonde de faveurs.

REFRAIN.

Entendez-vous cette voix qui vous crie:
« Pécheurs, pécheurs, oh ! ne vous perdez pas !
» Venez, venez à la source de vie ;
» Enfants blessés, jetez-vous dans mes bras. »

Oh ! dites-moi, dans les sentiers du vice
Fut-il pour vous un instant de bonheur?
Non : le péché porte en lui son supplice;
Non : loin de Dieu, tout déchire le cœur.

Pourquoi, traînant une accablante chaîne,
Marcher toujours hors des sentiers du ciel?
Encore un pas, votre perte est certaine;
Vous tomberiez dans l'abîme éternel.

Sortez, sortez de l'affreux esclavage
Où vous retient un ennemi cruel.
Dieu vous promet un si bel héritage!
Efforcez-vous de conquérir le ciel.

Depuis longtemps Dieu daigne vous attendre;
Il vous appelle et la nuit et le jour;
Et vous pourriez différer de vous rendre !
Non, son amour réclame votre amour.

Un seul soupir appelle sa clémence;
Par une larme on fléchit son courroux;
Un cri d'amour redonne l'innocence :
Est-il pardon plus facile et plus doux?

Venez à Dieu! son cœur vous aime encore;
Avec tendresse il vous accueillera.
Serait-il sourd à la voix qui l'implore?
Venez sans crainte, il vous pardonnera.

Venez à Dieu! c'est toujours le bon Père
Qui compatit aux maux de ses enfants.
A-t-il jamais rejeté la prière
Et les soupirs des pécheurs pénitents?

Venez, venez, et voyez sa tendresse;
Contre son sein Jésus vous pressera,
Et de son cœur le torrent de l'ivresse
A flots pressés dans vos cœurs descendra.

III.

DIEU SEUL.

Air n° 67.

Où courez-vous dans votre ivresse ?
Pécheurs, voulez-vous donc périr ?
Malheur à qui fuit la sagesse !
Heureux qui sait y revenir !
Dieu daigne, en ce temps salutaire,
Vous appeler encore à lui :
Pécheurs, écoutez aujourd'hui
La voix amoureuse d'un Père.

LE CHŒUR.

Allons, enfants du Ciel, revenez au Seigneur :
Dieu seul, toujours Dieu seul doit vivre en votre cœur.

LE PEUPLE.

Dieu seul, toujours Dieu seul vivra dans notre cœur.

Quel est ce hideux esclavage ?
Il est temps de vous affranchir.
Chrétiens, armez-vous de courage ;
Le ciel, il faut le ressaisir...
Sous ces voûtes, pécheur rebelle,
Vois-tu la croix de ton Sauveur ?
Du haut de ce lit de douleur,
Son amour au ciel te rappelle.

Le temps s'enfuit, la mort s'avance,
J'entends gronder l'éternité :
Hâtez-vous ! le Seigneur s'élance,
Et malheur à l'iniquité !

Brisez vos fers, sortez du vice,
Du ciel reprenez le chemin :
Qui sait s'il sera temps demain
De pleurer sur votre malice ?

Sur les pas de l'homme coupable
Pourquoi poursuivre le bonheur ?
Ce monde vil et périssable
Peut-il suffire à votre cœur ?
Que ce grand cœur soit plus avide ;
Levez vos regards vers le ciel :
Le ciel ! c'est là que l'Eternel
Vous promet un bonheur solide.

En voulant embrasser une ombre,
Hélas ! vous vous êtes perdus ;
Vos péchés, vos maux sont sans nombre ;
Où sont vos biens et vos vertus ?
Les dons de Dieu, le temps, la grâce,
La paix, le bonheur, tout a fui ;
Et si vous mouriez aujourd'hui,
Où prendriez-vous votre place ?...

Voyez, voyez commme ils vous traitent,
Vos superbes dominateurs !
Quel avenir ils vous apprêtent !
Non ! il faut finir ces malheurs.
Prodigues, vous avez un Père
Qui vous attend avec amour :
Ah ! venez, venez en ce jour
Lui confier votre misère.

Ce Dieu, c'est un Dieu qui vous aime,
C'est Jésus qui vous tend les bras.
Pour vous il s'est fait anathème ;
Allez à lui, ne craignez pas...

Et puis ouvrez-vous à Marie,
Dans son cœur répandez vos cœurs :
Elle est le salut des pécheurs ;
Son amour vous rendra la vie...

Priez pour nous, ô bonne Mère !
Et vous, Jésus, pardonnez-nous ;
Nous revenons, aimable Père,
Nous donner pour toujours à vous.
Recevez-nous, Dieu de clémence ;
Seigneur, ne nous repoussez pas ;
Soyez jusqu'à notre trépas
Notre joie et notre espérance.

IV.

DÉLAI DE LA CONVERSION.

Air n° 41.

Pécheur, dans la route du vice
Tu perds indignement les cieux :
Voici, voici le temps propice ;
Du moins ouvre aujourd'hui les yeux.

REFRAIN.

Pécheur, pécheur, ton Dieu t'appelle :
  Reprends sa douce loi !
Tu cours à la mort éternelle :
  Arrête, et sauve-toi !

Qu'as-tu fait de ton innocence,
De ta paix et de ton bonheur ?
Hélas ! le remords, la souffrance,
Ont fait un enfer de ton cœur.

Compte les jours, compte les grâces
Dont Dieu t'avait favorisé :
Temps, grâces, promesses, menaces,
Le prodigue a tout épuisé !

Combien de péchés et de crimes
Ont enfantés tes passions !
Combien as-tu fait de victimes
Par tes abominations ?

Dieu parlait, et d'autres offenses
Étaient le prix de son amour...
Pécheur, ah ! que tes résistances
Finissent au moins en ce jour !

Prends garde ! la miséricorde
Fait place à la sévérité :
Plus Dieu t'attend, plus Dieu t'accorde,
Plus il a droit d'être irrité.

Que ferais-tu si sa justice
Venait te frapper aujourd'hui ?...
Est-ce pour le rendre propice
Que tu t'obstines contre lui ?

Différer, quelle frénésie,
Quand un jour, une heure, un moment,
Peuvent décider de ta vie,
Et te perdre éternellement !

« Plus tard, je suivrai la sagesse...»
Plus tard !... mais tu l'as dit cent fois !
Et quels fruits suivaient tes promesses ?
T'es-tu changé ? non, tu le vois...

S'il t'en coûte aujourd'hui, la peine
Plus tard doit-elle moins peser ?
Est-ce en doublant ta lourde chaîne
Que tu pourras mieux la briser ?

Dis-moi, demain voudras-tu faire
Ce qu'aujourd'hui tu ne veux pas?
Veut-on vraiment quand on diffère?
Non, et demain tu remettras.

Demain! qui t'en a fait le maître?
Es-tu sûr de vivre demain?
Demain! et cette nuit, peut-être,
Dieu va t'écraser de sa main.

Ah! penses-y! tu n'as qu'une âme;
Ne la perds pas, pauvre pécheur!
N'attends pas l'éternelle flamme;
Pense au ciel, et guéris ton cœur.

V.

PRIX DU TEMPS.

Air n° 42.

Les flots du torrent en furie
S'en vont et ne reviennent pas.
Ainsi s'écoule notre vie;
Chaque heure nous pousse au trépas.

REFRAIN.

O malheur des enfants des hommes!
Sur l'avenir fermant les yeux,
Du monde on poursuit les fantômes,
Et l'on perd à jamais les cieux!

La vie est courte et passagère,
La mort vient, le temps va finir;
Mais notre âme, au monde étrangère,
Notre âme ne peut pas mourir.

Après l'humiliant naufrage
Où s'engloutit l'homme mortel,
Voyez sur cet autre rivage
Reparaître l'homme immortel !

Là le juste s'immortalise
Pour la joie et pour le bonheur ;
Là le coupable s'éternise
Pour la peine et pour la douleur.

O mystères impénétrables !
Le temps, rapide et limité,
A des suites toujours durables,
Et fixe notre éternité !

Oui, c'est cette vie éphémère
Qui, selon l'emploi criminel
Ou l'emploi saint qu'on vient d'en faire,
Ouvre à tous l'enfer ou le ciel.

Ainsi comprise, oh ! que la vie
Est un bien riche et précieux !
Elle est la clé de la patrie
Et le vestibule des cieux.

De mes jours fais-je un bon usage ?
A quoi m'a servi le passé ?
Aujourd'hui du moins suis-je sage ?
Ai-je seulement commencé ?...

Mon Dieu, l'éternité me presse :
Oh ! je veux profiter du temps ;
Et puisqu'il fuit avec vitesse,
Vous en donner tous les instants.

VI.

BRIÈVETÉ DE LA VIE.

Air n° 41.

La vie ici-bas n'est qu'un songe ;
C'est une fleur qui n'a qu'un jour.
Hors du Seigneur tout est mensonge,
Tout est douleur sans son amour.

REFRAIN.

Seigneur, jusqu'à l'heure dernière
   Nous vivrons sous ta loi.
Tout est vanité sur la terre :
   Nous n'aimerons que toi.

Nos jours s'envolent, comme une ombre
Qui fuit avec rapidité ;
Tout disparaît dans la nuit sombre,
Tout se perd dans l'éternité.

L'homme brisé par la tristesse,
Et celui que berce en ses bras
Ou le plaisir ou la richesse,
Vont à la mort du même pas.

Cette loi nous paraît sévère ;
Mais il faut nous y résigner.
Pour quitter sans regrets la terre,
Apprenons à la dédaigner.

Le monde est le lieu du passage,
Et je lui donnerais mon cœur !
Et j'accepterais pour partage
Son vain et fragile bonheur !

Le ciel, ah! voilà ma patrie!
Mortel, j'ai d'immortels destins;
Et je ne rampe en cette vie
Que pour voler au rang des saints.

Captif sur la rive étrangère,
Je ne dois donc faire servir
Mon existence passagère
Qu'à préparer mon avenir.

Malheur à moi si sur la route
Je m'amuse à cueillir des fleurs!
Le plaisir passe, et puis il coûte
Une éternité de douleurs.

Mon Dieu, que jamais je n'oublie
Les biens que vous m'avez promis;
Et que chaque instant de ma vie
Soit un gain pour le paradis.

VII.

LA MORT.

Air nº 41.

O Mort, dont le nom lamentable;
Glace le juste de frayeur,
O Mort, quel sort épouvantable
Tes coups réservent au pécheur!

REFRAIN.

Elle approche, l'heure dernière;
    Le tombeau va s'ouvrir!
Tu n'es que cendre et que poussière
    Mortel, il faut mourir!

Il faut mourir, et tu l'oublies !...
Où sont tes frères du passé ?
La mort a dévoré leurs vies ;
Et toi seul vivras, insensé !

Comme un torrent dont les flots roulent
Pour s'abîmer subitement,
Ainsi, mortel, tes jours s'écoulent ;
Et sais-tu le dernier moment ?

Comme la feuille aride tombe
Et dans le limon va pourrir,
Ainsi descendra dans la tombe
Ce corps que la mort va flétrir.

Qu'importent les biens de la vie ?
Ils passent et meurent aussi.
Ecoute la Mort, qui te crie :
« Pécheur, arrête, me voici !

» Me voici ! c'était à tes frères
» Hier ; aujourd'hui c'est à toi !
» Les cris, les larmes, les prières,
» Rien ne peut t'arracher à moi.

» Me voici ! dans l'ombre éternelle
» Tu vas être précipité ;
» Ton Juge m'envoie et t'appelle :
» Es-tu prêt pour l'éternité ?

» Tu te repaissais de mensonges :
» Que te reste-t-il aujourd'hui ?
» Tes biens, tes plaisirs, tes doux songes,
» Tout te laisse, tout s'est enfui.

» Il faut mourir ; rien dans ta vie
» Pour ton Dieu, pour le paradis ;
» Hélas ! le crime l'a remplie ;
» Et quel doit en être le prix ?... »

Mourir dans les chaînes du crime
Pour souffrir la seconde mort,
Mourir pour tomber dans l'abîme,
Pour brûler en enfer : quel sort !

Pécheur, quelle est donc ta folie ?
A chaque instant tu peux mourir,
Et tu ne changes pas de vie !
Ah ! tu le vois, tu veux périr.

Pécheur, si ton âme t'est chère,
N'attends plus, et vis en chrétien.
Ton éternité tout entière
Tient au présent : penses-y bien !

VIII.

LE PÉCHEUR MOURANT.

Air nº 59.

Hélas ! que je le plains à son heure dernière
Celui qui jusqu'alors a bu l'iniquité !
Son corps va se dissoudre et tomber en poussière ;
Et son âme ?... voici, voici l'éternité !

Le passé le confond, le présent l'épouvante ;
Et, découvrant l'enfer ouvert pour l'engloutir,
Saisi d'un morne effroi, que chaque instant augmente,
Il se débat en vain contre son avenir.

Il se flattait encor d'une longue carrière,
Et l'ange de la mort l'a soudain arrêté,
Et son glaive et sa voix ont dit au téméraire
Qu'il faut tomber aux mains du Très-Haut irrité !

Oh ! quelle est sa douleur , et sa honte, et sa rage,
Quand il voit ce qu'il perd en perdant le Seigneur!
Il comprend, mais trop tard, qu'il était son ouvrage,
Et qu'en fuyant son Maître, il courait au malheur.

Interdit, écrasé sous le poids de son crime,
Il sent qu'il est perdu , qu'il est déjà jugé ,
Que le démon s'apprête à saisir sa victime...
Il soupire, il frémit, mais il n'est point changé.

Il faut donc les quitter, ces amis, ces richesses,
Ces objets criminels qu'idolâtrait son cœur!
Le monde l'enivrait de si douces promesses!
Tout s'est évanoui comme un songe trompeur.

Voilà qu'il va tomber dans l'affreux précipice !
Voilà que pour punir son Juge s'est levé !
Ses regrets , sa terreur, commencent son supplice...
Il vécut en pécheur , il meurt en réprouvé...

Nous vous en supplions, calmez votre vengeance,
Epargnez-nous, Seigneur, un éternel remord :
Ouvrez , ouvrez pour nous vos trésors d'indulgence,
Et préservez-nous tous d'une semblable mort.

IX.

LE JUGEMENT DERNIER.

Air n° 40.

Le voici, le grand jour, le jour de la vengeance,
Jour de calamité , jour de deuil éternel !
Pour juger l'univers le Tout-Puissant s'avance;
Et si le saint pâlit, malheur au criminel !

REFRAIN.

Tremblez, pécheurs, tremblez... un Dieu plein de colère
Va vous précipiter dans des gouffres affreux.
Justes, rassurez-vous, vous avez su lui plaire :
Il vient vous délivrer et vous ouvrir les cieux.

Le soleil s'obscurcit, tous les astres pâlissent ;
Des éclairs effrayants se croisent dans les airs ;
Du Très-Haut irrité les décrets s'accomplissent :
Sa foudre vengeresse embrase l'univers.

De lugubres clameurs, des cris épouvantables
Portent de toutes parts et l'horreur et l'effroi :
C'est Dieu, c'est Dieu qui vient !... dans ce jour redoutable,
Incertain de son sort, chacun tremble pour soi.

Bientôt a retenti la trompette éternelle ;
Les morts se sont levés à sa bruyante voix,
Pour aller au devant du Dieu qui les appelle,
Et vient interroger les peuples et les rois.

Précédé de la croix, instrument de sa gloire,
Jésus descend des cieux, plein de sa majesté,
Pour donner au vainqueur le prix de sa victoire,
Et punir le méchant de son iniquité.

Le méchant voudrait fuir ; mais le Juge suprême
L'enchaîne d'un regard, lui ravit ses secrets,
Le force à s'accuser, à se juger lui-même,
A rendre gloire au Ciel, à ses justes arrêts.

O sévère justice ! ô terrible vengeance !
Dévoilant leurs forfaits aux yeux de l'univers,
Sur le front des pécheurs il écrit leur sentence,
Et son souffle divin les repousse aux enfers.

« Retirez-vous, maudits, aux flammes éternelles !
» Descendez, descendez au séjour des douleurs !
» Vous verrez ma justice, et les peines cruelles
» Que mon courroux tardif réservait aux pécheurs. »

« Venez, venez, ô vous, les bénis de mon Père,
» Vous qui m'avez aimé d'un si parfait amour,
» Vous qui m'avez si bien honoré sur la terre !
» Venez goûter la paix au céleste séjour. »

Les justes le suivront dans son saint héritage,
Pour goûter le repos, pour jouir de la paix ;
Tandis que les pécheurs, en rugissant de rage,
Descendront aux enfers pour n'en sortir jamais.

X.

L'ENFER.

Air n° 46.

Enfer, cruel enfer, séjour impur du crime,
Comment parler de toi, comment peindre tes feux ?
Brûler, brûler toujours dans l'éternel abîme,
O sort épouvantable, ô destin malheureux !

REFRAIN.

Enfer, triste séjour des larmes éternelles,
Sommes-nous destinés à subir tes rigueurs ?
Ah ! pour nous épargner ces tortures cruelles,
Pleurons ici, pleurons, infortunés pécheurs.

C'est là que le Seigneur au pressoir des vengeances
Soumet ces fils ingrats, ces pécheurs insensés,
Qui n'ont point dans le temps expié leurs offenses ;
Et jamais son courroux ne dira : « C'est assez. »

Dans ces horribles lieux, dans ces prisons obscures,
On endure à la fois les maux les plus divers :
Tout a péché, tout souffre, et d'affreuses tortures
Succèdent aux tourments précédemment soufferts.

« Oh! que nous payons cher nos coupables délices!
» Dit le peuple maudit... Plus d'espoir désormais!
» Jamais nous ne verrons s'alléger nos supplices... »
Et tout l'enfer s'écrie : « Eternité! jamais! »

« Jamais nous ne verrons le céleste héritage;
» Notre arrêt est porté sans appel, sans recours;
» Souffrir, toujours souffrir, voilà notre partage... »
Et tout l'enfer répond : « Eternité! toujours! »

Toujours! jamais! toujours!... ces mots épouvantables
Accablent les damnés d'un désespoir affreux.
Ce qui fait de leurs maux des maux intolérables,
C'est cette éternité qui s'ouvre devant eux.

Qu'ils regrettent alors d'avoir aimé le vice!
Mais ils pleurent en vain le temps qu'ils ont perdu.
Jamais le Dieu vengeur ne leur sera propice;
Jamais, jamais le ciel ne leur sera rendu...

Voilà l'enfer, pécheurs!.... Quelle est notre folie!
Nous méritons ces feux, et nous n'y pensons pas!
Aveugles, nous courons aux plaisirs de la vie;
N'ouvrirons-nous les yeux qu'après notre trépas?

XI.

BEAU CIEL, NE TE VERRAI-JE PAS?

Air n° 33.

Beau ciel, beau ciel, quand j'aimais la sagesse,
Avec bonheur mon cœur pensait à toi...
Et maintenant je dis, plein de tristesse :
Beau ciel, beau ciel, tu t'es fermé pour moi !

REFRAIN.

Je t'ai perdu mille fois par le crime ;
Et, m'obstinant dans ma malice, hélas !
Jusqu'à ce jour j'ai marché vers l'abîme...
Beau ciel, beau ciel, ne te verrai-je pas ?

Si j'étais mort dans ces temps d'innocence,
Beau ciel, beau ciel, j'aurais vu dans ton sein
Et tes splendeurs et ta magnificence...
Et maintenant quel sera mon destin?

Tu me gardais une belle couronne ;
Inscrit là-haut du sang même d'un Dieu,
Mon nom brillait sur un si riche trône !
Et maintenant, beau ciel, beau trône, adieu !

Si le trépas m'emportait tout à l'heure,
Que deviendrais-je? Ennemi de Jésus,
J'aurais l'enfer, l'enfer seul pour demeure ;
Et toi, beau ciel, je ne te verrais plus...

Beau ciel, beau ciel, fermé par la vengeance,
T'ai-je perdu sans retour, sans espoir?
Dieu, m'a-t-on dit, t'ouvre à la pénitence...
Beau ciel, beau ciel, oh ! je puis donc te voir !

Seigneur, je pleure... ah ! faites-moi la grâce
De ressaisir l'héritage éternel.
La pénitence, aujourd'hui je l'embrasse :
Car, à tout prix, je veux aller au ciel.

DOULEUR ET JOIE

DU PÉCHEUR CONVERTI.

L'ENFANT PRODIGUE.

Air nᵒ 49.

Je possédais le plus aimant des pères ;
Ses biens, son cœur, il m'avait tout donné.
Ingrat, perfide et sourd à ses prières,
Je le trahis et je l'abandonnai...

Quand je quittai la maison paternelle,
Longtemps, longtemps, il me suivit des yeux,
Pleurant toujours sur son enfant rebelle
Et lui faisant les plus tristes adieux.

Il soupirait, il plaignait ma folie ;
Je détournai les yeux pour ne point voir.
Il m'appelait d'une voix attendrie ;
Ses pleurs, ses cris, rien ne put m'émouvoir.

J'allai bien loin sur la terre étrangère
Vivre en aveugle, au gré de mes désirs.
Mais du péché l'ivresse est passagère ;
Un noir remords vint troubler mes plaisirs.

J'entends toujours ce père qui m'appelle,
Et je comprends l'excès de mon malheur.
J'étais heureux quand je vivais fidèle,
Mais maintenant pour moi tout est douleur.

Il m'aime encor : je connais sa tendresse ;
Oui, je le sais, il attend mon retour ;
Sa triste voix me répète sans cesse :
« Reviens, mon fils, tu verras mon amour ! »

Je vais, je vais ! je lui dirai : « Mon père,
» J'ai méconnu vos plus douces faveurs ;
» J'ai mérité toute votre colère ;
» Vous êtes bon, pardonnez mes erreurs. »

Mais le voici !... son aspect me soulage...
Il vient à moi... je suis entre ses bras ;
Je sens ses pleurs inonder mon visage...
Son cœur me dit : Mon fils, tu m'aimeras.

Oui, je le jure, ô père le plus tendre,
Je vous paîrai d'un généreux retour ;
Et plus mon cœur a tardé de se rendre,
Plus il saura vous prodiguer d'amour.

SUSPENDS, SEIGNEUR, L'ARRÊT DE TA VENGEANCE.

Air n° 17.

O perfidie, ô noire ingratitude !
Trahir un père, outrager son Sauveur,
Frapper un Roi plein de mansuétude,
Et l'abreuver d'angoisses, de douleur !

CHŒUR.

Suspends, Seigneur, l'arrêt de ta vengeance;
Retiens ton bras prêt à frapper sur nous.
Ne ferme pas l'accès de ta clémence
A des pécheurs pleurant à tes genoux.

Oh! trop longtemps nous fûmes infidèles
A notre Maître, à notre Créateur;
Nous dédaignions ses faveurs immortelles,
En poursuivant un fantôme trompeur.

Du Tout-Puissant nous bravions la colère;
Ce Dieu vengeur s'est armé contre nous.
Comment fléchir un Juge si sévère?
Comment porter le poids de son courroux?

Hélas! hélas! qu'ont enfanté nos crimes?
Un long regret, un déchirant remord.
De nos excès malheureuses victimes,
Glacés d'effroi, nous courons à la mort.

O sort affreux, ô sort épouvantable!
En perdant Dieu, nous avons tout perdu...
Mais revenons à ce Maître adorable :
La paix, le ciel, tout nous sera rendu.

Quelle bonté! quel excès de clémence!
Il nous aimait malgré nos attentats.
C'est dans son cœur qu'on trouve sa défense.
Courons, courons nous jeter dans ses bras.

PARDONNE A MA DOULEUR.

Air n° 32.

Prête, Seigneur, une oreille attentive
A mes soupirs, à mes tristes accents ;
Ouvre ton cœur à mon âme plaintive ;
Jette sur moi des yeux compatissants.

REFRAIN.

Je m'abandonne
A ta juste rigueur.
Mais, non ! pardonne
A ma vive douleur.

Jusqu'à ce jour j'ai vécu pour le monde,
Et, malheureux, je n'ai rien fait pour toi ;
J'ai tout perdu pour un plaisir immonde.
Dieu de clémence, ah ! prends pitié de moi !

Tu me disais de ta voix douce et tendre :
« Reviens, mon fils, pourquoi veux-tu périr ? »
Longtemps, hélas, je refusai d'entendre.
Père si bon, ah ! laisse-toi fléchir !

Moi, ton enfant, oh ! quelle ingratitude !
J'ai méprisé ton amour, tes bienfaits.
Mais dès ce jour je n'aurai d'autre étude
Que d'expier mes odieux forfaits.

Dieu de bonté, pardonne à ma faiblesse ;
Je t'en conjure, oh ! viens briser mes fers.
Je suis perdu si ton cœur me délaisse ;
Ton pauvre enfant tomberait aux enfers.

Mon front pâlit, tout mon être frissonne;
Je n'ose, hélas! songer à l'avenir...
La mort m'attend, l'heure fatale sonne...
J'ai tant péché! que vais-je devenir?

Je vois s'ouvrir l'éternel précipice;
Je vais tomber dans des gouffres affreux,
Dans les brasiers qu'allume ta justice...
Préserve-moi d'un sort si rigoureux.

Retiens tes coups, attends, attends encore...
Tu ne veux point la perte du pécheur...
Ouvre les bras à l'enfant qui t'implore,
Et rends l'espoir et la vie à mon cœur.

Je veux t'aimer, retarde ma sentence;
Accorde-moi, Seigneur, au moins un jour
Pour te servir, pour faire pénitence,
Et t'exprimer mes regrets, mon amour.

PARDONNEZ-NOUS, SEIGNEUR.

Air n° 54.

Brisés par la douleur, inondés de nos larmes,
Nous venons, ô Seigneur, vous demander la paix.
Insensés! contre vous nous avons pris les armes;
Malheureux! nous avons méconnu vos bienfaits.

CHŒUR.

Ne vous détournez pas, Dieu de mansuétude;
Suspendez vos rigueurs, calmez votre courroux.
Nous pleurons à vos pieds sur notre ingratitude.
Pardonnez-nous, Seigneur; Seigneur, pardonnez-nous.

Hélas! tous nos instants sont marqués par des crimes;
Chaque jour nous a vus devenir plus ingrats;
Vous pourriez nous jeter dans d'éternels abîmes...
Oui, c'est votre amour seul qui retient votre bras.

Oh! non, ne frappez pas! Si nous sommes coupables,
Nous sommes vos enfants, nous pleurons devant vous.
Jetez sur nous, Seigneur, des regards favorables:
Montrez-vous notre Père, et suspendez vos coups.

Vous êtes, ô mon Dieu, le Dieu de la clémence:
Pourriez-vous nous fermer votre cœur paternel?
Non, dans nos âmes luit un rayon d'espérance...
En nous rouvrant les bras, vous nous rouvrez le ciel.

NOUS REVENONS A VOUS.

Air n° 31.

Prosternés à vos pieds, des enfants infidèles
Implorent à grands cris vos bontés paternelles.
Grâce, grâce, ô mon Dieu, grâce pour des ingrats
Qui viennent, éperdus, se jeter dans vos bras!

REFRAIN.

Les yeux baignés de larmes,
O Dieu tout plein de charmes,
Nous revenons à vous:
Seigneur, recevez-nous.
Rendez-nous l'innocence,
Rendez-nous l'espérance,
Doux Sauveur d'Israël,
Ah! rendez-nous le ciel.

O Sauveur plein d'amour, ô Père le plus tendre,
O vous qui si longtemps daignâtes nous attendre,
Ah! laissez-vous toucher au cri du repentir.
Vous outrager encor, plutôt cent fois mourir!

Nos coupables plaisirs ont passé comme l'ombre;
Nos excès sont bien grands, nos péchés sont sans nombre.
Votre amour, ô mon Dieu, nos regrets et nos pleurs,
Tout vous dit d'oublier nos fatales erreurs.

Nous nous sommes lassés dans les sentiers du vice;
Le péché, tous les jours, a fait notre supplice.
C'est près de vos autels qu'on trouve le repos :
La main seule d'un Dieu peut réparer nos maux.

Nous gémissons encor sous le poids de nos chaînes.
Mais déjà votre voix a soulagé nos peines.
Le soleil de la grâce, en se levant sur nous,
Va nous rendre des jours plus heureux et plus doux.

Quoi! nous n'avons encor répandu qu'une larme :
Votre cœur s'attendrit, votre bras se désarme!...
Attirés doucement par vous sur votre sein,
Nous goûtons de la paix le charme tout divin.

OUI, DIEU M'A PARDONNÉ,

GRACE, RECONNAISSANCE.

Air n° 21.

Que le Seigneur est bon, qu'il est plein de tendresse !
Il aime à pardonner à des enfants ingrats.
Longtemps je méconnus les lois de la sagesse :
Un soupir, une larme, ont désarmé son bras.

CHŒUR.

Oui, Dieu m'a pardonné! grâce, reconnaissance!
Oublirais-je, Seigneur, ce que tu fis pour moi?
Non, non, je veux toujours redire ta clémence;
Toujours je veux marcher aux sentiers de ta loi.

Mon Dieu, j'avais perdu la robe d'innocence,
Et mes iniquités te remplissaient d'horreur;
Ta bonté m'a soustrait aux coups de la vengeance:
Et moi je t'oublirais! jamais, jamais, Seigneur!

Je n'étais plus, hélas! qu'un enfant de colère,
Indigne d'un regard, d'un regard de l'amour.
Tu m'as rendu le droit de t'appeler mon père:
Mon père, à toi mon cœur jusqu'à mon dernier jour!

Je marchais à grands pas dans les sentiers du crime;
Je courais en aveugle au plus affreux malheur.
Ton bras m'a retenu sur le bord de l'abîme:
Oui, je te dois deux fois la vie, ô Dieu Sauveur.

Mon âme était en proie aux plus vives alarmes,
Des douleurs de la mort j'étais environné.
Ne t'aimerai-je pas, toi qui, séchant mes larmes,
De joie et de bonheur m'as soudain couronné?

J'avais perdu mes droits au céleste héritage;
Je vivais sans espoir, l'enfer allait s'ouvrir;
Et tu me rends le ciel! Désormais mon partage,
Seigneur, est de t'aimer: t'aimer, ou bien mourir!

GRACE TE SOIT RENDUE.

Air nº 37.

J'avais, grand Dieu, mérité ta colère.
Aux premiers cris de ma juste douleur,
Tu m'as tendu les bras comme un bon père,
Tu m'as pressé tendrement sur ton cœur.

1er CHŒUR.

Grâce te soit rendue,
Seigneur, de ta bonté !
Mon âme est confondue,
Mon cœur est transporté.

2e CHŒUR.

Reçois, je t'en conjure,
Le cri de mon amour :
Tout à toi, je le jure,
Tout à toi sans retour !

Tu m'as guéri de mortelles blessures :
J'ai tout perdu, tu m'as tout redonné.
Lorsque je crains, mon Dieu, tu me rassures
En me disant que tout est pardonné.

O Dieu clément, je le dis avec larmes,
C'est trop aimer un perfide pécheur.
Tu m'as vaincu, quelles furent tes armes?
Ce fut l'amour, la bonté, la douceur.

Pour ton enfant oh quelle est ta tendresse !
Loin de punir mes horribles forfaits,
Sur moi, Seigneur, ton cœur répand sans cesse
Des flots de grâce, un torrent de bienfaits,

PRIÈRES ET RÉSOLUTIONS

DU PÉCHEUR CONVERTI.

SEIGNEUR, ARMEZ-NOUS DE COURAGE.

Air n° 59.

Nous pleurons du péché les funestes ravages :
Dieu du ciel, apportez un remède à nos maux.
De nos cœurs agités apaisez les orages ;
A nos cœurs las, brisés, apportez le repos.

Percés de mille traits sur l'arène sanglante,
Bientôt nous péririons sans vous, ô Dieu du ciel :
Guérissez de nos cœurs la plaie encor saignante,
Et rendez-nous la vie, ô Sauveur d'Israël.

O Dieu compatissant, Père toujours propice,
Ah ! prenez en pitié de malheureux pécheurs :
Effacez à jamais les traits hideux du vice
Et formez de nouveau votre image en nos cœurs.

Blessé, mais non vaincu, mais redoublant de rage,
L'ennemi se redresse et revient aux combats.
Confondez son orgueil, armez-nous de courage ;
De la vertu d'en-haut, Seigneur, armez nos bras.

Vous savez, ô mon Dieu, quelle est notre faiblesse ;
A l'heure du danger, hâtez-vous d'accourir.
Mon Dieu, que votre cœur jamais ne nous délaisse :
Faites-nous triompher, ou laissez-nous mourir.

SAUVE-NOUS DU MALHEUR.

Air n° 41.

Errant sur les bords des abîmes,
Et de ce monde criminel
Trop souvent, hélas! les victimes,
Nous t'implorons, ô Dieu du ciel!

REFRAIN.

Seigneur, veille à notre défense,
　Sauve-nous du malheur.
Oh! garde bien notre innocence,
　Garde-nous le bonheur.

Toujours fatigués par l'orage,
Battus par les flots en courroux,
Comment éviter le naufrage?
Dieu tout puissant, ah! sauve-nous.

Attaqués avec violence
Par mille ennemis furieux,
Nous n'avons que toi pour défense:
Rends-nous, rends-nous victorieux.

Prends pitié de notre faiblesse;
Garde tes enfants nuit et jour.
Mon Dieu, si ton cœur nous délaisse,
Nous sommes perdus sans retour.

Quoi! les enfants que ton cœur aime,
Mon Dieu, tu les verrais périr!
Ils reperdraient le bien suprême!
Mon Dieu, fais-nous plutôt mourir.

PERSÉVÉREZ.

Air n° 67.

Chrétiens, le Ciel, dans sa tendresse,
A consommé votre retour;
Dans les sentiers de la sagesse
Il vous voit courir pleins d'amour.
Que cette bienheureuse flamme
Dans vos cœurs ne s'éteigne pas :
Persévérez jusqu'au trépas;
Chrétiens, ne perdez pas votre âme.

LE CHŒUR.

Oh! demeurez toujours dans l'amour du Seigneur.
Dieu seul, toujours Dieu seul doit vivre en votre cœur.

LE PEUPLE.

Oui, nous demeurerons dans l'amour du Seigneur.
Dieu seul, toujours Dieu seul vivra dans notre cœur.

Vous savez par quels sacrifices
Vous avez acheté la paix;
Vous savez de quelles délices
Sont payés vos premiers essais.
Pourriez-vous perdre tant de peines,
Renoncer à tant de douceurs,
Affronter d'éternels malheurs,
En renouant vos tristes chaînes?

N'auriez-vous baisé le doux Maître
Qui vous a reçus dans ses bras,
Que pour aller, demain peut-être,
Le vendre encor, nouveaux Judas?

Feriez-vous servir au blasphème
Cette langue qui l'a porté?
Et ce cœur qu'il a visité
Voudrait-il lui dire anathème?

Pourquoi céderiez-vous au vice?
Demain sera-t-il moins hideux?
Demain l'éternelle justice
Voudra-t-elle éteindre ses feux?
Toujours Dieu sera tout aimable;
Le ciel, l'océan des douceurs;
L'enfer, l'abîme des douleurs;
Le démon, un maître exécrable.

Toujours passera comme une ombre
Le temps et sa félicité;
Toujours courront sans fin, sans nombre
Les siècles de l'éternité.
Saints aujourd'hui, vous devez l'être
Demain, plus tard : plus tard, demain
Devant le Juge souverain
Ne faudra-t-il pas comparaître?

Si d'autres, courbés vers la terre,
Sur l'avenir ferment les yeux,
Vous, les enfants de la lumière,
Fixez vos regards sur les cieux.
Qu'ils restent plongés dans le crime,
Si leur bonheur est d'y croupir;
Si leur bonheur est de mourir,
Laissez-les rouler dans l'abîme.

N'oubliez pas, dans Babylone,
Cette chaire, ce saint autel;
Et si l'idole se couronne,
Vous, n'encensez que l'Eternel.

Quand vous verrez un peuple impie
Courir adorer les faux dieux ,
Dites : C'est au grand Roi des cieux,
A lui seul que je sacrifie.

Oui, nous jurons d'être fidèles
Au doux Jésus, au Dieu d'amour.
Oui, nos cœurs, trop longtemps rebelles,
Nos cœurs sont à lui sans retour.
Soutenez-nous, Dieu de puissance ,
Seigneur , ne nous délaissez pas :
Soyez jusqu'à notre trépas
Notre joie et notre espérance.

Et vous aussi, bonne Marie,
Bénissez nos humbles serments :
Nous serons toute notre vie
Vos serviteurs et vos enfants.
Vous, soyez toujours notre Mère,
Notre rempart dans les assauts,
Notre étoile à travers les flots ,
Notre port à l'heure dernière.

ADIEU, MONDE VOLAGE.

Air n° 48.

Par tes attraits, par tes faux charmes ,
Tu m'as séduit, monde trompeur.
Oh ! qui me donnera des larmes
Pour pleurer un si grand malheur ?

CHŒUR.
Adieu , monde volage ,
Je fuis ton esclavage.
Moi , t'aimer désormais !
Jamais.

Que sont ces fragiles richesses,
Ces vains plaisirs que tu m'offrais ?
Tant de magnifiques promesses
N'ont abouti qu'à des regrets.

Tu m'as fait perdre l'innocence ;
Tu m'as ravi la paix du cœur,
Les saints transports de l'espérance,
La douce amitié du Seigneur.

Tu m'as conduit de crime en crime
Jusqu'à la porte des enfers ;
J'ai vu de près le noir abîme...
Les cieux me seront-ils rouverts ?

Dans quelle affreuse servitude,
Monde pervers, m'as-tu réduit ?
Mon cœur, rongé d'inquiétude ,
N'a de repos ni jour ni nuit.

Ah ! c'en est fait, je romps ma chaîne :
Adieu, monde, adieu pour toujours !
Oui, je ferai durer ma haine
Autant que dureront mes jours.

En vain ta voix enchanteresse
Cherche à réveiller mes désirs.
Anathème à ta folle ivresse !
Anathème à tes vains plaisirs !

Quoi ! pour plaire à la créature ,
J'outragerais le Créateur !
Non, non, désormais, je le jure,
Dieu seul possédera mon cœur.

COURAGE! NOUS SOMMES LES SOLDATS DE DIEU!

Air n° 44.

Chrétiens, armez-vous de courage :
D'un Dieu vous êtes les soldats.
Le ciel, ô sublime partage !
Sera le prix de vos combats.

REFRAIN.

Chrétiens, armons-nous de courage ;
D'un Dieu nous sommes les soldats.
Le ciel, ô sublime partage !
Sera le prix de nos combats.

L'ennemi, redoublant d'audace,
Dirige ses traits contre vous ;
Mais, sous l'égide de la grâce,
Vous résisterez à ses coups.

A cette guerre nécessaire
Marchez pleins d'intrépidité :
Qu'importe une peine légère ?
Il s'agit de l'éternité.

Le soldat qu'enivre la gloire
S'arrête-t-il s'il faut souffrir ?
Non, non ; il vole à la victoire
En s'écriant : « Vaincre ou mourir ! »

Quand l'homme, d'un peu d'or avide,
Se consume en constants efforts,
Le chrétien doit être intrépide
Pour gagner d'immortels trésors.

Voyez l'éternelle couronne
Que le Ciel réserve au vainqueur.
Eh! quoi, pour conquérir un trône,
Chrétiens, vous seriez sans ardeur !

Courage!... enfants de la victoire,
Quand vos combats seront finis,
Tenant les palmes de la gloire,
Vous volerez en paradis.

RÉNOVATION DES VŒUX DU BAPTÊME.

Air n° 72.

Sur les fonts sacrés du baptême
Dieu m'adopta pour son enfant.
Mon front, où planait l'anathème,
Porte le sceau du Dieu vivant.
Et moi, perfide, à ce bon Père
Je déroberais mon amour!
Non, Seigneur : usant de retour,
Je veux t'aimer, je veux te plaire.
Je suis l'enfant du Ciel, le soldat de la foi ;
Je veux vivre et mourir en combattant pour toi.

LE PEUPLE.

Nous vivrons, nous mourrons en combattant pour toi.

Sorti de la sainte piscine,
Seigneur, j'étais pur à tes yeux ;
Et sous l'auréole divine
Mon front s'élevait radieux.
Et je perdrais mon innocence,
Je souillerais encor mon cœur!
Non, non; je ne veux plus, Seigneur,
Attirer sur moi ta vengeance.

Lavé dans l'onde salutaire,
Mon cœur peut aspirer au ciel ;
Et moi, m'enchaînant à la terre,
J'oublîrais le trône éternel !
Non, non : le ciel est ma patrie,
Le digne objet de mon amour.
Plutôt tout perdre sans retour
Que te perdre, ô séjour de vie !

A ce monde impur et volage
Alors on renonça pour moi.
Moi-même aujourd'hui je m'engage
A fuir et son culte et sa loi.
Anathème à sa folle ivresse !
Anathème à ses vains plaisirs !
Dieu seul peut remplir mes désirs :
Je veux l'aimer, l'aimer sans cesse.

Satan me traitait en esclave ;
Mais le Ciel a brisé mes fers ;
Et, par l'ordre de Dieu, je brave
Le pouvoir du roi des enfers.
Haine à Satan ! guerre éternelle
A l'ennemi de mon bonheur !
A Dieu seul je donne mon cœur ;
Toujours je lui serai fidèle.

Dieu seul ! voilà mon doux partage ;
Dieu seul ! c'est le cri de ma foi.
Je veux, jusqu'à mon dernier âge,
T'aimer, Seigneur, n'aimer que toi.
Eh ! que m'importent des richesses,
Des plaisirs, des honneurs d'un jour ?
Mon Dieu, n'ai-je pas ton amour ?
Mon Dieu, n'ai-je pas tes promesses ?

JE SUIS CHRÉTIEN : CHRÉTIEN JE VEUX MOURIR.

Air n° 56.

Je suis chrétien, je suis fils de l'Eglise !
Avec respect j'écouterai sa voix ;
Je suis chrétien , et mon âme soumise
Avec amour accomplira ses lois.

CHŒUR.

Fille du Ciel , Religion chérie ,
Je t'aimerai jusqu'au dernier soupir.
Guerre à Satan ! anathème à l'impie !
Je suis chrétien : chrétien je veux mourir.

Je suis chrétien ! ce titre fait ma gloire ,
Ce nom céleste atteste ma grandeur
Et me promet l'éternelle victoire ,
Si j'en soutiens fidèlement l'honneur.

Je suis chrétien! à ce cri qui l'atterre ,
J'entends frémir un peuple d'apostats.
Mais que me fait le monde et sa colère?
Le monde passe, et Dieu ne passe pas.

Je suis chrétien! malgré mon impuissance ,
Je le serai jusqu'à mon dernier jour :
Soutenez-moi , Dieu de mon espérance ,
Et je mourrais cent fois pour votre amour.

IV.

VIE CHRÉTIENNE.

—••—

ACTES DES VERTUS THÉOLOGALES.

Air nº 59.

Je crois tout ce que croit l'Eglise notre mère,
Puisque c'est vous, mon Dieu, qui l'avez révélé,
Vous, la vérité même et la pure lumière :
Je m'incline et me tais quand vous avez parlé.

J'espère en vous ; j'attends, selon votre promesse,
Tous vos biens pour le temps et pour l'éternité,
Sûr de votre puissance et de votre richesse,
Comme de votre amour et de votre bonté.

Je vous aime, ô mon Dieu, vous la bonté suprême,
La suprême grandeur, la suprême beauté ;
Et, pour l'amour de vous, j'aime comme moi-même
Mes frères, même ceux qui m'ont persécuté.

ATTACHEMENT A LA FOI.

Air n° 56 ou 60.

Fille du ciel, ô Religion sainte,
C'est toi qui rends à l'homme sa grandeur.
Mon front, marqué de ta divine empreinte,
S'élève noble et pur vers le Seigneur.

CHŒUR.

Mère si bonne, à qui Dieu me confie,
Toi dont la main m'enrichit chaque jour,
Je te bénis, Religion chérie ;
Mon cœur te jure un éternel amour.

Tu vins à moi sur le seuil de la vie,
Me prévenant d'un sourire immortel :
Tu me rendis mes droits à la patrie ;
Tu me montras l'heureux sentier du ciel.

Dès ce moment, guide sûr et fidèle,
Avec amour tu m'as pris par la main,
Et, m'entraînant à la gloire éternelle,
Tu me redis : « C'est bientôt, c'est demain ! »

Quand, un instant ébloui par la terre,
Sur ses faux biens je veux fixer les yeux :
« Quoi ! me dis-tu, pour un peu de poussière,
» Mon fils, mon fils, perdre à jamais les cieux ! »

Quand je résiste à cette voix amie
Pour m'endormir bercé par le pécheur,
Plus haut encor ta triste voix me crie :
« Réveille-toi de ce sommeil trompeur ! »

Puis, quand mon âme, attristée et tremblante,
Avec effroi déplore ses forfaits,
Séchant mes pleurs de ta main caressante,
Tu viens m'offrir l'olivier de la paix.

Quand le démon a réveillé l'orage
Et que les flots s'ouvrent pour m'engloutir,
Tu viens encor, et tu me dis : « Courage !
» Entre mes bras tu ne saurais périr. »

Quand tu me vois blessé par la souffrance,
Sur ton enfant que brise la douleur
Tu fais briller l'astre de l'espérance,
Et ton enfant retrouve le bonheur.

Amour à toi, douce mère de vie,
Qui de bienfaits as semé tous mes pas !
Si le méchant te dédaigne ou t'oublie,
Ma mère, oh ! moi je ne t'oublirai pas.

Le temps a fui comme une ombre légère,
Et devant moi s'ouvre l'éternité :
Viens embellir la fin de ma carrière;
Viens m'élever à l'immortalité.

ESPÉRANCE.

Air n° 57.

J'espère en Dieu : pour l'enfant qui le prie
Il est si bon, il est si plein d'amour !
J'attends de lui sa grâce en cette vie,
Et le bonheur dans l'éternel séjour.

J'espère en Dieu : cent fois je fus rebelle ;
A mon retour il m'accueillit cent fois.
Je veux bénir sa bonté paternelle,
Et sur son cœur je garderai mes droits.

J'espère en Dieu : je connais sa tendresse,
Dès le berceau je vis de ses faveurs,
Je me nourris des fruits de sa richesse,
Et je m'enivre au fleuve des doucures.

J'espère en Dieu : vienne la foule impure
Des noirs démons qui cherchent mon trépas ;
Dieu vient à moi, me prête son armure,
Ou, souriant, me cache dans ses bras.

J'espère en Dieu : c'est mon Sauveur, mon père ;
Oh ! si du moins j'étais son digne enfant !
Mais je mettrai mon bonheur à lui plaire ;
Je m'abstiendrai de tout ce qu'il défend.

J'espère en Dieu : j'entrevois la couronne
Qu'il placera sur mon front glorieux ;
Avec les saints environnant son trône,
Je bénirai le doux Maître des cieux.

CRI D'ESPÉRANCE DANS LES COMBATS.

Air nº 60.

Mon Dieu, mon Dieu, quelle guerre cruelle !
Mille ennemis ont assailli mon cœur,
Pour le plonger dans la mort éternelle,
Et lui ravir le suprême bonheur.

REFRAIN.

Seigneur, Seigneur, sauvez mon innocence,
Et les enfers resteront confondus.
Goûtant la paix, enivré d'espérance,
Je braverai mes ennemis vaincus.

J'ai mille fois éprouvé ma faiblesse ;
Comment, Seigneur, ne pas trembler sur moi ?
Il faut si peu pour perdre la sagesse,
En transgressant votre divine loi !

Tombé cent fois dans l'arène sanglante,
Seul je ne puis affronter le danger :
Vous, le soutien de l'âme chancelante,
Contre l'enfer venez me protéger.

Tout mon désir, mon bonheur et ma gloire
Sont d'être à vous, ô le Dieu de mon cœur.
Ne laissez pas au démon la victoire,
Et seul sur moi régnez, ô Dieu Sauveur.

CRI D'ESPÉRANCE DANS LES CHUTES.

(Traduction du ps. 12 : *Usquequò, Domine, oblivisceris me in finem ?*)

Air n° 70.

M'oubliez-vous, Seigneur ? Seigneur, de mes faiblesses
N'arrêterez-vous pas le lamentable cours ?
Tous les jours à vos pieds j'apporte mes promesses,
Et ma fragilité les dément tous les jours.

Tous les jours sont pour moi des jours d'amères larmes ;
L'enfer me revendique avec un ris moqueur.
N'aurez-vous pas pitié de mes justes alarmes,
Et ne mettrez-vous pas un terme à ma douleur ?

Mon Dieu, brisez le joug de ce triste esclavage :
Venez, et refoulez au loin mes ennemis;
Venez, ô bon Pasteur, dérober à la rage
De ces loups dévorants votre pauvre brebis.

Ne laissez pas périr un enfant qui vous prie...
Pour vous haïr toujours aurait-il donc vécu?
Non... c'est vous que je veux! Soyez, soyez ma vie!
Et que jamais l'enfer ne dise : « J'ai vaincu! »

Quel triomphe pour lui s'il subjuguait mon âme!...
Mais moi, j'espère en vous; j'espère en vous, Seigneur;
Vous saurez m'arracher à ce tyran infâme,
Et m'enchaîner à vous, ô le Dieu de mon cœur!

Sauvé par vos bienfaits, aux jours de la tristesse
Je verrai succéder l'ivresse de l'amour :
Je bénirai mon Dieu par des chants d'allégresse,
Oui, je le bénirai jusqu'à mon dernier jour.

CRI D'ESPÉRANCE DANS LES DOUTES SUR LE SALUT.

A MARIE, PORTE DU CIEL.

Air n° 66.

Si loin de la douce patrie,
Que fais-je, oh! que fais-je ici-bas,
Ame faible et mal aguerrie,
Condamnée à d'affreux combats?
Toujours le menaçant orage,
Toujours l'appareil de la mort!
A travers les flots pleins de rage,
Hélas! arriverai-je au port?

REFRAIN.

Porte du ciel, tendre Marie,
Séchez les pleurs de mon amour.
A votre enfant, Mère de vie,
Du repos ouvrez le séjour.

Voilà que le lion terrible
A recommencé de rugir :
Serai-je toujours invincible?
Un jour ne puis-je pas périr?
Le cèdre a vu briser sa tête,
Je le redis, glacé d'effroi ;
Et que peut contre la tempête
Un frêle roseau comme moi?

Ouvrez!... Trop longtemps prisonnière,
Mon âme est lasse de Cédar;
Satan règne, et la terre entière
Marche sous l'horrible étendard.
Partout mon âme, confondue,
Voit le Très-Haut abandonné;
Partout la vertu méconnue,
Partout le vice couronné.

Ouvrez!... Pécheur aussi moi-même,
Ici j'offense le Seigneur;
Je dis tous les jours que je l'aime;
Je l'aime, et je blesse son cœur!
Oh! quand finira ma misère?
Oh! quand luira cet heureux jour,
Où je m'enfuirai de la terre
Pour être à mon Dieu sans retour?

Salut, admirable patrie;
Salut, royaume de la paix,
Où l'âme, au Saint des saints unie,
Du démon ne craint plus les traits!

Heureux destin! doux héritage!
Aimer avec sécurité,
Aimer sans retour, sans partage,
Aimer pour une éternité!

Dans ces demeures magnifiques,
Jour et nuit vers le Dieu Sauveur
Montent les amoureux cantiques
Des élus ivres de bonheur.
Je te bénis et je t'adore,
O main qui leur ouvris les cieux!
Mais moi, moi, qui combats encore,
Serai-je aussi victorieux?...

Moi, périr! Non, votre tendresse
Saura me rendre triomphant:
Pourquoi redouter ma faiblesse?
Eh! ne suis-je pas votre enfant?
Votre voix prévient le naufrage,
Votre bras sauve de la mort;
Et, malgré les vents et l'orage,
Avec vous j'atte indrai le port.

Tant de saints vous doivent la gloire,
Longtemps faibles, longtemps pécheurs!
Ah! j'espère aussi la victoire:
Venez! c'est assez de douleurs.
Sous l'aile de la bonne Mère,
Au combat je revais joyeux:
Avec elle, avec sa prière,
Le plus faible emporte les cieux.

LE CHRÉTIEN SOUPIRANT

APRÈS LA FIN DE SES DANGERS.

Air n° 59 ou 70.

Tes enfants, ô mon Dieu, pleurent dans l'esclavage,
Abattus, succombant sous le poids de leurs fers.
Seigneur, quand finira notre pèlerinage?
Que les cieux, dès ce jour, ne nous sont-ils ouverts!

Relégués au désert, loin de notre patrie,
Nous languissons, hélas! dans un exil cruel.
Ecoute, Dieu d'amour, notre âme, qui s'écrie :
« Séjour du vrai repos, quand viendras-tu, beau ciel? »

Voyageurs égarés dans ce lieu de passage,
Nous courons à grands pas vers notre éternité.
Comment atteindrons-nous l'heureux but du voyage,
Et quand pourrons-nous voir le Dieu de vérité?

Voguant sur une mer orageuse, perfide,
Comment franchir l'écueil qui nous ferme le port?
Il faut, pour aborder, un pilote intrépide,
Habile au gouvernail, sachant tromper la mort.

Redoublons nos efforts; courage encor, courage !
Bientôt plus de combats; bientôt, fuyant ces lieux,
Nous irons prendre part au céleste héritage,
Et goûter le bonheur au royaume des cieux.

CHARITÉ.

BÉNÉDICTION ET ACTION DE GRACES.

Air n° 24.

Eh ! que sommes-nous donc, faibles enfants des hommes ,
Pour que le Dieu du ciel se souvienne de nous ?
Il vient nous visiter, tout pécheurs que nous sommes ;
Il vient nous enrichir de ses biens les plus doux.

REFRAIN.

Reconnaissance , amour, au Dieu dont la tendresse
Prodigue ses trésors à notre infirmité !
Achevez , ô Seigneur ! de largesse en largesse
Daignez nous élever jusqu'à l'éternité.

Pour bénir notre Dieu que tout se réunisse ;
Il est si bon , Celui dont nous chantons l'amour !
Que l'ange dans le ciel le chante et le bénisse ;
Et que l'homme ici-bas le bénisse à son tour.

Bénissez le Seigneur, vous que ce lieu rassemble :
Pour vous, même en ce jour, que n'a pas fait son cœur ?
Venez, enfants, vieillards, le bénir tous ensemble ;
Que toute voix ici bénisse le Seigneur.

Mon âme, oh ! toi surtout , bénis ton Dieu , ton Père,
Qui des plus doux bienfaits te comble chaque jour.
Réponds à sa bonté, sois à lui tout entière,
Et redouble ses dons en doublant ton amour.

REGRETS DE VOIR DIEU OFFENSÉ.

Air n° 30.

Seigneur, Dieu de mon cœur,
Partout on vous outrage.
Oh ! quelle est ma douleur,
Quand je vois le jeune âge
Porter ailleurs l'hommage
Qui n'est dû qu'au Seigneur !

Que nous sommes ingrats !
Le monde, chacun l'aime;
Et vous, Dieu plein d'appas,
Vous la beauté suprème,
L'amabilité mème,
On ne vous aime pas !

Moi-mème plus d'un jour
(Ce souvenir m'accable)
J'oubliai votre amour.
Pardon, Dieu tout aimable,
Pardon! ce fils coupable
Est à vous sans retour.

Laissez mes yeux pleurer:
Les pleurs sont légitimes
Quand il faut réparer
Tant d'erreurs, tant de crimes.
Voulez-vous des victimes?
Je viendrai me livrer,

Oui, frappez-moi, Seigneur.
Mais sauvez, je vous prie,
Les ingrats dont mon cœur
Déplore la folie :
Oh! rendez-leur la vie,
La vie et le bonheur.

AMOUR DIVIN, VIENS RENAITRE EN MON AME.

Air n° 19.

L'amour de ses parfums embaume votre vie,
Ames saintes; goûtez, goûtez votre bonheur...
J'aimais Dieu comme vous; mais, ô crime! ô folie!
J'ai laissé ce beau feu s'éteindre dans mon cœur.

CHŒUR.

Amour, divin amour, viens renaître en mon âme...
Brûler de tes doux feux, voilà mon seul désir...
Seigneur, embrasez-moi d'une nouvelle flamme...
Vous aimer, ô mon Dieu! vous aimer ou mourir!

J'habitais un ciel pur, et, planant sur les nues,
Plongeant dans l'infini le regard de la foi,
Je m'enivrais en Dieu de douceurs inconnues...
Ciel pur, douceurs, hélas! vous n'êtes plus pour moi!

Dans les ravissements d'une extase pieuse,
Du soleil éternel j'admirais la beauté!...
Quels voiles ont couvert sa face radieuse?
Bel astre, pour mes yeux tu restes sans clarté.

De mon cœur plein de Dieu ruisselait la prière,
Brûlante et jaillissant comme un fleuve de feu...
Et me voilà glacé, muet, au sanctuaire!
Plus de soupirs d'amour, plus d'élans vers mon Dieu.

L'espérance était là, de sa main caressante
M'invitant au repos, me pressant sur son sein...
Le trouble a pris sa place, et mon âme tremblante
Cherche un rayon d'espoir : mon Dieu ! serait-ce en vain ?

D'un bonheur tout divin mon cœur goûtait les charmes ;
Toujours des cris de joie ou des refrains d'amour...
Je m'abreuve aujourd'hui d'amertume et de larmes...
Ce temps, cet heureux temps reviendra-t-il un jour ?

Viens réchauffer mon cœur, flamme sainte et bénie,
Toi qui m'as fait couler tant de jours de bonheur.
Amour que j'ai perdu, viens me rendre à la vie ;
Oh ! viens me replonger dans le sein du Seigneur.

SEIGNEUR, A TOI MON CŒUR.

Air n° 39.

Seigneur, oh ! quelle est ta tendresse !
Seigneur, ta charité me presse ;
Mon cœur se rend à tant d'amour,
Et je suis à toi sans retour.

REFRAIN.

Mon Dieu, je rends les armes,
Je cède à tes doux charmes ;
Seigneur, Seigneur,
A toi mon cœur...
Cache-moi sous ton aile ;
Je te serai fidèle
Toujours ;
Sois mon secours
Toujours.

Aux jours de deuil et de souffrance,
Tu me soutiens par l'espérance;
Ta main me sauve du malheur...
Oui, prends et possède mon cœur.

Oh! que ton amour a de charmes!
Qu'il fait couler de douces larmes!
Je bois au fleuve de la paix.
T'aimer, toujours! pécher, jamais!

T'aimer toujours, ô tendre Père;
Et, quand viendra l'heure dernière,
Mourir d'amour entre tes bras :
O sort heureux! ô doux trépas!

T'aimer, c'est le tout de mon âme...
Nourris, accrois en moi ta flamme,
Seigneur, pour qu'au ciel j'aille un jour
T'aimer d'un éternel amour.

AMOUR DIVIN, JE TE LIVRE MON AME.

Air n° 40.

Amour divin, je te livre mon âme;
A tes doux feux j'abandonne mon cœur.
Embrase-moi de ta céleste flamme...
Aimer son Dieu, c'est le parfait bonheur.

Amour divin, des faux biens de la terre
Dégage-moi, pour m'unir au Sauveur :
Ton joug est doux, ta chaîne salutaire...
Aimer Jésus, c'est le tout de mon cœur.

Amour divin, rends-moi toujours fidèle
Et plus docile aux ordres du grand Roi,
Pour m'assurer la couronne immortelle...
Aimer, aimer, c'est là toute la loi.

Amour divin, règne seul sur ma vie,
Sans que jamais sous ses fers odieux
Un seul instant le démon m'humilie...
Aimer toujours, c'est le gage des cieux.

Amour divin, ferme un jour ma paupière,
Et, m'endormant du plus heureux sommeil,
Dépose-moi dans le sein de mon Père...
L'aimer au ciel, quel suave réveil !

AIMER TOUJOURS JÉSUS.

Air nº 4.

O Jésus, mon époux, mon père,
Mon cœur t'appelle nuit et jour ;
Et ses soupirs et sa prière
Te redisent son tendre amour.
Toi seul, toi seul, Dieu tout aimable,
Bien sans égal, peux le charmer.
Il t'aime, ô partage ineffable !
Il t'aime, et veut toujours t'aimer.

T'aimer, c'est le bonheur suprême.
L'amour rend tout délicieux ;
Ce mot si doux : « Mon Dieu, je t'aime, »
Est déjà l'avant-goût des cieux.
Jésus, Jésus, je t'en supplie,
Laisse mon cœur se consumer,
Pour que j'aille dans la patrie
T'aimer mieux et toujours t'aimer.

VIVE JÉSUS.

Air n° 61.

CHŒUR.

Vive Jésus! c'est le cri de mon âme ;
Ce cri divin me transporte et m'enflamme;
J'aime à chanter le refrain des élus :
    Vive Jésus !

SOLO.

Il meurt pour des pécheurs déchus,
Les nourrit du pain des élus:
L'amour d'un Dieu pouvait-il plus?
    Vive Jésus !

Moi qui cent fois le méconnus ,
Que de bienfaits j'en ai reçus !
O Dieu trop bon , j'en suis confus.
    Vive Jésus.

Gloire , gloire au Dieu des vertus !
Mais que donner à mon Jésus?
Voilà mon cœur : que n'ai-je plus?
    Vive Jésus !

Il est à vous, je n'en veux plus :
Vivez en lui, divin Jésus ;
Vivez, que je ne vive plus.
    Vive Jésus !

Non, désormais je ne vis plus
Que pour l'amour de mon Jésus :
L'aimer, que voudrais-je de plus?
    Vive Jésus !

Adieu , je ne te connais plus ,
Monde ennemi de mon Jésus ;
Adieu : j'ai tout avec Jésus.
    Vive Jésus !

DÉSIR DU CIEL, BONNE MORT.

QUAND QUITTERAI-JE CETTE TERRE?

Air n° 42.

Quand quitterai-je cette terre ?
Quand verrai-je mes maux finir ?
Comme un passereau solitaire,
Ici je ne fais que gémir.

REFRAIN.

Vers les demeures éternelles
Sans cesse je lève les yeux...
Oh ! qui me donnera des ailes,
Des ailes pour voler aux cieux !

Loin de l'objet que mon cœur aime,
Pour moi la vie est sans douceur.
Plus est tardif l'instant suprême,
Plus vive devient ma douleur.

Que de fois, prévenant l'aurore,
Je viens pleurer près de Jésus !
Et, le soir, je soupire encore
Après le bonheur des élus.

Mon Dieu, c'est trop me faire attendre,
C'est trop prolonger mes douleurs :
Maître si bon, Père si tendre,
Hâte-toi de tarir mes pleurs.

Pour toi, dans cette triste vie,
Mon cœur n'a pas assez d'amour :
Rappelle-moi dans la patrie,
Ouvre-moi l'éternel séjour.

C'EST UN BIEN DE MOURIR.

Air n° 55.

La mort finit notre pèlerinage,
Et pour toujours elle guérit nos maux.
Quand on arrive au terme du voyage,
Oh ! qu'il est doux de trouver le repos !

REFRAIN.

Bientôt j'espère
Quitter ces tristes lieux ;
Près de ma mère
J'irai, victorieux,
Recevoir la couronne
Que le Tout-Puissant donne ;
Encore un jour, je serai dans les cieux.

O douce mort, viens de ta main amie
Briser les fers de ma captivité,
Et, m'entraînant au séjour de la vie,
Me revêtir de l'immortalité.

O douce mort , mon âme te désire ,
Puisque ta main , instrument du bonheur,
Doit terminer mon douloureux martyre,
Et m'établir dans la paix du Seigneur.

MOURIR D'AMOUR, C'EST LE VŒU DE MON CŒUR.

Air n° 55.

Amour divin , de ton ardeur sublime,
De tes doux feux viens consumer mon cœur.
Si je pouvais, trop heureuse victime,
Mourir un jour sous ton effort vainqueur !

CHŒUR.

Beauté suprême,
Mon Roi, mon Créateur,
Celui qui t'aime
A trouvé le bonheur.
Amour, céleste flamme,
Viens consumer mon âme!
Mourir d'amour, c'est le vœu de mon cœur.

Amour divin, sur cette triste terre,
Loin de mon Dieu, je suis las de souffrir.
Amour divin, écoute ma prière :
Je veux le ciel; oh! daigne me l'ouvrir.

Amour divin, viens dégager mon âme
Des fers si lourds de la captivité;
Prends-la, prends-la sur tes ailes de flamme,
Pour la conduire à la félicité.

Amour divin, viens finir ma misère...
Mourir, mourir, c'est l'objet de mes vœux...
Amour, amour, porte-moi vers mon père;
Amour, amour, porte-moi dans les cieux.

JE MEURS D'AMOUR.

Air n° 45.

Un feu tout divin me consume;
Je me sens mourir chaque jour...
O mort! tu n'as pas d'amertume :
Qu'il est doux de mourir d'amour!

REFRAIN.

O mon Dieu! prenez mon âme,
Finissez mes langueurs...
Sous l'effort de votre flamme,
Je vais mourir, je meurs.

Je n'ai plus qu'un souffle de vie ,
L'amour a consumé mon cœur.
L'amour va m'ouvrir la patrie
Et m'unir à mon Créateur.

Déjà mes yeux s'appesantissent,
Pour dormir le dernier sommeil ;
Le temps s'enfuit, mes maux finissent,
Dieu va paraître... ô doux réveil !

Adieu... je m'en vais vers mon Père ;
Je ne regrette rien ici.
Tout est consommé sur la terre ;
Le ciel approche... le voici.

LE JUSTE MOURANT.

Air nº 44.

Hé quoi! le flambeau de la vie
Doit-il s'éteindre pour toujours ?
Non, non; pour moi dans la patrie
Vont resplendir de nouveaux jours.

REFRAIN.

Mon Dieu, préparez ma couronne ;
Ouvrez-moi le palais des cieux ;
Placez votre enfant sur un trône,
Sur un trône tout radieux.

Je touche au terme de ma course ;
Je remonte vers le Seigneur,
Qui m'ouvre et me montre la source
Des vrais plaisirs, du vrai bonheur.

J'ai servi mon Dieu sur la terre ;
Lui seul posséda mon amour.
Je vais sur le cœur de mon Père,
Qui me rappelle en ce beau jour.

Je meurs ; c'est sans inquiétude.
Si je pleure encore aujourd'hui,
Ah ! c'est que j'eus l'ingratitude
De ne pas faire assez pour lui.

J'entends une voix consolante :
C'est le ministre du Seigneur,
Qui parle à mon âme tremblante
Et d'espérance et de bonheur.

Il dit : « Partez, âme chrétienne,
» Volez au séjour des élus... »
Il n'est plus rien qui me retienne ;
Je pars ; mes liens sont rompus.

SALUT, BEAU CIEL !

JE VEUX ALLER TE VOIR.

Air n° 40.

Salut, beau ciel, ô région nouvelle
D'où tous les maux sont à jamais bannis !
Salut, salut, ô patrie immortelle,
Où tous les biens se trouvent réunis !

Salut, beau ciel, séjour de l'allégresse,
Où retentit et la nuit et le jour
L'Alleluia de l'éternelle ivresse,
L'Alleluia de l'éternel amour !

Salut, beau ciel, admirable héritage
Que le Seigneur a préparé pour nous,
Que sa bonté nous offre pour partage !
Je veux, je veux ce partage si doux !

Salut, beau ciel ! sur toi, montagne sainte,
Fils de l'exil, j'ai reposé mes yeux ;
Et, tressaillant, j'ai dit : « Dans ton enceinte
J'irai m'asseoir, moi l'héritier des cieux. »

Salut, beau ciel ! te préférant la terre,
Et puis l'enfer, te perde qui voudra...
Moi, moi, jamais ! l'enfant de la lumière
Dans tes splendeurs à tout prix régnera.

JE VEUX LE CIEL.

Air n° 19.

Accablé, succombant sous le poids de la vie,
Je languis et je meurs en ces déserts affreux...
J'élève, en soupirant, mes yeux vers la patrie...
Oh ! quand m'envolerai-je au séjour bienheureux ?

CHŒUR.

Le ciel ! je veux le ciel !... c'est le cri de mon âme.
N'entends-tu pas, Seigneur, mes vœux et mes soupirs ?
Pourquoi me refuser le bien que je réclame ?
Le ciel ! je veux le ciel ! exauce mes désirs.

Oh ! pourquoi me laisser si longtemps sur la terre ?
Loin du ciel, mon seul bien, tout est amer pour moi.
O mon Dieu ! n'es-tu pas mon Sauveur et mon Père ?
Permets à ton enfant de s'élancer vers toi,

Non, je ne puis plus vivre en ce séjour de larmes ;
Je ne puis supporter le poids de mes douleurs.
Mon Dieu, quand viendras-tu terminer mes alarmes ?
Quand viendras-tu tarir la source de mes pleurs ?

Abrége les longs jours de mon pèlerinage,
Mon Dieu, brise mes fers, rends-moi la liberté ;
Et que, volant soudain au céleste héritage,
Je puise en toi les eaux de la félicité.

BEAU CIEL, QUAND TE VERRAI-JE ?

Air n° 60.

Beau ciel, beau ciel, séjour plein d'allégresse !
Quand, m'arrachant à ce terrestre lieu,
Irai-je boire au torrent de l'ivresse
Qui coule au pied du trône de mon Dieu ?

CHŒUR.

Beau ciel, beau ciel, immortelle patrie,
Sainte Sion, quand pourrai-je te voir ?
Beau ciel, beau ciel, vrai séjour de la vie,
Dans tes parvis quand irai-je m'asseoir ?

Beau ciel, beau ciel, temple de l'innocence
Dont le péché n'approchera jamais,
Terme si doux de l'affreuse inconstance,
Quand viendras-tu me fixer dans la paix ?

Beau ciel, beau ciel, royaume de la gloire,
Quand me verrai-je au sein de ta splendeur,
Tenant en main la palme de victoire,
Illuminé des clartés du Seigneur ?

Beau ciel, beau ciel, doux océan de vie,
D'amour, de paix et de suavité,
Quand couleront dans mon âme ravie
Les flots si purs de ta félicité?

Beau ciel, beau ciel, ineffable héritage,
Bien sans égal, possession sans fin
D'un Dieu qu'on voit de près et sans nuage,
Quand t'obtiendrai-je?... Oh! si c'était demain!

Beau ciel, beau ciel, pourquoi tarder encore?
N'est-il pas temps de finir mes douleurs?...
Du jour sans nuit, parais, divine aurore :
Loin de Sion je languis et je meurs.

QUE NE PUIS-JE VOLER AU CIEL!

Air n° 24.

Ah! quand viendra ce jour que mon amour appelle,
Où, disant à la terre un éternel adieu,
Et saluant, ravi, la patrie immortelle,
J'irai me reposer dans le sein de mon Dieu?

CHŒUR.

O céleste Sion, bienheureuse patrie,
Beau ciel, ne dois-tu pas bientôt t'ouvrir pour moi?
O palais ravissant, ô demeure chérie,
Que ne puis-je voler aujourd'hui jusqu'à toi?

Hâte-toi d'apparaître, aurore trop tardive,
Où j'irai prendre place au banquet des élus,
Et me désaltérer à la source d'eau vive
Que boivent à longs traits les amis de Jésus.

Loin de Dieu, loin du ciel, je pleure, je soupire,
Je pousse nuit et jour les cris de la douleur.
Mon Dieu, quand finira ce déchirant martyre?
Quand verrai-je briller l'astre du vrai bonheur?

Quand, secouant soudain cette vile poussière,
Irai-je, revêtu d'un manteau glorieux,
Et nageant dans les flots d'une vive lumière,
Te voir, te posséder, ô Souverain des cieux?

BEAU CIEL, JE SOUPIRE VERS TOI.

Air n° 62.

Terre bénie,
Où coule le lait et le miel,
Douce patrie,
Beau ciel, beau ciel,
Vers toi, las de l'exil, tristement je soupire.
Salut, paradis du Seigneur,
Aimable empire!
Avec quels transports, quelle ardeur,
Mon cœur aspire
A ton bonheur!

Quand viendra l'heure,
L'heure où tu t'ouvriras pour moi?
Beau ciel, je pleure,
Si loin de toi!
Si loin de toi, beau ciel, colline d'allégresse,
Jardin aux fruits délicieux,
Fleuve d'ivresse
Où les saints se plongent joyeux,
Les pleurs sans cesse
Mouillent mes yeux.

Ah ! sur la terre
Comment vivre et ne pas gémir ?
Mais, je l'espère,
Dieu va venir.
Il vient, il vient briser ma chaîne trop pesante,
Finir l'épreuve et la douleur,
Remplir l'attente,
L'attente de mon pauvre cœur,
M'ouvrir la tente
Du vrai bonheur.

Oui, oui, j'y touche ;
Voici la fin, je vais à Dieu...
Chante, ô ma bouche,
L'hymne d'adieu...
Adieu, terre d'exil, prison de l'esclavage,
Séjour si triste et si cruel !
Heureux partage !
Voici du royaume éternel
Le doux rivage ;
Voici le ciel !

AU CIEL VOLE, O MON CŒUR !

Air du chœur du n° 54.

J'ai regardé les cieux, et j'ai dit à la terre :
Adieu, terre d'exil, séjour de la douleur.
Qui peut me retenir sur la rive étrangère ?
Ma demeure est au ciel... au ciel vole, ô mon cœur.

Que sont tous les plaisirs que nous offre le monde,
Quand on a vu le ciel et rêvé son bonheur ?
Tout est ennui, dégoût, chagrin, douleur profonde.
Les plaisirs sont au ciel... au ciel vole, ô mon cœur.

Mon cœur est dégoûté des faux biens de la terre,
Quand je pense aux trésors que donne le Seigneur,
Et je foule à mes pieds cette vile poussière.
Les vrais biens sont au ciel... au ciel vole, ô mon cœur.

Non, non, rien ici-bas ne peut me satisfaire.
Partout mon cœur avide a cherché le bonheur ;
Mais il n'a rencontré que peine et que misère.
Le bonheur est au ciel... au ciel vole, ô mon cœur.

Mon cœur est déchiré d'une douleur extrême
Quand je vois tant d'ingrats outrager le Seigneur ;
Mais là-haut, dans le ciel, on le bénit, on l'aime...
Pour l'aimer, le bénir, au ciel vole, ô mon cœur.

FIN.

TABLE DES CANTIQUES

Rangés sous leurs titres et dans l'ordre qu'ils occupent dans le texte, avec des indications sommaires propres à en faire saisir le classement et à faciliter les recherches.

PREMIÈRE PARTIE.

FÊTES.

I.

Fêtes de Notre Seigneur et propre du temps.

DEUXIÈME PARTIE.

SUJETS DIVERS.

I.

Eucharistie.

II.

Appel à la jeunesse.

BONHEUR DE LA VERTU.

III.

Missions, retraites.

APPEL AU PÉCHEUR. MOTIFS DE CONVERSION.

BONHEUR ET JOIE DU PÉCHEUR CONVERTI.

PRIÈRES ET RÉSOLUTIONS DU PÉCHEUR CONVERTI.

Vie chrétienne.

NOTA.

Comme il est très avantageux de pouvoir varier le chant des Cantiques, nous faisons remarquer que les numéros de beaucoup d'airs spéciaux peuvent s'appliquer à des Cantiques pour lesquels un autre air est indiqué : cela est faisable quand il y a identité de rhythme et de mesure dans les paroles et dans la musique.

En conséquence, les Cantiques qui portent les n°s 2, 11, 19, 21, 23, 24, peuvent se chanter non-seulement sur le n° qui leur appartient en propre, mais encore sur chacun des n°s susdits.

Il en est de même pour les n°s 7, 42, 44, 47, 50, 52, 77.

    —   pour les n°s 17, 27, 34, 43, 56, 60.

    —   pour les n°s 35, 40, 49, 57.

    —   pour les n°s 10, 76.

    —   pour les n°s 59, 70.

    —   pour les n°s 67, 72.

    —   pour les n°s 28, 73.

    —   pour les n°s 12, 37.

    —   pour les n°s 26, 58.

Nous faisons remarquer encore qu'un bon nombre de Cantiques du 1er volume peuvent se chanter sur les airs du 2e volume, et *vice versá*.

Ainsi, les n°s 1 et 78 du 1er vol., et les n°s 2, 11, 19, 21, 23, 24 du 2e vol., peuvent être échangés et pris les uns pour les autres.

Il en est de même des n°s 28, 40, 45, 71 du 1er vol.,

        avec les n°s 7, 42, 44, 47, 50, 52, 77 du 2e vol.

    —   des n°s 44, 49, 51, 52, 72, 75, 77, 79 du 1er v.,

        avec les n°s 17, 27, 33, 34, 43, 56, 60 du 2e vol.

    —   des n°s 5, 27, 31, 35, 61, 67, 70 du 1er vol.,

        avec les n°s 35, 40, 49, 57 du 2e vol.

    —   des n°s 38, 68, 69, 80 du 1er vol.,

        avec les n°s 57, 70 du 2e vol.

    —   des n°s 8, 30 du 1er vol.,

        avec les n°s 28, 73 du 2e vol.

    —   du n° 39 du 1er vol.,

        avec les n°s 26 et 58 du 2e vol.

Enfin, d'après le même principe, on pourra appliquer au plus grand nombre de nos Cantiques les airs anciens auxquels on est habitué.

Toutefois, ces substitutions d'un air à un autre ne doivent pas se faire au hasard : il faut voir avant tout si le sens des paroles est en rapport avec le mouvement de l'air; sans quoi on ferait des contre-sens graves, en chantant des paroles gaies sur un air lugubre, et alternativement.

TABLE ALPHABÉTIQUE.

—∘o∘⦂❀⦂o∘—

BESANÇON, IMPRIMERIE DE J. JACQUIN.